곡선은
직선보다
아름답다

오세영 吳世榮

1942년 전남 영광에서 태어나 장성, 광주, 전북 전주 등지에서 성장했다. 서울대학교 문리과대학 국어국문학과를 졸업했고, 박목월의 추천으로 『현대문학』을 통해 시단에 등단했다. 서울대학교 인문대학 교수를 역임했으며, 현재 서울대학교 명예교수이고 대한민국예술원 회원이다. 저서로는 학술서 『한국 낭만주의 시 연구』 『20세기 한국 시 연구』 『한국 현대시 분석적 읽기』 『문학이란 무엇인가』 등 23권, 시집 『무명연시』 『밤하늘의 바둑판』 『북양항로』 등 27권, 기타 산문집들이 있다.

곡선은 직선보다 아름답다

초판 1쇄 인쇄 · 2022년 9월 20일
초판 1쇄 발행 · 2022년 9월 30일

지은이 · 오세영
펴낸이 · 한봉숙
펴낸곳 · 푸른사상사

주간 · 맹문재 | 편집 · 지순이 | 교정 · 김수란, 노현정 | 마케팅 · 한정규
등록 · 1999년 7월 8일 제2－2876호
주소 · 경기도 파주시 회동길(서패동) 337－16
대표전화 · 031) 955－9111(2) | 팩시밀리 · 031) 955－9114
이메일 · prun21c@hanmail.net
홈페이지 · http://www.prun21c.com

ISBN 979－11－308－1953－2 03810
값 22,000원

푸른사상
산문선
46

곡선은 직선보다 아름답다

오세영 산문집

수필에 대하여

언어는 진리를 전달할 수 없다고 한다. 그래서 불교에서는 불립문자 언어도단 직지인심 견성성불(不立文字 言語道斷 直指人心 見性成佛)이라 하였고 석가모니께서도 초전법륜(初轉法輪)에서 염화시중(拈花示衆)이라는 방편을 사용하셨다. 그리스도 역시 당신의 가르침을 무리들에게 항상 은유나 패러독스로 펼치신 바 있다.

언어는 불완전하다. 그러나 일개 피조물인 인간으로서 그래도 자신의 뜻을 전달코자 한다면 언어 이외에 달리 어떤 방편이 있을 것인가. 할 수 없는 일이다. 존재 자체가 불완전하니 그가 만든 언어 또한 불완전할 것은 필연이며, 언어가 불완전하니 어차피 온전하게 이 세계를 받아들이거나 자신을 드러내는 것 또한 불가능할 수밖에 없다. 그러므로 이 한 생, 언어에 매달려 사는 인간이란 얼마나 덧없고 허망한 존재일 것이랴.

나 역시 마찬가지이다. 그래서 같은 이야기를—감히 '진실'이나 '진리'라고 말할 수는 없는 까닭에 이 어휘를 차용한다—이렇게도 써보고 저렇게도 써보는 것이다. 그동안 나는 독자들에게 참으로 많은 말들을 횡설수설 늘어놓았다. 학술서 스물댓 권, 시집 삼십여 권을 통해 들려준 말들이 그것이다. 그래도 나는 하고 싶었던 이야기들을 제대로 다 할 수 없었던 것 같다. 그래서 허실 삼아 이 마지막 카드를 한 번 꺼내본다. 주관적 직설어법의 말들이다.

학문적인 글이 객관적 직설어법이라면, 소설은 객관적 간접어법, 수필은 주관적 직설어법, 시는 주관적 직관어법의 글이다. 그러므로 나는 이 수필집을 통해 그동안 하지 못했던 말, 할 수 없었던 말, 하려다가 실패했던 말을 내 나름의 이 '주관적 직설어법'으로 다시 해보고자 시도한다.

그러나 앞서 지적했듯 어차피 언어란 불완전한 표현수단인 것. 이 같은 내 존재의 몸부림을 너무 나무라지 마시고 따뜻한 시선으로 감싸주시기 바란다. 어차피 우리 모두는 불완전한 이 배로 함께 이승을 건너는 승선자(embarquement)들 아니겠는가.

2022년 여름

농산(聾山) 오세영

차례

제2부 떠날 때는 스스로

제3부 단상

제1부

내 시의 현주소

내 어찌 한시라도 잊을 수 있으랴
—국토예찬시집『임을 부르는 물소리 그 물소리』에 부쳐

조국을 노래하고 싶었다. 비단 어디 나뿐만이겠는가. 시인이라면 누구나 한 번쯤 그런 생각 해보았을 것을.

한 민족에겐 당연히 그 태어난 국토와 언어가 있고, 그가 몸을 담은 국가란 이 언어와 국토가 하나 됨을 일컫는 말일지니 언어는 민족의 혼, 국토는 육체일시 분명하다. 그러나 천지 운행에도 때로는 예기치 못한 불운이 닥칠 수 있어 만일 이 양자 중 어느 하나만을 꼭 선택해야 될 상황이 도래한다면 어찌할 것인가. 그는 분명 언어일지니 유대인과 만주족의 과거사를 보면 능히 알 수 있는 일이다. 언어 없이 어떻게 한 민족의 정신, 한 민족의 생존이 가능할 수 있으랴.

그런데 시인은 한생 그 같은 자신의 모국어를 한결같이 지키고 섬기는 자이다. 불철주야 갈고닦은 가장 아름답고, 가장 숭고하고, 가장 신성한 자신의 모국어로 이 세상을 새롭게 다시 창조코자 하기 때문이다. 그러니 설령 시가 한 집단이나 공동체를 넘어서 인류 보편의 어떤 궁극적 가치를 추구하는 데 그 목적을 둔다 하더라도 어찌 자신의 조국을 사랑하지 않을 수 있으랴. 월명사의「제망매가」, 황진이의「동짓달 기나긴 밤」, 소월의「진달래꽃」이 모두 그러하였다. 그러므로 대한민국에서 태어나 대한민국의 일개 시인으로 살아온 내가 이 같은 성스러운 소명에 신명 바쳐 시봉하지 않는다면 내 어찌 감히 진정한 시인이라고 주장할 수 있겠는가.

그것을 일러 부정적 민족주의(negative nationalism)라고 한다지만 물론 내게도 주저스럽고 부끄러웠던 한 시절이 전혀 없었던 것은 아니었다. 국토의 한 지역에서 무참한 학살이 자행되고 대다수의 민중이 탄압을 받고 있던 때, 그리하여 모든 시인들이 울분과 좌절과 저항을 절규하지 않을 수 없었던 바로 그 시절에 내 어찌 감히 그 같은 내 나라를 사랑한다고, 아름답다고 말할 수 있었으리. 그러나 이제 새 세상이 왔다. 세계 10대 강국으로 부상한 조국, 세계에서 가장 자유스러운 조국, 세계에서 가장 순결한 민주주의의 꽃이 핀 내 조국을 지금 노래하지 않는다면 언제 그리할 수 있겠는가.

사실 나는 오래전, 미국에 체류하면서 연작시「아메리카 시편」을 쓸 무렵, 파미르 고원에 올라「서역시편」을 쓸 무렵, 그 같은 생각을 전혀 하지 아니하였던 것은 아니다. 그래서 부끄러웠다. 이민족(異民族)과 이국(異國)의 산하에 앞서 나 자신의 조국을 노래하지 못했다는 그 자괴감 때문에……. 그런데 재작년, 겨울 한 철을 프라하에 머물면서 나는 가슴 뭉클한 감동 속에서 어느 한순간을 지켜보았다. 체코민주공화국의 국회가 스메타나의 교향시 〈블타바〉, 드보르자크의 〈슬라브 무곡〉을 연주하는 가운데 경건히 개원(開院)하는 것을, 그 아름다운 선율이 바츨라프 광장을 장엄하게 울리면서 찬란히 그들의 새 해가 떠오르는 것을. 그때 나는 마음속으로 외쳤다. 서울로 돌아가면 나도 내 국토의 아름다움에 대하여 시를 쓰리라. 가장 정결하고 가장 진실된 마음으로…….

이제 나는 그 일을 오늘 비로소 실천하기로 한다. 모국의 언어로 모국의 국토를 노래하리라. 그 문학적 성취, 그 문학적 평가, 아니 내 언어의 재능이, 내 언어적 감성이 국토의 그 성스러움에 차마 미치지 못한다 한들 어찌하겠는가. 내면에서 솟아오르는 감동을…… 다만 시인으로서의 내 이 한 생이 제관(祭官)이 되고 그 쓰인 내 시들이 민족께 바쳐지는 제물이 될 수만 있다면…… 나를 태어나게 하고, 나를 숨 쉬게 하고, 나의 말문을 트게 하고, 종내는 죽어 내 육신이 묻힐 성스러운 조국의 국토, 그 아름다운 한반도를 시로서 숭모하리라.

노래하리라

내 아름다운 조국,
대한민국을 노래하리라.
수억만 년 전
까마득히 하늘이 처음 열리고
이 땅이 생명의 감동으로 전율하던 날,
지구의 동쪽, 찬란히 해 뜨는 곳에 한
목소리가 울렸나니
그로 하여 한 민족이 태어났고
그로 하여 한 세계가 깨어났노라.
아아, 한국어
그가 꽃을 부르면 꽃이 되고
그가 구름을 부르면 구름이 되고
그가 인간을 부르면 인간이,
사랑을 부르면 또 사랑이 되었나니
수천 년

이 신성한 땅의 주인들은
그 어느 곳보다 밝고, 아름답고, 순수하게
그들의 생존을 영위해오지 않았던가.
비록
태양의 율법이 그러한 것처럼
역사의 배면엔
가끔 엷은 그림자가 드리우지 않았던 것도 아니지만
꽃이 가장 꽃답게 피고,
짐승이 가장 짐승답게 뛰놀고,
인간이 가장 인간답게 살아왔던 땅이
이 말고 세상 그 어디에 또 있으랴.
지금 세계사는
고단한 역사의 능선에서 밤을 맞고 있으나
우리는 신성한 우리의 모국어로 이 밤을
환하게 밝힐 것이다.
세계를 새롭게 명명할 것이다.
아아, 한국어
그 순결한 언어로
내 아름다운 조국
대한민국을 또 노래하리라.

댓돌 위의 하이얀 고무신

해방기(解放期)나 한국전쟁 전후 시기에 자란 세대들은 그 누구나 고무신에 얽힌 추억들을 한두 가지씩 가지고 있을 것이다. 나라의 경제 사정이, 번듯하게 구두 한 켤레조차 지을 수 없을 만큼 산업화가 되지 못하여 국민 대부분이 항상 고무신을 신고 다녔기 때문이다. 그렇다 보니 그 시절, '고무신'이라는 단어는 '한국의 서민대중'을 상징하는 대명사이기도 했다. 당시 부패했던 정치판에서는 선거철마다 유권자들에게 뇌물로 나누어주는 것이 바로 이 고무신이었다. 그래서 표수 확보를 '고무신짝 동원'이라 했고 국산 영화가 수지를 맞추기 위해서는 무엇보다 '고무신짝'들을 많이 불러 모아야 한다고도 했다.

물론 요즘의 우리 경제 수준으로 보아서는 피식 웃을 일이지만 그 적엔 비록 고무신이라 할지라도 가격이 만만치가 않았다. 그래서 새 고무신이나 꽃신, 하얀 고무신 같은 것들은 특별한 대접을 받기도 했다. 닳는 것이 아까워 함부로 신지도 못했다. 벗어서 가슴에 품고 맨발로 걷는 경우도 많았다. 혹시 돌부리에 채어 찢겨지기라도 할라치면 튼튼한 실로 곱게 꿰매 조신히 신고 다니는 것이 예사였다.

초등학교 시절을 회상해본다. 운동회 날, 달리기를 하면서 고무신을 벗어 두 손에 불끈 쥐고 맨땅을 뛰곤 했던 기억이 난다. 그러다가 넘어져서 발가락이라도 다칠 경우 이모는 항상 그 '붉은 약'*을 발라주시곤 했다. 운동장에서 뛰놀 땐 서로 경쟁이나 하듯 친구들의 고무신을 벗겨 마치 럭비공처럼 차거나 던지기도 했고 방과 후 집에 돌아올 때 개울을 건너게 되면 고무신으로 웅덩이의 물을 퍼내 송사리 등속을 잡기도 했다.

그러나 이제는 더 편하고, 더 튼튼하고, 더 예쁜 구두나 운동화 같은 신발들이 흔해져서 그런 것일까. 시대가 시대이니만큼 전통 미의식(美意識)보다 서구 사대적인 미의식이 만연해 고무신 따위는 그 자체가 별 모양이 없다고 생각하는 사람들이 많아져서 그런 것일까. 요즈음에는 패션쇼라든가, 한복을 곱게 차려 입는 명절 등 특별한 날이 아니면 거의 찾아보기 힘든 것이 이 고무신의 착용이다.

그러나 꼭 그렇지만은 않은 듯, 예외적이기는 하지만 아직도 미학적 전통으로 살아 숨 쉬는 곳이 없지는 않다. 작년 어느 봄날이었던가. 설악산의 백담사에 머물고 있을 때였다. 도량을 한가롭게 거닐던 나는 문득 극락보전의 토방 쪽으로 시선이 갔다. 눈에 화안히 들어오는 물체 하나가 있었기 때문이다. 바로 옆 출입문의 댓돌 위에 놓인 한 켤레의 흰 고무신. 아, 아름다운지고! 거기엔 하얗다 못해 차라리 파아란 빛이 감돌기까지 한 그 흰 고무신이 잔잔히 울리는 실내의 독경 소리를 배음(背音)으로 해서 소슬하게 한 떨기 꽃송이 같은 정적미를 보여주고 있었던 것이다.

---

* 당시 '아까징끼'라고 불렀던 붉은색의 액체 약.

그런데 이 무슨 조화랴. 바람이 건듯 불더니 어디선가 파르르 산도화 꽃잎 몇 개가 날아와 그 고무신의 콧등에 살풋 내려와 앉는 것이 아닌가. 정결하게 다듬어진 화강암의 서늘한 댓돌과 그 위에 놓인 하얀 고무신, 그리고 그곳에 자리를 찾아 앉은 연분홍빛 꽃잎 몇 개가 어울러 보여주는 그 풍경은 아담한 극락보전의 전통 건축미와 하나 되어 정녕 화엄 장엄한 불국 정토를 보여주는 듯싶었다. 나는 나도 모르게 마음이 경건해져서 두 손을 모두어 합장했다. 그리고 반쯤 열린 출입문 틈 사이로 법당 안을 슬며시 들여다보았는데 아아, 거기엔 또 어떤 청순한 비구니 한 분이 홀로 꿇어앉아 독경을 하고 있는 것 아닌가? 그 모습이 그림처럼 청초하고 아름다웠다.

경전에도 있는 말씀이다. 법(法)은 고해를 건너는 뗏목(배)과 같아서 깨달음에 이르면 미련 없이 버려야 한다고……. 그리 보니 내겐 그 댓돌 위의 신발이 이승을 건네주던 그 비구니의 뗏목 같아 보였다. 그래서 문득 생각했다. 지금 이 주인공 역시 무명의 중생계를 이 신발로 건너 이제 깨달음의 피안에 도달했을지 모른다. 그러니 댓돌 위에 벗어놓은 이 한 켤레의 '신발'이란 기실 신발이 아니라 그의 육신이 의지해서 고해(苦海)를 건너던 법신(法身) 그 자체일 것이라고…….

꽃잎

이른 봄 깊은 산사(山寺) 적막한 목탁 소리.
산새 홀로 드나드는 반나마 열린 법당.
눈 파란 비구니 하나 꿇어앉아 울고 있다.

댓돌에는 새하얀 고무신이 한 켤렌데
어디선지 호르르르 꽃잎들이 날아와서
홍매화 여린 꽃잎 하나가 나비처럼 앉는다.

서하초등학교의 벚꽃

기적같이 온 봄이 꿈결처럼 사라지고 없다. 한 시절 아름다움으로 뽐내던 꽃들도 이제는 언제 그랬냐는 듯 실없이 자취를 감추어버린 지 오래고 산천은 어느덧 옅은 녹음 일색이다. 꽃 하면 역시 봄이 제철인데 올봄도 나는 그 꽃구경 한 번을 제대로 하지 못한 채 하릴 없이 여름을 맞이하게 되었다. 지구온난화 현상 때문이라고들 하지만, 아, 그 무덥고 숨 막히는 여름 한 철을 올해는 또 어떻게 견디어낼까. 오직 작년 여름 같은 혹서(酷暑)가 다시 오지 않기만을 바랄 뿐이다.

나이 들면서 부쩍 봄이 좋다. 젊었을 적에는 그리하지를 않았는데 지금은 여름이나 가을보다 봄이 더 기다려진다. 육체가 노쇠해지니 상대적으로 약동하는 생명력에 더 집착이 가는 모양이다. 오는 봄이 안타깝고 가는 봄이 밉다. 내 생애에 이 아름다운 봄을 몇 번이나 더 볼 수 있을 것인가. 하느님의 뜻이겠지만 한 열 번? 아니 대여섯 번은 볼 수 있을까? 영랑(永郞)의 시처럼 "모란이 지고 말면 그뿐 내 한 해는 다 가고 말아/삼백예순 날 하냥 섭섭해 우옵내다".

어느 해 이른 봄이었던가. 홀린 듯 꽃소식에 취해 남도를 찾은 적이 있었다. 섬진강 하구의 구례, 하동 벚꽃을 구경하고 싶어 내려간 것이었는데 철을 제대로 짚질 못해서였던지 막상 가서 보니 산천은 끝물이었다. 파랗게 돋아 오른 잎새들 사이로 시든 꽃잎들만이 시나브로 질 뿐 화려하게 폈을 벚꽃 군단은 이미 북상을 해버린 뒤였다. 그 유명하다는 광양의 매화꽃도, 산동의 산수유도 자취를 감춘 지 오래…….

서운한 마음을 달랠 길이 없었다. 바쁜 서울 생활에 어렵사리 시간을 낸 일정이 아니었던가. 기왕에 집을 나섰으니 그렇다고 곧장 귀경해버릴 수는 더욱 없었다. 그리하여 나는 허실 삼아 섬진강변을 따라서 자동차 핸들을 북쪽의 남원으로 돌렸다. 비록 활짝 핀 왕벚꽃 군락은 볼 수 없었지만 거기에는 그런대로 아직 진달래, 산벚꽃들이 남아 있었다. 나는 다시 차를 남원에서 함양의 백전으로, 백전에서 원통재를 지나 서하면으로 몰았다. 여기서 육십령을 만나 고개를 넘으면 논개의 고향인 전라북도 장수의 장계가 나온다.

아, 그런데 이 무슨 기적이던가. 나는 바로 거기서 내 생애에 가장 아름답고, 가장 화려하고, 그래서 장엄하기까지도 한 벚꽃의 궁전을 보았다. 경상남도 함양군(咸陽郡) 서하면(西下面) 서하초등학교 교정의 그 당당하면서도 단아하고, 화사하면서도 기품이 있는 여섯 그루의 수양벚꽃나무들! 나는 그 황홀한 광경에 취해 한순간 숨이 막히는 듯싶었다. 내륙의 고지대여서 그랬던지 이웃 섬진강에서는 이미 져버린 벚꽃들이 아직 이곳에선 한창 자태를 뽐내고 있었던 것이다.

그 뒤부터 내게는 매년 봄마다 이 벚꽃을 보러 서하초등학교 교정으로 내려가는 일이 연중행사의 하나가 되어버렸다. 그러나 그렇다고 마음만 가지고서는 아니 된다. 그 역시 행운도 따라주어야 하는 것,

나는 그 이후 단 한 번도 처음에 본 것과 같은 그 만개한 수양벚꽃들을 제대로 보기가 힘들었다. 꽃이 피는 시기를 잘못 짚어 때로는 너무 일찍, 때로는 너무 늦게 찾았던 것이다. 그러면서 알게 된 사실 하나가 있다. 꽃을 보는 것도 평범한 일은 아니라는 것을. 우리 사는 세상사 모두가 그런 것처럼 온 정성과 노력을 기울이지 않고 어찌 고귀한 자를 쉽게 만나 그 지닌 품격과 그리 쉽게 교감할 수 있으리.

그러나 그것이 어디 꽃구경에만 국한되는 일이겠으랴. 우리네 인생살이 또한 그렇지 아니하던가. 모든 것은 다 때가 있는 법, 매사 최선을 다하고 머리 숙여 하늘의 뜻에 맡기면 언제인가 이에 감응한 하늘이 우리에게 봄날의 그 꽃 같은 축복을 내려주실 것을…….

올봄에도 나는 서둘러 아내와 함께 이곳을 찾았건만 꽃봉오리는 미처 터지기도 전이었다

서하초등학교 교정의 벚꽃

경상남도 함양군 서하면 서하초교,
교정엔 수양벚꽃 너댓 그루가 서 있어
봄마다 화려 장엄한 꽃 대궐을 짓는다.

완성된 집 집들이는 그들만의 동네 잔치.
그래서 꽃소식이 궁금한 외지인은
섬진강 은어 떼에게 그 날짜를 묻는다.

들꽃

가끔 어떤 계절을 좋아하는지를 묻는 독자들이 있다. 내 기호나 감성을 알고 싶어 물어보는 말들이겠지만 지금의 나로서는 선뜻 대답하기가 쉽지 않다. 그럴 때마다 나는 "나이가 드니까 모든 계절이 다 좋아요. 예전에는 그렇지 않았지만……" 하면서 얼버무린다.

사실이 그렇다. 이젠 모든 계절이 다 아름답고 황홀하다. 봄은 봄대로 꽃과 향으로 아름답고, 여름은 여름대로 싱싱한 녹음과 햇빛으로 아름답고, 가을은 가을대로 단풍과 흰 구름으로 아름답고, 겨울은 겨울대로 하얀 설경(雪景)과 나목(裸木)으로 아름답다.

예전에는 그렇지 않았다. 유년 시절의 나는 겨울을 무척 좋아했던 것 같다. 소록소록 눈 내리던 뒷마당의 장독대에서 동무들과 함께 눈사람을 만들고 어울려 눈싸움을 벌이던 그 겨울 하루는 얼마나 소중한 추억이었던가.

사춘기의 나는 가을을 무척 좋아했다. 플라타너스 낙엽들이 뚝뚝 떨어지는 외진 가로수 들길을 하염없이 홀로 거닐며, 누군가에게 내용 없는 편지라도 써서 보내고 싶었던 그때의 내 마음은 또 얼마나 순결하고 외로웠던가.

청년 시절의 나는 여름을 무척 좋아했다. 파도가 흰 거품을 물고 달려드는 해안가, 소나무 숲에서 바라보던 황혼의 노을과 그 보랏빛 수평선에서 하나둘씩 반짝이기 시작하던 서녘 하늘의 별들은 얼마나 황홀했던가.

장년 시절의 나는 봄을 무척 좋아했다. 이제는 다 가버린 그 청춘의 향과 색과 빛이 한가지로 어울려 다시 싱싱하게 피어나던, 아! 산야의 화려하게 피어나던 개나리, 진달래, 목련 그리고 산벚꽃들의 몽롱한 꽃구름과 속절없는 그리움. 나는 그때마다 이유 없는 우울증, 5월 병을 앓아야 했다.

그러나 이제는 내게 더 이상 한 계절을 골라서 좋아할 만한 정신적 여유도 사치도 없다. 모든 계절이 다 아쉽고, 안타깝고, 안쓰러울 뿐. 무엇을 책잡을 것인가. 봄은 봄대로, 여름은 여름대로, 가을은 가을대로, 겨울은 겨울대로 한결같이 좋기만 한 것을……. 그리하여 나는 올봄에도 말로 형언하기 어려운 감동과 환희와 황홀감에 사로잡혀 있다. 아, 살아 있다는 것의 축복이여! 살아서 당신을 바라볼 수 있다는 이 노년의 은총이여!

나이 들어 깨닫게 된 것은 비단 이뿐만이 아니다. 젊은 시절에는 보지도 듣지도 못했던 것을 보고 듣는다. 그중의 하나가 들꽃들의 아름다움이다. 언제부터인가 나는 이 들꽃들을 볼 때마다 전에 보지 못했던 그만의 청순한 아름다움을 발견하고 스스로 경탄해 마지않게 되었다. 그처럼 작고, 나약하고, 볼품이 없어 평소엔 쉽게 눈에 띄지 않았던 그 조그마한 것들이 — 그래서 잠깐 스치는 눈빛에는 존재조차 드러내지 않은 것들이 — 내가 관심을 갖고 눈길을 한번 주자 그 순간 황홀한 자태로 내 앞에 서는 것 아닌가. 거기에는 장미나 튤립이 지니고 있는 것과는 또 다른 그만의 아름다움이 환하게 불 밝히고 있었다.

그런데 나는 그동안—내 젊음이 화려하게 빛나던 시절엔 왜 그 들꽃들의 그 같은 아름다움을 보지 못했을까. 왜 장미나 튤립 이외에는 눈이 가지 않았을까. 왜 이 지상의 모든 것들은 똑같이 고귀하고 평등하다는 진실을 몰랐을까. 노년에 들어서야 비로소 교정이 된 내 젊은 날의 사시(斜視), 세상의 모든 것들은 눈과 눈이 마주쳐야만 비로소 하나의 존재가 될 수 있었던 것을…….

들꽃

젊은 날엔 저 멀리 푸른 하늘이
가슴 설레도록 좋았으나
지금은 내 사는 곳 흙의 향기가
온몸 가득히 황홀케 한다.

그때 그 눈부신 햇살 아래선
보이지 않던 들꽃이여.

흙냄새 아련하게 그리워짐은
내 육신 흙 되는 날 가까운 탓,
들꽃 애틋하게 사랑스럼은
내 영혼 이슬 되기 가까운 탓.

자작나무

어느 날인가 텔레비전의 어떤 다큐멘터리 방영물에서 나는 한 자폐증을 앓는 소년의 삶에 관한 기록을 시청한 적이 있었다. 혼자서는 밖으로 외출할 수도, 남과 어울릴 수도, 학교는 물론 일상생활조차 감당할 수도 없는 아이, 하루 종일 장난감 블록 쌓기나 종이접기 같은 것에 매달려 시간을 보내는 아이, 그래서 매일 매일 어머니가 마치 하녀처럼 항상 곁에 붙어 보살펴주어야만 했던, 누군가가 돌봐주지 않으면 생존이 불가능할 것 같은 그런 아이.

그런데 그런 그에게는 놀라운 사실이 하나 숨어 있었다. 음정(音程) 인식에서 그 누구보다도 탁월한 능력을 지니고 있었던 것. 생방송에 출연한 그는 어린 나이에도 불구하고 베토벤의 피아노 소나타 한 악장을 악보 없이도 깔끔하게 쳐 보였다. 백만 명에 하나나 있을까 말까 하는 절대음감(絕對音感)이라고 했다. 일상생활에서는 모든 것이 지진했던 그가 음악에서만큼은 이렇듯 출중한 천재성을 갖고 태어났던 것이다.

자폐증을 앓고 있는 어린이들 대부분은 그 내면에 이처럼 일상인과는 다른 그들만의 독특한 재능을 지녔다고 한다. 절대음감 이외에도 비상한 기억력이나 비상한 수리력(數理力), 또는 비상한 절대색감(絶對色感)을 갖는 것 등이다. 착하신 우리 하느님께서는 그들에게, 그들만이 지닌 그 결핍된 삶의 일부를 보상해주시려는 자비심으로 이 같은 별도의 재능을 선물해주셨던 것이다.

그러니 총체성이라는 차원에서 본다면 인생이란 천재나 둔재나, 일반인이나 유명인이나 그 삶의 질에 별반 차이가 없을 듯하다. 가령 키가 작은 사람은 키가 작다고 불평할지 모르지만 키 큰 사람이 그로 인해서 당하는 피해 같은 것은 보지 않을 것이며 그 역(逆) 또한 마찬가지일 터이다. 가난한 사람은 비록 물질적으로 고달플지 모르지만 일반적으로 부자보다는 정신적으로 더 행복하다. 게으른 사람은 부지런한 사람보다 가난하게 살겠지만 대신 삶의 여유를 더 즐길 수 있다. 사적으로 내 아내에 대해서 말하자면 그녀는 사물을 제대로 잘 정리할 줄을 모르지만 그 대신 잃어버렸거나 혹은 잊혀진 물건을 찾아내는 데에 특출한 능력을 가지고 있다. 가히 신기(神氣)를 지닌 사람 같아 보인다.

따라서 우리는 매 사물들을 하나의 패러다임만으로 보아서는 아니 된다. 거기에는 다양한 가치와 의미들이 함께 녹아 혼재되어 있기 때문이다. 그럼에도 우리들은 항상 그 무엇이든 대상을 하나의 시선, 하나의 관점으로만 규정하려 드는 습성을 가지고 있다. 특별한 이해관계나 이념에 얽매이게 되면 더욱 그렇다. 그리하여 그들은 그 대하는 대상을 종종 현실과 동떨어진 어떤 관념 혹은 편견으로 미화하여 그것을 우상화하거나 무단히 폐기시키는 것까지도 서슴지 않는다.

예를 들면 역사 속의 이순신 장군 같은 위인이 그러하다. 그분에 대해서 쓴 전기들을 읽어보면 당신의 모든 삶은 오로지 나라와 민족에 헌신하는 일, 백성을 사랑하는 일 이외엔 전혀 없는 것 같다. 그러나 당신인들 어찌 풍류에 관심이 없었을 것이며 어찌 아름다운 이성에 냉담하기만 했을 것인가. 나는 어쩌다 사랑에 빠져 흔들린 적이 있는 이순신, 가족을 위해 한 번쯤 거짓말을 해본 적이 있는 이순신 장군을 더 존경하고 싶다.

자연을 바라보는 것 또한 마찬가지일 터, 많은 사람들은 만년 푸르른 소나무의 일편단심(一片丹心)과 국화(菊花)의 오상고절(傲霜孤節)을 찬양한다. 그러나 만일 이 세상이 온통 소나무나 국화로만 뒤덮여 있다면 우리네 삶이란 얼마나 삭막하고 단조로울 것인가. 우리에겐 물론 소나무 같은 상록수도 중요하지만 계절 따라 변화하는 활엽수 역시 그에 못지않게 봄꽃과 가을의 단풍이 보여주는 천자만홍(千紫萬紅), 여름의 녹음과 겨울의 설화(雪花)가 펼치는 이색 풍광이 어찌 사시사철 변함없는 소나무의 푸르름보다 못하다 할 것인가. '과유불급(過猶不及)'이라 했으니 만사 중용과 조화를 이루기만 한다면 그뿐, 각자 그 지닌 존재의 소명에 어떤 귀천(貴賤)의 구분이 있을 리 없다.

몇 년 전 나는 카렐대학의 교환교수로 잠깐 체코의 프라하에 머문 적이 있었다. 그런데 그때 보았던 북유럽의 겨울 자작나무 숲은 너무도 고고하고 아름다웠다. 막 새순이 돋아날 무렵의 연초록 그늘, 여름의 훤칠한 하늘빛 녹음, 노오랗게 불타는 가을 단풍 그리고 겨울 눈밭을 홀로 지키고 서 있는 그 고결한 흰빛의 자태가 신비스럽도록 내 마음을 끌었다. 그래서 나는 이제 안성(安城)의 내 작은 오두막 뒤뜰에도 자작나무 몇 그루를 심으려 한다. 옆 자락에 이미 잘 자란 소나무들의 사철 싱그러운 푸르름이 있으니 이만한 호사를 누려도 별 시비는 없을 듯해서다.

원융무애(圓融無碍)

사계절 한결같은 소나무 절개 높고
단풍나무 고운 색깔 철마다 아름답다.
이 생에 옳고 그름이 그 무엇 있겠느냐.

늘 푸른 대나무도 바람 불면 휘어지고
꼿꼿한 백화나무 가을엔 낙엽 진다.
이 생에 참과 거짓이 어찌 분명하겠느냐.

앞산의 눈

올겨울도 나는 설악산 만해마을에 머물고 있다. 예전에는 백담사에서 한 철을 보내곤 했는데 최근, 절 입구에 '만해마을'이 들어선 이후부터는 매년 이곳에서 2~3주씩 쉬는 것이 하나의 버릇처럼 되어버렸다. 글을 쓴다는 명분이지만 사실은 유리창 앞에 앉아서 겨울 설악을 바라보는 것, 가끔 동해에 가서 파도 소리를 듣는 것, 눈 덮인 산길을 홀로 거닐며 나를 잊어버리는 것, 그러다가 시심(詩心)이 동하면 한두 편 끄적거려보는 것 정도가 고작이다.

매해 찾아서일까. 만해마을에서는 내게, 특전 아닌 특전도 하나 베풀어주는 게 있다. 항상 302호실에 머물 수 있도록 배려해주시는 것, 북쪽으로 창이 난 삼 층의 단아한 침대 방이다. 그래서 나는 대부분의 시간을 이 방에 홀로 앉아 멍하니 창밖 풍경을 바라다보는 일로 하루해를 보내곤 한다. 발아래 소슬한 개천이 흐르고, 그 너머로 인제에서 미시령을 거쳐 속초로 가는 2차선 국도가 있고, 국도와 낭떠러지로 접한, 그래서 꽤 험준해 보이는 산 능선 등이 가로놓여 있는 구도이다.

어느 날인가. 그날도 나는 평소처럼 무심히 창을 통해서 개울 건너편의 국도와, 그와 연계된 산비탈을 바라다보고 있었다. 백여 미터가 족히 넘어 보이는 거리이기는 했으나 쏟아지는 오후의 양광이 사물들의 모습을 선명하게 비추어주는 그 산비탈의 정남향받이 풍경이었다. 그런데 그 순간이다. 대낮인데도 어디선가 고라니 두 마리가 나타나더니 몇십 분을 함께 같이 희롱하며 뛰노는 것 아닌가. 이를 목도한 이후부터 내게는 심상치 않은 버릇 하나가 생겼다. 자주 북쪽 창을 들여다보며 그 고라니들이 다시 나타나기를 고대하는 기다림…….

방에 앉아 있기가 답답할 땐 산책길에 나선다. 그러나 현관문을 밀치자마자 쌀쌀하게 몰아닥치는 야외의 한기. 그래서 다시 방으로 돌아와 털재킷을 껴입고 나오기가 한두 번이 아니다. 마음으로 느끼는 봄빛과 달리 밖은 아직 늦추위가 물러가지 않았던 것, 방에서 창을 통해 바라다보이는 북쪽 산의 남쪽 산비탈은 푸릇푸릇한 봄 기운이 감돌고 있으나 남쪽 산의 북쪽 경사면을 보면 잔설에 찬바람이 불고 있다.

관념적으로 우리들은 대개 남쪽은 밝고 따뜻하지만, 북쪽은 춥고 음산하다고 여긴다. 그러나 겨울의 하루해는 항상 남쪽 하늘을 운행하고 있으므로 기실 북쪽 산의 남향받이는 양지여서 따뜻해도 남쪽 산의 북향받이는 음지여서 오히려 춥고 쌀쌀하다. 그런데 우리가 북쪽을 본다는 것은 북쪽 산의 남쪽 측면, 남쪽을 본다는 것은 남쪽 산의 북쪽 측면이니 북쪽을 보면 눈 녹아 따뜻하게 보여도 남쪽을 보면 아직 응달에 잔설이 쌓여 있다. 북쪽을 보면 벌써 초봄이요, 남쪽을 보면 아직 늦겨울인 것이다.

문득 한 우화가 생각난다. 봄에 동면에서 막 깨어난 한 산짐승 가족이 남쪽으로 난 입구를 통해서 밖으로 고개를 쏘옥 내밀었다. 그런데 보이는 것은 앞산—사실은 앞산의 북쪽 측면—의 채 녹지 않은 잔설이었다. 그래서 그들은 아직도 계절이 겨울인 줄 착각하고 기겁해 다시 굴로 되돌아 들어갔다는 이야기이다.

그러니 우리가 그 무엇인가를 본다 한들 그 보는 '눈'이라는 것이 어찌 정확하다 할 수 있으랴. 본 것이 본 것이 아니고, 들은 것이 들은 것이 아니니 사람들아, 슬프다고 슬퍼하지 말고 기쁘다고 기뻐하지 말진저! 슬픔 속에 기쁨이, 기쁨 속에 슬픔이 깃들어 있나니…….

무명(無明)

동면에서 깨어나 봄 햇살 엿보다가
기겁해서 토굴로 다시 드는 산토끼,
제 보는 북향 능선은 잔설(殘雪)밖에 없었구나.

차고 하얀 겨울 산에서의 명상

몇 년 전인가 그해에도 나는 겨울방학의 며칠을 백담사에서 보내고 있었다. 시를 쓴다는 핑계를 대고 있었으나 실은 속세를 멀리해서 좀 쉬고 싶었던 것, 시를 쓴다고는 하지만 그 시라는 것이 샘물처럼 항상 머리에서 쉼 없이 용출하는 것도 아니고 설령 어떤 영감이나 발상을 얻었다 한들 원고지에 옮겨 적는 것 고작 두세 시간이면 족하니 사실 산사에서의 하루는 항상 적막하고도 길었다.

그래서 그 무료한 시간을 나는 때로 법당에 들어가 명상에 들기도, 때로 요사채의 방바닥에서 딩굴며 책이나 헌 잡지 같은 것을 뒤적여보기도, 때로 햇빛 따사롭게 비치는 마루에 홀로 걸터앉아 계곡의 물소리를 들어보기도, 때로 눈 덮인 오솔길을 따라 한없이 걷기도 하면서 겨울 한 철을 한가롭게 보내곤 했다.

그런 어느 날 저녁, 오세암(五歲庵) 쪽을 향해 걷던 중이었다. 어디선가 까옥 까옥 까마귀 우는 소리가 들려왔다. 소리 나는 쪽을 향해 돌아보니 절벽의 쓰러질 듯 걸린 참나무 마른 가지 끝에 웬 까마귀 한 마리가 덩그랗게 앉아 있는 것이 아닌가. 며칠 전, 내린 눈으로 온

산은 그야말로 은산철벽(銀山鐵壁)인데 그 순백의 풍경을 배경 삼아 홀로 먼 하늘을 응시하고 있는 그 까마귀 한 마리, 내 눈에 비친 그는 세상 사람들이 생각하는 것처럼 속되거나 음침해 보이기보다는 오히려 고독하고 고결해 보였다. 마침 해가 저물고 있었다. 석양에 비껴서 그랬을까. 아니면 차고 하얀 눈빛과 대조되는 그 색깔 때문에 그랬을까. 까만색도 그렇게 황홀할 수 있음을 나는 그때 비로소 알았다.

그 순간 나는 마음속으로 외쳤다. 그렇다. 까마귀를 소재로 한 편의 시를 써보자. 사람들은 까마귀를 매양 추하고 불길한 새, 혹은 탐욕스러운 새라고들 하지만 오늘 내가 본 그 까마귀는 오히려 아름답고 의연하고 고결하지 않았던가. 단 한 번도 있는 그대로를 보아주려 하지 않고, 단 한 번도 그를 따뜻한 애정으로 대해본 적 없는 사람들이 막연하게 하나의 선입관으로 퍼뜨린 망상, 그 같은 이념의 프레임에 부화뇌동해서 까마귀를 바라보았던 지금까지의 나 자신이 부끄럽기까지도 했다.

이 같은 반성이 들자 나는 문득 어쩌면, 까마귀도 나와 같은 처지의 존재일지 모른다는 생각이 들었다. 그 무렵의 나 역시 문단에서 당시의 시류에 영합하지 않았다는 이유로 주류 세력들로부터 소외 혹은 왕따를 당하고 있었기 때문이다. 그러나 곰곰이 성찰해보면 지난 시절의 내 문학적 · 학문적인 업적도 기실 기존의 주장이나 평가를 항상 거부하거나 전도시킨 것이 아니었던가. 그리하여 그 순간 나는 이렇게 다짐하였다. 그렇다. 까마귀를 나 자신의 인생관으로 빗대어 한 편의 시를 쓰리라.

요사채로 돌아온 나는 우선 까마귀에 관해서 쓴 옛 문헌들을 찾아

살펴보았다. 그러자 원래 우리 조상들은 — 특히 고조선이나 고구려의 신화에 나오는 그 삼족오(三足烏)처럼 — 까마귀를 신성한 새로 섬겨왔는데* 조선시대에 들어 주자학을 숭상하게 된 유생(儒生)들이 주자(朱子)가 쓴 한 문장의 글을 맹신하여 그 같은 편견을 일삼아왔다는 사실을 알게 되었다.** 즉 주자학의 비조라 할 주자가 『시경(詩經)』의 「패풍(邶風)」을 주석하면서 무단히 까마귀를 불길한 새로 묘사한 것을 당대 조선의 지식인들이 중화사상에 물들어 이를 무비판적으로 맹신한 결과였던 것이다.***

그러니 까마귀야말로 — 7, 80년대를 외롭게 보내지 않을 수 없었던 한 순수 시인의 그것처럼 — 인간이 만든 이념이나 이데올로기의

---

* 고조선이나 고구려에서 까마귀는 태양 혹은 태양신의 상징이었다(고구려 고분의 벽화에 등장하는 삼족오가 그 대표적 예임). 특히 까마귀의 검은색은 태양의 흑점을 표상한다. 고구려 건국신화에서도 천제(天帝)의 아들 해모수(解慕漱)는 하늘에서 지상에 내려올 때 머리에는 까마귀 깃으로 만든 관(冠)을 쓰고 허리에는 용광(龍光)이 빛나는 칼을 찼다.

** 전통적으로 중국에서는 뚜렷한 이유 없이 까마귀를 흉조, 까치를 길조라고 했다. 이는 고대사(古代史)에서 오랫동안 동이족의 지배를 받은 중국의 한족(漢族)이 동이족을 증오하는 데서 형성된 집단 심리라 할 수 있다.

*** 莫赤匪狐 莫黑匪烏 惠而好我 攜手同車 其虛其邪 旣亟只且(막적비호 막흑비오 혜이호아 휴수동거 기허기사 기극지차 : 붉지 않다고 여우 아니고 검지 않다고 까마귀가 아니겠는가. 내가 사랑하여 나를 좋아하는 사람이 있으니 그의 손을 이끌어 수레 타고 가리라. 어찌 우물쭈물 망설이는가. 이미 시간은 다급하고 다급하거늘)[『시경(詩經)』, 「패풍(邶風)」 제16장 북풍(北風)]. 여우(狐)는 짐승 이름이니 개와 흡사하고 그 색깔은 황적색이요, 오(烏)는 까마귀이니 흑색이다. 모두 상서롭지 못해 사람들이 보기 싫어하는 동물들이다. 그런데 근래에 들어 이처럼 상서롭지 못한 동물들만 보이는 것은 나라가 (북쪽 오랑캐의 침입으로) 장차 위란(危亂)에 빠질 징조임이 분명하니 사랑하는 사람과 수레를 타고 빨리 떠나야 한다. 시간이 급박하다. 나라가 위난에 빠지면 천한 자들은 머물고 귀한 자들은 떠난다는 뜻이다.

한 희생물이 아니었겠는가?

자화상

전신이 검은 까마귀,
까마귀는 까치와 다르다.
마른 가지 끝에 높이 앉아
먼 설원을 굽어보는 저
형형한 눈,
고독한 이마 그리고 날카로운 부리.
얼어붙은 지상에는
그 어디에도 낱알 한 톨 보이지 않지만
그대 차라리 눈발을 뒤지다 굶어죽을지언정
결코 까치처럼
인가(人家)의 안마당을 넘보진 않는다.
검을 테면
철저하게 검어라. 단 한 개의 깃털도
남기지 말고……
겨울 되자 온 세상 수북이 눈은 내려
저마다 하얗게 하얗게 분장하지만
나는
빈 가지 끝에 홀로 앉아
말없이
먼 지평선을 응시하는 한 마리
검은 까마귀가 되리라.

새봄을 기다리는 마음

아직 추위 물러가지 않고 바람결은 쌀쌀하지만 양지쪽 햇빛은 제법 따사롭기만 하다. 벌써 2월, 언제나 그렇듯 머지않아 새봄은 올 것이고 대지는 움트는 초목들로 한세상 푸르러질 것이다.

그런데 그것이 아니었다. 눈을 비비고 자세히 들여다보니 봄은 이미 집의 대문 문턱에 와서 기다리고 있었던 것, 겨우내 얼어붙었던 마당 가의 수도가 방울방울 물을 떨어뜨린다. 부푼 흙도 함쑥 물기에 젖어 무엇인가 일을 저지를 기세다. 편지 한 다발을 휙 대문 안으로 내던지고 사라지는 우체부의 발소리가 오늘따라 어쩐지 경쾌하기만 하다.

그 춥고 어두웠던 겨울을 어떻게 견디어냈을까. 뜰의 목련 꽃봉오리가 몽실하게 굵어 있다. 터뜨리기 일보 직전이다. 무심했던 마음을 접고 새삼 이곳저곳 둘러본다. 비단 목련만이 아니다. 산수유는 산수유대로, 라일락은 라일락대로, 또 영산홍은 영산홍대로 제각각 '이때다' 하고 곧 일을 낼 것만 같다. 작년 늦봄, 근처의 야산에서 옮겨 심은 진달래가 제대로 뿌리를 내려 살 수 있을지 겨울 내내 걱정했던 것도 기우(杞憂), 그들 역시 기특하게도 여릿한 꽃봉오리 몇 개를 이미 가지에 맺어놓았다. 백화제방(百花齊放)이라 하던가. 이제 2, 3주 지나면 이 모든 것들이 가슴을 활짝 열고 그 자신 숨어 몰래 기른 것들을 자랑스럽게 펼쳐 보일 것이다. 찬란한 빛깔과 황홀한 향기와 아름다운 자태로 이 한 해를 마음껏 그들만의 세상으로 누릴 것이다.

그러나 자세히 살펴보면 올해라고 해서 특별히 달라진 것은 없다. 항상 같은 모습의 되풀이다. 재작년에 왔었던 봄이 작년과 다르지 않았고 작년에 왔던 봄이 올봄과 다르지 않다. 내년에 올 봄 또한 올봄과 다르지 않으리라. 똑같은 해가, 똑같은 모습으로, 똑같은 장소에 뜰 것이다. 똑같은 목련나무가, 똑같은 부위에서 똑같은 색깔과 똑같은 모양의 꽃을 피울 것이다. 이처럼 돌고 도는 것이 천문(天文)의 이치이자 자연의 섭리이거늘 우리는 왜 번번이 일 년을 주기로 해서 뜨는 해만을 특별히 새해, 일 년을 주기로 해서 오는 봄만을 특별히 새봄이라고 일컫는 것일까. 우주가 창생하고 지구가 태양을 돌기 억만 년을 되풀이해도 왜 우리는 매 일 년째 뜨는 해, 매 일 년째 오는 봄만을 굳이 새해 새봄이라고 우기는 것일까.

아마도 그것은 우리가 꿈꾸는 그 희망과 기대라는 것이 과거를 폐기시키는 데서만이 가능하기 때문일지 모른다. 생각해보라. 한 번의 승자가 영원한 승자, 한 번의 패자가 영원한 패자로 남는다면 그 외 이 지상의 다른 생명들은 대체 무엇 때문에 살아야 할 것인가. 그는 그 어느 곳에서 존재의 필연을 찾아야 할 것인가. 그러니 한 번 실패한 자도 언제인가는 승리할 수 있는 기회, 한 번 정죄된 자도 다시 의인이 될 수 있는 새 출발의 기회를 보장해주는 것이, 이 우주 자연이 우리에게 베풀어주어야 할 최소한의 은총일 것이다. 하느님이 당신의 우주 경영에서 굳이 봄, 여름, 가을, 겨울 사계절의 순환을 고집하시는 이유도 아마 여기에 있을지 모른다.

그래서 그 '새'라는 관형사는 고귀하고 소중하다. 그래서 같은 말이라도 '새' 자를 붙여야 아름답고 빛난다. 그래서 우리는 이렇게 호명하지 않던가. 새사람, 새 아침, 새 길, 새 집, 새 일터, 새 옷, 샛별, 새마을, 새내기, 새 학년, 새 생활, 새색시, 새잎, 새 판, 새 상품, 새 브랜드, 새 차, 새 기술, 새 출발, 새 항로, 새 시장 …… 심지어 '새신랑', '신새벽'이라는 말조차 있다.

임진(壬辰)년 새봄이다. 작년의 사업에서 상처를 받았다고, 실패했다고 우울해하지 말자. 가슴에 희망과 꿈이 넘치는 한 해, 이번만큼은 그 희망과 꿈의 성취가 확실한 그 새로운 한 해가 바로 우리 앞에 다가와 있지 않은가.

새해

작년에 뜨던 해를 새해라 일렀는데
올해 뜨는 같은 해를 또 새해라 하는구나.
이 세상 영원한 승패자가 그 어디 있겠느냐.

동화(童話)

22세의 꽃다운, 젊은 어머니는 지아비를 잃은 지 여덟 달 뒤 그 소년을 낳았다. 전라도의, 바다가 가까운 어느 산골 마을이었다. 그렇지만 남편 없는 시가에 정을 붙이지 못했던 그녀는 애비 잃은 그 핏덩이를 품에 안고 그만 친정으로 돌아와버렸다. 그래서 소년은 그때부터 초등학교, 중학교를 거쳐 고등학교를 졸업할 때까지 외가에서 자랐고 어머니는 일생을 수절하시다가 51세를 일기로 행복하지 못했던 삶을 마감하셨다.

할아버지가 하서(河西) 김인후(金麟厚)의 12대손이었고 할머니가 송강(松江) 정철(鄭澈)의 13대손이었던 외가는 하서를 배향한 필암서원(筆巖書院)의 옆 자락에 자리하고 있었다. 그래서 유년 시절의 소년은 필암서원을 들락거리거나, 그 앞을 흐르는, 맑은 황룡강에서 미역을 감거나, 아니면 이 후원의 대숲 아래 앉아 사랑채의 외조부께서 글을 읽는 소리를 듣는 일로 하루해를 소일하곤 하였다. 그러다 지치면 별당 마루 끝에 멍하니 홀로 앉아 황룡강(黃龍江)을 끼고 돌아가는 호남선 기차의 하얀 연기를 바라본다든가 하는 것이 좋았다.

외가에는, 큰따님이었던 어머니 이외 손아래 다섯 분의 이모님과

한 분의 외숙이 계셨다. 그러나 태생적으로 내성적이고 문약했던 소년은 항상 외롭기만 했다. 주위의 모든 사람들이 다 연치가 있는 분들이어서 아마 더 그랬을지도 모른다. 그런 그에게 어느 날 세상 처음으로 정을 붙일 소녀가 하나 생기게 된다. 혼인한 큰이모님이 딸을 낳아서 친정에 나들이를 오신 것이다. 무녀독남이었던 소년은 네 살 차이의 그 여동생이 좋았다. 모처럼 큰이모님이 외가에 오시면 소년은 그 아이에게 정을 쏟곤 하였다.

그러나 그 외갓집 살구나무 꽃그늘 아래서 이모님과 마지막 작별을 하던 그해 초여름, 비극적인 한국전쟁이 발발하였다. 외가는 파산하다시피 몰락했고 서울에 사시던 큰이모님 댁 식구들은 종적 없이 사라져버렸다. 들리는 풍문으로는 전쟁 중 비행기 폭격으로 사망했다 하기도 하고, 빨치산 소탕 작전에 휘말려 돌아가셨을 거라고들 했다. 그러나 아무것도 확인해줄 증거는 없었다. 그리고 이후 70여 년의 세월이 흘렀다. 사람들은 그저 행방불명이라고만 했다.

그런데 작년 여름이다. '소년'은 대한적십자사로부터 한 통의 전화를 받게 된다. 전쟁 중 행방이 묘연해진 그 이종 여동생이 북한의 평양에서 남한의 '소년', 아니 이제 노인이 된 자신의 이종 오빠를 찾는다는 소식이었다. 큰이모님은 그곳에서 이미 타계하셨다고 했다. 그리하여 작년 그날, 그러니까 2018년 8월 25일 금강산에서 개최된 제21차 남북 이산가족 상봉장에서 일흔여섯 살의 '소년'은 일흔두 살이 된 '소녀'를 헤어진 지 70년 만에 해후할 수 있었다.

헤어지는 날이다. 일흔두 살의 여동생이 울먹이며 말했다. "오라버니, 북조선에서 외갓집이 생각나면 읽을 수 있게 친필로 시 한 편을 써주세요. 오라버니가 남조선의 유명 시인이라는 것을 나는 북조선에서도 이미 들어 알고 있었어요."

너는 4살

너는 4살, 나는 8살.
우리는 그때 외갓집 마당가에 핀
살구나무 꽃그늘 아래서 헤어졌지.
네 초롱초롱 빛나던 눈동자에 어리던
푸른 하늘이
지금도 기억에 선명한데,
네 볼우물에 감돌던 그 천진스런 미소가
아직도 기억에 생생한데
이후 우리는 다시 만날 수 없었지.
곧 전쟁이 일어났고,
사랑하는 사람들이 죽어 나갔고
더이상 고향에서 살 수 없게 된 우리는
어딘가로 뿔뿔이 흩어지게 되었고,
생사를 모른 채 이처럼
70년을 헤어져 살아야만 했구나.
예뻤던 내 여동생 종주야.
이제 너는 일흔둘,
나는 일흔 하고도 여섯.
몸들은 이미 늙었다마는 아직도
네 눈빛에 어리던 푸른 하늘과
네 볼우물에 일던 그 귀여운 미소는
여전하구나.

종주야. 내 사랑하는 동생아,
이제 우리는 다시 헤어지지 말자.
그때 그날처럼 아직도
그 자리에 서 있을 우리 외갓집 마당가
살구나무 꽃그늘 아래서
다시 만나자.
다시는 그 끔찍한 민족의 시련을
겪어선 안 된다.
그때 너는 4살, 나는 8살.

—2018년 8월 25일 금강산 제21차 이산가족 상봉장에서
북에서 내려온 이종 여동생에게

새해 아침에

새해 아침이다. 눈이 부시다. 날마다 떠오르고 날마다 지는 태양이지만 오늘 아침만큼은 어쩐지 유난히 밝고 아름답다. 아니 밝고 아름다워야 한다. 그래서 새해 아침이다. 그래서 비록 날씨가 흐렸다 하더라도 우리의 새해 아침은 항상 눈이 부시도록 찬란하다.

왜 밝고 아름다워야 하는가. 새 출발을 기약하는 날이니, 새 희망을 가슴에 품는 날의 아침이니 마땅히 그래야 하지 않겠는가? 새 출발을 기약하는 사람, 새 희망을 가슴에 품는 사람의 마음이 어찌 마냥 어둡고 황량할 수 있으랴. 진정 그러하지를 못한다면 그는 이 새로운 1년의 기회를 자신의 것으로 맞이할 준비를 아직 채 갖추지 못한 사람일 것이다. 그것은 마치 패배를 염두에 두고 떠밀리듯 스타트라인에 올라선 육상 선수가 결코 승리를 거둘 수 없는 이치와도 같다.

새해 새 아침은 삶이 가장 공평하게 영위될 수 있도록 자연이 이 세상의 역사를 원점으로 되돌려놓은 시간. 그러니 새해 아침은 누구나 똑같은 자격으로 다시 새롭게 출발해야 한다. 그가 무엇인가를 성취했건, 성취하지 못했건 과거는 '과거'로서 일단 끝, 광막한 우주를 영원히 멈추지 않고 도는 그 시간의 수레바퀴 아래서 지금 우리는 이제 새해 새 아침이라는 이 새로운 시간의 출발선에 서는 것이다. 다시 우리의 새로운 현실, 새로운 우주를 만들어내야 하는 것이다.

만일 그렇지 않다면 자연의 이 성스러운 질서는 얼마나 부조리할 것인가. 한 번의 실수 혹은 한 번의 행운이 영원을 결정해버린다면, 한 번의 승자가 영원한 승자이고, 한 번의 패배가 영원한 패배이어야만 한다면, 그러한 삶, 그러한 역사에 대체 무슨 의미, 무슨 보람이 있을 것인가.

작년에 흉년이 든 들녘이 올해엔 풍년이 들 수도 있다. 작년에 우중충했던 단풍이 올해엔 화사하고 아름다울 수 있다. 작년에 질병으로 고생하던 사람이 올해엔 건강을 회복할 수 있다. 작년에 대학 입학시험에 낙방하여 상심하던 학생이 올해엔 합격의 기쁨을 누릴 수 있다. 작년에 도산의 위기에 몰렸던 기업이 올해엔 흑자를 낼 수도 있다. 그런 기대와 희망 때문에 살아가는 것이 아닌가.

따라서 한 번 패배한 자도 언제인가는 승리할 수 있어야 한다. 한 번 궁핍한 자도 언제인가는 풍요를 누릴 수 있어야 한다. 그렇다. 최소한 그렇게 될 수 있도록 공평한 기회만큼은 지상의 그 누구에게나 빠짐없이 주어져야 한다. 그래서 의로우신 우리 하느님께서는 이처럼 새해라는 시간의 한 계기를 만들어 그들이 과거에 이루어놓았던 일이나 저지른 과오들에 대해 더 이상 묻지를 아니하시고 다시 그가 원점에 서서 새롭게 출발을 기약할 수 있도록 은총을 베풀어주시는 것 아니겠는가.

새해 아침이다. 햇살에 눈이 부시다. 일어나 창밖을 내다본다. 아아, 이 지상은 지난밤에 내린 눈으로 온 천지 은빛으로 빛나고 있다. 거리의 헐벗은 가로수들이 정결하게 눈꽃들을 피웠다. 보도에 나뒹구는 낙엽들과 골목의 그 아무렇게나 버려져 있던 오물들도, 늘어진 전깃줄과 퇴락한 빌딩의 어수선한 간판들도, 연기에 그을린 공장의 굴뚝과 가난한 달동네의 어설픈 지붕들과 도심의 회색빛 풍경들도 모두 하얗게 하얗게 지워져버리고 없다. 밤사이 세상은 온통 순수한 한 장의 백지가 되어 있는 것이다.

새 출발이란 과거와의 결별을 의미하는 것, 그러니까 과거를 하얗게 지워버리고 그 위에 다시 새로운 그림을 그린다는 것이다. 그러므로 만일 새해 첫날을 색깔로 표현할 수 있다면 아마 — 초록색도, 푸른색도, 노란색도 아닌 — 흰색일 터이다. 어느 시인도 그렇게 노래하지 않았던가. "1월이 색깔이라면/아마도 흰색일 게다/아직 채색되지 않은/신(神)의 캔버스,/산도 희고 강물도 희고/꿈꾸는 짐승 같은/내 영혼의 이마도 희고……"

새해 첫날은 빈 노트의 안표지 같은 것, 쓸 말은 많아도 아까워 소중히 접어둔 여백이다. 새해 아침이다. 오늘만큼은 일찍 일어나 먼저 창을 열고 밖을 내다보아라. 어제의 세계는 이미 오늘의 세계가 아닌 것, 눈에 덮여 하이얗게 된 산과 들, 그리고 물상(物象)들의 그 눈부신 고요는 마치 비어 있는 신(神)의 화폭(畵幅)같지 않은가.

설날

새해 첫날은
빈 노트의 안표지 같은 것,
쓸 말은 많아도
아까워 소중히 접어둔
여백이다.

가장 순결한 한 음절의 모국어를 기다리며
홀로 견디는 그의 고독,
백지는 순수한 까닭에 그 자체로 이미
충만하다.

새해 첫날 새벽
창을 열고 밖을 보아라.

눈에 덮힌 하이얀 산과 들,
그리고 물상들의 눈부신
고요는
신(神)의 비어 있는 화폭 같지 않은가.

아직 채 발자국 하나 찍히지 않은
눈길에
문득 모국어로 우짖는
까치 한 마리.

엄지손가락의 그 피 한 방울

나의 유년 시절은 철이 없었다. 동네 개구쟁이들과 뛰어노는 데에 정신이 팔려 공부를 하지 않았다. 황룡강에 가서 헤엄을 치거나 물고기를 잡는 일, 들판의 종달새 집을 뒤져서 알들을 훔치는 일, 인근 산에 올라 칡을 캐는 일, 연날리기나 들불놀이 같은 것들에 골몰하는 일 따위에 더 신이 났다. 그래서 어머니가 원하시는 대로 책을 읽거나 공부하는 일은 뒷전이었고 초등학교 시절의 내 성적은 항상 반에서 20등 내외를 면치 못했다.

결혼하신 지 채 2년도 되지 못한, 그러니까 나를 낳기도 전인 그해에 지아비(나의 아버지)가 돌아가시자 어머니는 시댁이 낯설어 그냥 친정에 눌러앉게 되셨다. 외가는 전라도의 소지주 집안이었다. 홀로된 딸과 외손 정도는 충분히 거둘 수 있는 재력을 지니고 있었다. 그런데 국민학교(초등학교) 3학년 때, 돌연 한국전쟁이 발발했고 그 여파로 외조부를 잃은 외가는 몰락의 길을 걷게 되었다. 외가에서 더부살이를 하던 어머니와 나 역시 같은 운명에 처해졌다. 그리고 그 얼마나 오랜 세월이었던가. 이때부터 대학을 졸업하여 대학에서 교수직을 얻기까지의 그 긴 기간은 실로 내게 모진 시련의 연속이었다.

중학교에 입학할 때까지도 나는 철이 들지를 않았다. 여전히 공부하는 것보다는 노는 일에 여념이 없었다. 그런 나를 회초리 한 대 치지 않고 지켜보셨던, 당시 홀로된 어머니의 마음은 얼마나 답답하고 아프셨을까? 그러던 어느 날, 그러니까 중학교 1학년 어느 봄날 저녁이었다. 다른 때보다 좀 일찍 집에 돌아온 나는 문득 지금까지 보지 못했던 광경 하나를 목도하였다. 재봉틀을 돌리시던 어머니의 엄지손가락에서 방울방울 피가 흐르고 있지 않는가. 그간 생활비에 보태 쓰시려고 어머니는 동네 사람들을 상대로 삯바느질을 하고 계셨던 것인데 천을 재봉질하다가 그만 바늘에 손가락을 찔리셨던 것이다.

나는 난생처음으로 어머니가 안쓰러워 보였다. 걱정도 되었다. 그래서 한다는 말이 불쑥 "엄마, 아파?"였다. 어머니는 물끄러미 나를 쳐다보시더니 한참 만에 하시는 대꾸가 이랬다. "아니다. 네가 공부하지 않은 것보다 더 마음이 아프지는 않다." 그 말씀에 비로소 철이 들었던 것일까. 순간 나의 눈동자에서는 나도 몰래 눈물이 핑 돌았다. 그리고 그때부터 손에 책을 들었다.

그 자책감이었는지 모른다. 나는 중학교 1학년 1학기를 마치면서 마침내 우등생의 반열에 올랐다. 그 6개월 만에 어느덧 책을 좋아하는 소년으로 변모되어 있었던 것이다. 세상을 뜨신 지가 햇수로 벌써 45년이 된 어머니, 꿈속에서라도 보고 싶지만 볼 수가 없다.

피 한 방울

펜에 잉크를 찍어
원고지에 꾹꾹 눌러쓴 시 한 편,

심혈을 기울여 썼다고 생각했다.
정성을 다 바쳐 썼다고 생각했다.

그러나 그게 아니었다.

공부를 몹시 싫어했던 내 어느 소년 시절, 삯바느질로 생계를 보태시던 어머니가
바늘에 손가락을 찔려 뚝뚝 피를 흘리시던 모습,

–엄마, 아파?
–아니다. 네가 공부하지 않은 것보다 마음이 아프지는 않다.

그때 짓다 만 하얀 옥양목 두루마기의 깃에 번지던 그
순결한 피 한 방울.

내 오늘
셔츠에 단추를 달아주는 아내의 손놀림을 보면서
비로소 깨달았나니

내가 펜에 찍어 쓴 잉크는
기실 그 핏방울이었다는 것을.
꾹꾹 눌러쓴 원고지 한 페이지는
그 하얀 옥양목 천이었다는 것을.

한강, 서울의 젖줄

몇 년 전인가 생태환경보호 운동가이자 호서대학교 식품영양학과 교수이기도 한 이기영 작곡가가 내게 한 가지 청탁을 해왔다. 한강을 주제로 가곡 하나를 작곡하고 싶으니 노랫말(가사) 한 편을 꼭 만들어달라는 것이었다. 그래서 쓴 것이 「한강은 흐른다」라는 제목의 시였는데 — 노래의 가사로 쓴 까닭에 — 나는 이 작품을 아직까지 내 시집 어디에도 수록하지 않았다. 그러나 가곡으로서의 평가는 높게 인정되어 한국 100대 명가곡집에 뽑힌 것은 물론 중학교 음악 교과서에도 당당히 실려 있다.

지금까지 내 시를 가사로 해서 작곡한 가곡들은 열댓 편이 넘는다. 그중에는 나름으로 공중파를 타는 것도, 각종 음악회에서 선곡으로 불리는 것들도 있다. 그러나 「한강은 흐른다」만큼 대중성과 음악성을 확보한 작품은 드물 듯싶어 나는 이 가곡에 특별한 애정을 지니고 있다, 쑥스럽지만 나 자신이 들어도 아름답고 서정적이고 명상적이다. 이 모두 이기영 교수의 탁월한 음악적 감수성에서 빚어진 결과가 아닐까 생각한다.

노래의 가사만을 놓고 보자면 한강은 참으로 아름답고, 낭만적이고, 생명력이 넘치는 강인 것 같다. 그러나 진정 그렇다면 얼마나 좋으랴. 현실은 그렇지 못하니 문제다. 역설적으로 오염되고 훼손되어 있는 까닭에 시인은 아름다운 한강, 살아 있는 한강을 꿈꾸는 것 아니겠는가.

한강이 이미 죽어버린 강이되어 버렸다는 것은 굳이 생물학적 산소요구량의 수치까지 들먹이며 지적할 필요가 없다. 우선 시각적으로 죽어 있다. 옛날의 그 맑고 푸르르던 물빛은 이미 사라진 지 오래, 언제부터인가 시커멓고 혼탁한 흙탕물이 넘실거리고 있을 뿐이다. 우리는 이제 그 누구도 이 오염된 한강에서 마음 놓고 수영을 즐길 수 없게 되었다. 그럴 엄두를 낼 수도 없다.

한강은 이제 생활의 일부도 아니다. 물밀듯 달려드는 자동차들의 행렬을 위해서는 강둑에 잘 닦인 아스팔트 포장길이 들어서 있지만 시민들이 한가롭게 산책하며 즐길 만한 보도나 숲길, 마음 편히 강을 건너면서 서울의 경관을 감상할 수 있는 다리는 하나도 없다. 둔치 역시 대부분 주차장, 매점, 식당, 그 밖의 소란스러운 유희 시설들이 점유하고 있으니 그 누가 강과 더불어 조용히 책을 읽고, 사색하고, 자연과 교감을 나눌 수 있겠는가. 어찌 세느를 노래한 아폴리네르처럼 한강을 노래할 수 있겠는가.

그러나 대학을 다니던 내 젊은 시절의 한강은 이렇지 않았다. 60년대 초반만 해도 물은 맑았고, 푸르렀고, 그 물속엔 지금은 자취조차 사라진 웅어, 황복 같은 물고기들이 무리를 지어 몰려다녔다. 아무데서나 풍덩 뛰어들어 수영을 즐길 수도 있었다. 그림처럼 펼쳐있던 백사장은 또 어떠했던가. 물가엔 수많은 물새 떼가 둥지를 틀었고, 녹음은 싱그럽고 아름다웠다. 오월 단옷날, 한강 둔치에서 열리던 그 흥성스러운 그네타기 대회, 그 아래 하얀 모래밭에서 펼쳐지던 씨름판, 강둑으로 난 오솔길은 연인들의 데이트 코스이기도 했다.

그럼에도 불구하고, 지금 우리가 보는 것과 같은, 한강의 난(亂)개발은 60년대 말, 김현옥 서울시장이 한강 이남에 소위 '강남 신도시'라는 것의 건설을 서두르면서 시작된 것이 아니었던가 한다. 무분별하게 택지를 조성해서 땅 투기를 조장한 것, 제대로 된 환경평가 없이 오직 경제논리로만 용지를 결정한 것, 우후(雨後)의 죽순(竹筍) 같은 시멘트 판자촌을 난립시켜 600년 고도 서울의 경관을 여지없이 훼손시킨 것 등은 누가 무어라 해도 민족의 만년대계에 크나큰 과오를 범한 것이 틀림없다.

그 첫 단추를 잘못 끼워서 이 같은 결과를 초래한 것이지만 한강은 그런 식으로 개발해서는 안 될 일이었다. 최소한 강변을 끼고도는 초지(草地)만큼은 일정 부분 공공용지로 남겨놓아 민족사에 길이 남을 건축물들이 들어서도록 예비해두었어야 했었다. 박물관, 도서관, 민족 기념관, 사원(불교나 기독교 그것도 아니라면 단군 사당 등), 음악당, 극장, 미술관, 학술원이나 예술원 기타 정부 청사 같은 것들이다.

요즘 서울시는 빈약한 도시 관광 코스를 모색하는 차원에서 그 마지막 카드로 외국인들에게 한강 크루즈를 권장한다고 들었다. 하지만 강변에 무슨 볼 것이 그리 있어 누가 즐겁게 이를 선호할 것인가. 그러나 그럼에도 나는 아직 늦었다고 생각하지는 않는다. 인간사 올바른 방향을 잡아 이를 바로잡기 위해 노력하기만 한다면 언제인가는 나름대로 거듭날 수도 있는 것. 가능한 한 개선할 것은 다시 개선하고 재개발할 것은 다시 재재개발이라도 해서 새롭게 건설하면 될 일이다.

생각이 절반이고 시작이 전부다. 그리하여 우리도 이제 한강의 어느 목 좋은 자리 그 어딘가에 — 특히 잠실에서 여의도에 이르는 구간에 — 세계에 내놓을 만한, 그리고 우리 민족사에 길이 남을 만한 위대한 건축물들 몇 개쯤은 만들어 남겨놓아야 하지 않겠는가. 영국의 템스 강가나 파리의 센 강변이 그러하듯이.

한강은 흐른다

한강은 흐른다.
산과 들,
복숭아, 진달래, 꽃망울 터뜨리며
오늘도 무지개로 소리 없이
흐른다.

한강은 흐른다.
논과 밭,
청보리, 무, 배추 파아랗게 물들이며
오늘도 비단길로 말없이
흐른다.

눈보라 휘날린들 멈출 수 있으랴.
폭풍우 몰아친들 돌아갈 수 있으랴.
흐르고 흘러서 영원이리니

대양에 이르러야 우리인 것을,

한강은 흐른다.
마을과 도시에
저마다 생(生)의 등불 환하게 밝히면서
오늘도 은하수로 묵묵히
흐른다.

집이 우는 소리

정년을 앞둔 교수 시절, 나는 매 겨울방학 때마다 며칠씩 절에 가서 머물곤 했다. 치악산의 구룡사, 설악산의 백담사, 금강산의 화암사, 두타산의 삼화사, 달마산의 미황사 등이다. 10여 년에 걸친 기간이었다. 그중에서도 나는 백담사(百潭寺)를 자주 찾았는데 그것은 내가 이 절의 회주이신 무산(霧山)스님과 남다른 인연이 있어서였다. 내가 책 배낭을 한 짐 지고 백담사를 찾으면 그 어느 때나 스님은 싫어하는 내색 없이 항상 절의 요사채나 만해당(萬海堂), 후에 기초 선원이 된 농암장실(聾巖杖室)의 빈방 하나를 내주시곤 했다. 그래서 나는 겨울 한철을 짧게는 10여 일, 길게는 한 달 가까이를 절집에서 홀로 나뒹굴며 하루하루를 보냈다. 스님은 후에 백담사를 포함한 신흥사 문중의 큰 어른(조실)이 되셨고 — 다 아는 바와 같이 — 애석하게도 작년에 입적하신 바 있다.

당시 내가 이처럼 자주 절을 찾았던 것에는 몇 가지 이유가 있었다. 첫째, 조용히 글 쓸 공간이 필요했다. 교수란 일상인들과 달리 책을 비치해두어야 할 별도의 공간이 하나 더 필요한 사람이다. 따라서 봉급은 적어도 엉뚱하게 큰 집만큼은 가져야 한다. 그러나 교수 생활

30여 년을 나는 변변한 서재 하나 없이 지냈다. 둘째, 당시의 시국이 너무 어지러워서 학내 생활에 전념하기가 쉽지 않았다. 매일매일 일어나는 권위주의 정권의 대학 유린과 이에 저항하던 학생들의 고통을 현장에서 힘없이 지켜보며 도저히 시대를 감당하기가 어려웠다. 그래서 잠깐이라도 현실을 떠나 어디선가 편히 숨을 좀 쉬고 싶었다.

설악산 국립공원의 중심, 풍광이 뛰어난 곳에 위치한 백담사는 평소 수많은 관광객들로 북적거리는 곳이다. 봄, 여름, 가을 가릴 것 없다. 그러나 겨울 한 철만은 예외여서 언제 그랬냐는 듯 그 많던 인파들이 순식간에 사라져버리는 곳 또한 백담사이다. 평균 영하 15,6도를 넘나드는 추위와 항상 한 길 넘게 쌓인 눈 때문이다. 그래서 평일은 물론 휴일에도 내방객 하나 찾아보기 힘들다. 나는 정신을 오싹 차리게 하는 그 설악산의 추위와 정적이 좋았다. 그래서 머무는 동안만큼은 마치 나 자신이 산의 주인이나 되듯 산 생활을 즐기곤 했다.

어느 때는 산짐승들의 발자국들을 좇아 하루 종일 눈밭을 헤매기도 하고, 어느 때는 요사채 마루에 홀로 걸터앉아 망연히 햇빛 공양을 받기도 하고, 어떤 때는 방구석에 드러누워서 얼음장 밑으로 흘러가는 계곡의 물소리를 듣기도 하고, 또 어떤 때는 근처의 암자를 찾아 스님들과 시담(詩談)을 나누기도 했다. 간혹 서울에서 제자들이 몰려오는 때도 있었다. 그런 날은 모처럼 사제지간이 함께 술잔을 기울이며 강의실에서는 미처 나누지 못했던 이야기들로 밤을 새우기도 했다. 돌이켜보면 내 인생 가장 행복한 시간들이 아니었던가 한다.

어느 해인지 그 겨울에도 나는 백담사를 찾았다. 그런데 스님은 — 예년과 달리 — 요사채가 아닌, 어떤 외딴 빈집의 방 하나를 마련해주셨다. 본사에서 1킬로미터쯤 떨어진, 그래서 산속 깊숙한 곳에 자리한 한옥 기와집이었다. 기둥이나 대들보에 아직 소나무향이 배어 있었던 것으로 미루어, 지은 지 오래되지 않은 건물일 성싶었다. 옆에는 '관음전(觀音殿)'이라고 불리는 한 칸짜리 고옥(古屋) 한 채도 버려진 채 있어 무언가 심상치 않다는 느낌이 드는 곳이기도 했다.

당시 나는 그 건물의 용도를 몰랐다. 그런데 수년 후 우연하게 다시 찾았더니 그 건물은 — 내가 머물렀던 그때와는 달리 — 'ㅁ' 자 형태로 크게 증축되어 '무문관(無門關)'이라는 현판이 붙어 있었다. 알고 본즉 속인들은 물론 스님들도 함부로 출입할 수 없는 선원(禪院), 즉 수좌(首座)들만의 수행처였던 것이다. 그러니까 나는 선원이 미처 개원되기도 전에 이미 이 건물을 사용하는 영광을 누렸던 셈이다.

본사에서 그곳까지의 산길은 후미진 계곡과 인적 끊긴 산등성이를 휘돌아야 했다. 대낮에도 좀 음산하다는 느낌이 들어 홀로 걷기에는 마음이 편치 않은 오솔길이다. 아직 날이 밝지 않은 새벽(겨울 산골이니까), 내가 아침 공양을 하러 아래 본사로 내려가거나 저녁 공양을 마치고 홀로 터벅터벅 선원으로 오르는 밤길이 더욱 그랬다. 본사의 등불이 가물가물 보이는 지점까지는 그래도 안심이 되었다. 그러나 산모퉁이를 돌아 갑자기 불빛이 사라지게 되면 홀연 공포감이 엄습해왔다. 그때 공교롭게도 주위에서 산짐승들이 바스락거리는 소리라도 낸다면 더욱더…….

간신히 숙소에 들어도 밤을 새우는 일이 심란했다. 쉽게 잠이 오지를 않았다. 누군가가 밖에서 나를 엿보는 것 같기도, 금방 무슨 도깨비 같은 것들이 들이닥칠 것 같기도 했다. 그 우람한 설악산의 밤 정적을 이겨내는 것도 힘들었다. 거기다가 본사에서 공양을 할 때 처사들끼리 주고받는 말을 귀동냥으로 들은즉, 옆 관음전은 원래 터가 센 곳이어서 밤마다 귀신들이 모여 운다고들 하지 않던가. 그런 잡념들로 정신의 긴장을 늦추지 못할 때다. 갑자기 집이 흔들리더니 어디선가 크게 '쿵 삐그덕!' 하는 소리가 들렸다. 드디어 귀신이 나타난 것이다. 나는 그만 혼비백산해서 그 밤을 홀로 오돌오돌 떨며 지새워야만 했다.

다음 날이다. 나는 점심 공양을 마친 후 스님과 차를 나누며 그 밤에 경험했던 일들을 말씀드렸다. 스님은 빙긋 웃으시더니 '일반인들은 견디기가 어려워서 짐을 싸 들고 그만 내려올 터인데 오 박사가 그래도 담은 크다. 그 집터가 원래 기가 세서 웬만한 사람들은 그곳에서 오래 버티지를 못한다'고 하시며 덧붙이시기를 밤중에 나는 그 '괴소리'라는 것은 다름 아닌, 집이 우는 소리라 한다. 새로 지은 목조 건물은 일정 기간 그 목재들이 마르면서 뒤틀리는 까닭에 가끔 아귀 맞추는 소리를 낸다는 것이다.

불가에서는 '일체유심조(一切唯心造)'라는 말이 있다. 사실은 아무것도 없는데 허탄에 집착한 마음이 그것을 마치 실제인 것처럼 착각하게 만들어 여러가지 번뇌를 일으킨다는 것이다. 나는 스님의 그 말씀을 들은 후부터 비로소 평정심을 되찾아 무문관에서의 생활을 하루하루 편안한 마음으로 보낼 수 있었다. 우리가 이 현생에서 '귀신', '도깨비', '무서움', '공포'라 부르는 것은 다 무엇인가. 『반야심경(般若心經)』에서도 '依般若波羅蜜多故 心無罣碍 無罣碍故 無有恐怖 遠離顚倒夢想 究竟涅槃'*라 하지 않았던가.

---

* 의반야바라밀다고 심무가애 무가애고 무유공포 원리전도몽상 구경열반 : 보살은 반야바라밀다에 의지하므로 마음에 걸리는 것이 없고, 걸리는 것이 없으므로 두려

그러니 그 무문관의 '귀신 소리' 역시 마음이 지어낸 허상일 터. 생사를 윤회하는 중생의 삶 역시 이와 어찌 다름이 있겠는가.

말에 대하여 — 非禮勿言 非道勿行

그가 싫어하는 것 같아
살짝 다른 화제로 말머리를 돌린다.
길을 달리던 말이
불쑥 막아서는 장애물을 피하듯,
절벽을 만난 물이 슬며시 그 장소를
휘돌아 지나치듯……
그러니 그 지껄이는 말이나. 걷는 말이나
길이 아니면 기실
가지 말아야 하는 법.

백담(百譚) 계곡 어떤 절집,
요사채 한 방에 누워서 밤에
물소리를 듣나니
그 소리 문득
들판을 달리는 말발굽 소리 같기도 하고,
천년 전설 풀어내는 무당집
굿하는 소리 같기도 하고,
내 어릴 적
돌아가신 어머니의 애틋한
나무람 같기도 하고……

움도 없어 모든 본말이 뒤집혀진 몽상을 멀리하여 열반에 든다.

내 가난한 작은 항구

내가 처음, 배를 탈 수 있었던 것은 고등학교 3학년 어느 가을 날이었다. 다니던 전주(全州)의 한 사립고등학교[신흥(新興)고등학교]에서 졸업 기념 수학여행을 당시로서는 통 크게 바다 건너 제주도로 갔던 것이다. 지금으로부터 50여 년 전, 그러니까 1959년의 일이다.

우리들은 우선 전주에서 호남선 열차에 몸을 싣고 네댓 시간을 달려 목포에 도착하였다. 그리고 이곳에서 다시 서너 시간을 더 기다린 후 물때에 맞춰 당일 오후 6시쯤 제주도로 가는 배를 타게 되었다. '경주호'라 불리던 1,000톤 내외의 작은 철선(鐵船)이었다.* 출항은 순조로웠다. 파도는 잔잔했고 하늘은 맑았다. 모든 것이 즐거웠고 로맨틱했다. 우리들은 무리를 지어 갑판, 선수(船首) 혹은 선교 등지로 몰려다니며 노래를 합창하거나 멀어져가는 목포항과 유달산, 그리고 붉게 물들어가는 수평선 너머의 저녁노을을 넋 잃고 바라보기도 했

---

* 1년 후인 1960년 12월 북한 공작원들에 의해서 납북이 시도되어 세계적으로 유명해진 배이다.

다. 항해는 그처럼 순탄하고 즐겁기만 할 것 같았다.

그런데 추자도(楸子島) 인근의 해상을 지난 뒤부터였다. 갑자기 풍랑이 거세지면서 배가 심하게 요동을 치기 시작하더니 큰 파도가 배를 덮쳤다. 배가 휘청거렸다. 급기야는 바닷물이 폭우처럼 갑판으로 쏟아져 흘러내렸다. 그러자 선부(船夫)들은 — 마치 이를 기다리고나 있었다는 듯 — 우리들을 배 밑바닥으로 몰아넣고 갑판으로 오를 수 있는 계단의 출입문을 외부에서 아예 잠가버렸다. 가난한 학생들인지라 배 밑창에 우리들의 선실이 있었던 것이다. 이제 우리들은 꼼짝없이 감방에 갇혀버린 꼴이 되었다. 설령 그 출입문이 개방되어 있다 하더라도 엄청나게 몰아치는 파도 때문에 감히 밖으로 나갈 엄두를 낼 수도 없었을 것이다.

배는 본격적으로 롤링과 피칭을 반복했다. 파도가 뱃전을 칠 때마다 우리들은 — 쟁반 위를 구르는 구슬들처럼 — 선실 바닥에 이리저리 나뒹굴었다. 파도가 좌측 현을 때리면 우측으로 도르르, 우측 현을 때리면 또 좌측으로 대굴대굴 굴러가 벽에 얻어맞았다. 배는 또 불쑥 하늘로 치솟기도, 털석 주저앉기도 했다. 이런 현상이 계속 되풀이되자 곧 정신이 몽롱해졌다. 속이 메슥거리고 머리가 아파왔다. 하나둘씩 토하기 시작했다. 더 이상 토해낼 내용물이 없어지자 이제는 쓰디쓴, 검고 노오란 위액이 나왔다. 우리들은 서로를 끌어안은 채 토사물로 범벅이 되어버린 선실의 다다미 바닥 위를 이렇게 몇 시간을 더 딩굴었고 마침내 모두 까무라쳐버렸다.

우리가 정신이 든 것은 누군가가 고함을 질렀기 때문이다. 꿈결처럼 들리는 그 아스라한 외침! '제주도가 보인다.' 얼떨결에 눈을 떠 보니 풍랑은 거짓말처럼 잔잔해진 상태였고 배는 느릿느릿 순항을 하고 있었다. 가늠할 수는 없었지만 아마도 예닐곱 시간 후일 것 같았다. 갑판 아래쪽에서 엔진의 피스톤 움직이는 소리가 돌돌돌 하며 마치 심장의 박동처럼 규칙적으로 들려왔다. 우리들은 노곤한 육신을 추슬러 거의 기다시피 갑판에 올랐다. 어두운 하늘 저편 멀리 수평선 너머로 수십 개 불빛들이 아득하게 가물거렸다. 누군가가 제주도라 했다. 그리고 우리는 다시 한 시간 남짓의 항해를 더 한 끝에 새벽녘쯤 되어서야 비로소 제주항에 입항할 수 있었다. 기상이 좋은 날이라면 여섯 시간에 갈 수 있었을 거리를 무려 열두 시간 만에 도착한 것이다.

짐을 푼 우리는 그만 푹 쓰러져 여관에서 꼬박 하루 동안 몸을 풀었다. 그리고 다음 날부터 제주도 탐방. 그때는 아직 섬 내 일주도로가 채 완성되기 이전이어서 길은 가다가 끊기고 끊기다가 다시 이어지기를 반복했다. 잡초가 무성하고 돌무더기가 널려 있는 일차선 흙길에 말이나 소들이 무리를 지어 한가롭게 풀을 뜯고 있는 정경이, 멀리 한라산을 배경으로 올망졸망 들어선 제주도 특유의 돌담, 초가지붕들과 어울려 내 살던 육지와는 전혀 다른 이국적 풍광으로 다가왔다. 마치 나 홀로 어느 외국에 던져져 있는 것 같았다.

이 오염되지 않은 제주도의 천연 경치는 내게 말할 수 없는 감동으로 다가왔다. 그래서 이국적인 신비감마저 들었다. 그때의 인상이 얼마나 강렬했던지 이후 성인이 되어서도 나는—다른 많은 외국을 두루 다녀보았으나—아직까지 이 지상 그 어디에도 학창 시절에 가보았던 우리나라의 그 제주도보다 더 아름다운 자연, 제주도보다 더 신비스러운 풍물, 제주도보다 더 순결한 인정을 느낄 수 있었던 곳은 없었다고 생각한다.

이제 성장해서 나는 시인이 되었다. 오랜 세월, 이 세상의 많은 것들을 보고 듣고 노래하고자 하였다. 이 세계에 숨어 있는 진실, 인간 내면에 잠들어 있는 슬픔과 사랑 같은 것들을 찾아 한생을 방황하였다. 그러나 그러면서 비로소 깨달은 하나의 진실! 시작(詩作)이라는 것도 사실은 대양을 건너는 선박의 항해와 별다를 바 없을 것이라는 바로 그 생각이다. 그렇다. 시를 쓰는 서재, 즉 집필실은 이 세상 자체이며, 책상은 항구, 서가는 부두, 원고지는 바다, 책들은 해도(海圖), 펜은 배, 그리고 스탠드의 불빛은 밤바다를 밝히는 등대 바로 그것이 아니던가.

그러니 나는 서재라는 이 조그마한 소형 선박의 선실에 홀로 앉아 날마다 정신의 항해를 꾀하고 있는 셈이다. 그 항해는 물론—앞서의 첫 승선 경험처럼—때론 풍랑과 태풍에 휘말릴 수밖에 없어 험난하고 고통스럽다. 그러나 그 고통의 항해를 견디고 마침내 도달한 수평선 너머의 신대륙—제주도는 얼마나 아름답고 신성한 곳이었던가.

아직 내 시의 항구는 인천이나 부산처럼 거대하지도, 기능적이지도 못하다. 그저 60년대의 목포 같은 가난하고 작은 항구다. 그러나 나는 내 서재가 뉴욕이나 암스테르담 같은 큰 항구가 되기를 바라지 않는다. 내 시적 감성은 여전히 60년대식 그 목포항을, 제주항을 사랑하니까…….

시작(詩作)

내 테이블은 고독한

밤바다,
원고지는 그 바다에 뜬 목선(木船).
밤마다 나침반 하나만 들여다보면서 나는
먼 대양을 항해한다.
가로 세로
하얀 백지에 금을 그어
매일 작성하는 새
해도(海圖).

오늘도 나는
등대처럼 깜빡이는 스탠드의
불빛 아래서
먼
해조음(海潮音)을 듣는다.

매년 피는 꽃은 다르다

내 경우, 새로운 풍물이나 새로운 세계를 접한다는 것은 그 무엇에 비교할 수 없는 즐거움이다. 그래서 시간조건과 경제사정이 허락되기만 하면 언제나 가벼운 마음으로 여행길에 나선다. 미리 어떤 특별한 계획을 세우거나 치밀한 준비를 하는 것도 아니다. 어제까지도 일에 파묻혀 있다가 다음 날 불쑥 차를 몰고 마음 내키는 대로 어딘가 훌쩍 떠나버리는 식이다.

그럴 때 행선지는 대개 차 속에서 정한다. 오늘은 지리산 칠불암의 부처님이나 보러 갈까 하면 하동행이요, 오늘은 대율마을 돌담길이나 걸어볼까 하면 군위행이다. 여수같이 먼 곳도 아침 일곱 시쯤 출발해서 당일 자정을 넘은 시간에 서울로 돌아오기 예사다. 그래도 아직까지 건강을 버틸 수 있는 것은 오로지 하느님이 주신 은총 때문일 것이다.

그러니 한국의 웬만한 장소는 가보지 않은 곳이 드물어 요즘은 옛날에 들렀던 곳도 새삼 다시 가보는 것으로 재미를 삼고 있다. 비포장도로가 어느새 아스팔트길로 바뀐 것을 보면 세월의 변화가 실감나고 어쩌다 잘 알려지지 않은 곳을 발견하여 진입하게 되면 그래도 내가 다른 이들보다는 먼저 이곳에 가보는구나 하는 생각에 쾌재를 부르기도 한다. 그뿐만이 아니다. 우연찮게 곁길로 빠져 의외의 흥미로운 구경거리라도 만나게 되면 무슨 횡재라도 하는 듯싶다. 그럴 때마다 나는 조수석에 앉아 있는 아내를 돌아보며 이렇게 속살거린다. '오늘은 본전을 했어!'

이렇게 이미 가본 곳을 재탕 삼탕 여행하며 한 가지 깨달은 사실이 있다. 두 번이든 세 번이든 아니 그 몇 번이든 대하는 세상은 그때마다 항상 새롭다는 사실이다. 처음은 물론 첫 번째이니 새롭다. 그러나 두 번째, 세 번째의 경우도 그에 못지않은 새로움이 수줍게 숨어 있다. 가령 설악산 미시령을 넘는다 하자. 우리는 우선 오른쪽 창가로 웅장하고도 섬세하고, 괴기스러우면서도 아름답고, 활달하면서도 단아한 모습의 울산암을 볼 수 있다.

그런데 그 풍경이 어느 때는 소름을 돋게 하고, 어느 때는 가슴을 뛰게 하고, 어느 때는 탄성을 지르게 만든다. 항상 보는 경치인데도 매번 접하는 느낌이 다르다.

장대한 바위 봉우리가 흰 구름에 휩싸여 있을 때의 숭고미(崇高美), 뜨거운 여름, 태양빛에 번뜩이는 벼랑의 그 견고하고도 당당한 용자, 산거미가 진 계곡을 향해 마치 명상에 든 듯 이마를 숙이고 서 있는 암벽의 정적, 달빛 속에서 교교히 천상을 우러르는 그 벌거벗은 나신(裸身), 그 모든 각각의 다른 모습들이 사실은 울산암의 숨김 없는 진실인 것이다.

물론 같은 경관이라 하더라도 신선한 아침 햇빛에 비추어 보는 대상과 저녁노을에 비껴 보이는 대상이 같을 수 없다. 봄, 여름, 가을, 겨울 사계절에 따른 모습이 같을 수 없다. 비 내릴 때의 경치, 눈이 올 때의 경치, 안개가 끼었을 때의 경치가 같을 수 없다. 가면서 보는 경치와 오면서 보는 경치, 달리는 차창을 통해서 보는 경치와 한 군데 서서 보는 경치가 같을 수 없다. 각각 그 보는 각도가 다르기 때문이다. 그것만이 아니다. 홀로 볼 때와 사랑하는 사람과 함께 볼 때의 경치, 마음이 기쁨으로 충만했을 때의 경치와 슬픔으로 비탄에 젖어 있을 때의 경치가 같을 수 없다.

이처럼 바라보는 주관과 보여지는 대상 사이에 얽힌 이 수많은 상황의 전개는 수학적으로 이미 미분(微分)에 해당한다. 그런데 '미분'이란 곧 무한(無限)을 의미하는 개념이니 주관과 객관이 서로 만나는 세상의 이 모든 상황 전개는 어차피 항상 새로울 수밖에 없지 않겠는가. 그 어떤 것도 시간의 흐름 앞에서 변하지 않는 것은 없다. 그렇다. 바라보는 대상이 변하고 그 대상을 바라보는 내가 변하는 것이 자연의 이치이거늘 전에 한 번 본 것이라 하여 어찌 그것이 항상 '그것'이겠는가.

우리의 삶 역시 이와 크게 다르지 않으리라 생각한다. 그가 어느 때 무슨 잘못을 저질렀다고 해서 지금도 잘못을 저지르는 것은 아니다. 그가 어느 때 미운 짓을 했다고 해서 지금도 미운 짓을 하는 것은 아니다. 그가 어느 때 어리석은 짓을 했다고 해서 지금도 어리석은 짓을 하는 것은 아니다. 인간은 누구나 변할 수 있고 또 변한다. 새로울 수 있고 또 새로워진다. 그러므로 이 세상에서 만일 유일하게 변하지 않은 그 무엇이 있다면 그것은 아마도 대상 그 자체가 아니라 그 대상을 바라보는 자신의 어떤 고정관념이나 편견일 것이다.

설악산

오르면서 보는 외양, 내리면서 느낀 속뜻,
흐린 날 개인 날이 경치 전혀 다른 것을,
그 누가 알았다 하리, 설악산의 참모습.

나 홀로 탐한 흥취, 님과 함께 나눈 풍류,
기쁜 날 슬픈 날이 각기 다른 얼굴인데
설악산, 설악산이라니 참 설악은 뉘기요?

아아, 북한강(北漢江)

며칠 전 중고등학교 학생들의 어떤 여름 문학캠프에 초청이 되어 이 모임이 열린 춘천에 다녀올 일이 있었다. 1박 2일의 일정이었다. 그런데 갈 때는 학생들과 함께 주최 측이 제공한 관광버스를 타고 갔지만 귀경길의 둘째 날은 마침 춘천 박물관에서 개최된 또 다른 행사 — 관조(觀照)스님의 부처님 수인(手印) 사진 전시회 개막식 — 에 참여해야 할 일이 있어 홀로 올해 새로 개통된 경춘선 전철을 이용해야 했다. 나로서는 처음 타보는 전철이었다

맑은 호수와 수려한 산들로 둘러싸인 도시, 춘천의 아름다움에 대해서는 아마 그 누구도 이의를 달지 않을 것이다. 그러나 그만이 아니다. 서울에서 춘천까지의 북한강변을 끼고 굽이굽이 돌아가는 경춘가도나 철길이 보여주는 절경은 또 무엇에 비견할 수 있을 것인가. 그래서 예전엔 기차 여행이든, 버스 여행이든 춘천을 오가는 여행은 항상 즐겁기 마련이었다.

나는 비교적 여행을 좋아하는 편이다. 그래서 명승지라 부를 만한 세계의 여러 강들은 — 비록 전 구간은 아닐지라도 — 나름대로 일부 편력해본 경험이 있다. 나일강, 미시시피강, 컬럼비아강, 콜로라도

강, 리오그란데강, 황하와 장강, 차마고도의 호도협, 인더스강, 메콩강, 갠지스강, 템스강, 센강, 론강, 라인강, 도나우강, 블타바(몰다우)강, 아마존강과 그 원류인 우르밤바강, 라플라타강, 아프리카의 오카방고강, 잠베지강, 우즈베키스탄의 탈라스강, 멕시코의 파라혜 아구아 아주이강, 티베트의 얄룽창포강, 미얀마의 이리와디강, 몽골의 셀렝게강…….

이들 강도 물론 각각 자신들만의 특색을 지니고 있었다. 어떤 것들은 우리나라에는 없는, 그래서 생경하다 할까 특이하다고나 할까 나름의 신비하고도 괴기스런 매력을 지닌 것도 없지는 않았다. 그러나 사실 나는 외국의 그 어떤 강변 풍경들을 보아도 우리 북한강의 그것보다 더 아름답다고 느꼈던 적은 별로 없었다. 유럽인들이 그토록 예찬하는 라인강의 로렐라이 언덕 역시 하이네의 시가, 그의 시에 곡을 붙인 질허(Philipp Friedrich Silcher, 1789~1860)의 가곡이 없었더라면 누가 그곳을 우리의 북한강과 비교할 수 있을 것인가.

그뿐만 아니다. 서울의 수많은 사람들—특히 가난했던 6, 70년대에 청춘을 보냈던 분들의 춘천과 경춘가도에 얽힌 추억은 또 어찌할 것인가. 아마도 그들 대부분은 경춘가도에서 누렸던 보랏빛 낭만에 어느 정도 빚을 지고 있을 터이다. 회상해보면 지금도 가슴 설레고 뭉클해진다. 눈이 흐려진다. 다 어디 갔을까. 아름다웠던 사람들과 그 강촌역 근처의 철길, 혹은 의암호 강변자락을 함께 거닐며 나누던 그 시절의 잿빛 혹은 무지갯빛 이야기들. 지금 다시 그곳에 가면 찾을 수 있을 것인가.

그래서 지금도 춘천에 간다는 것, 그 추억 어린 경춘가도 혹은 경춘 철로를 달려본다는 것은 생각만 해도 가슴 뭉클한 일이었다. 그런 기대로 나는 이번에 그 길을 10여 년 만에 처음 가게 되었고 그래서 그것을 '행운'이라 생각했다. 그 아름다웠던 날의 잊혀졌던 기억들을 되살릴 수 있으리라는 막연한 기대와 함께…… 그러나 그것은 실로 나의 착각, 철부지의 몽상에 지나지 않았다.

덧없는 낭만이었다. 철도건, 고속도로건 그 새로 개통된 길에는 우리가 상상했던 그 같은 아름다움, 그 같은 그리움이 없었다. 보이는 것이라곤 단지 직선으로 쭉쭉 뻗은 길에 끝없이 연속되는 터널들 속의 깜깜한 어둠과 시야를 가린 노변의 차가운 차단벽, 그리고 질주하는 자동차와 기차들의 굳게 닫힌 창문뿐이었다. 무엇이 그리도 바쁜지 그 교통수단들은 엄격하고도 치밀하게 배열된 궤도 위를 질서정연한 대오를 유지하면서 끝없이 맹렬한 속도로 달리고만 있었다. 그리하여 예전 같았으면 두 시간 남짓 걸렸을 법한 서울 춘천 나들이를 단 40분 남짓한 시간으로 단축시켜주었다.

빠르고 편하면 모두 좋은 것일까. KTX가 개통되면서 우리의 모든 국토가 그리 된 것처럼 춘천도 이제는 더 이상 꿈과 낭만의 도시가 아니라 자본과 기업이 지배하는 세속도시로 변해버렸다. 그 아름다웠던 북한강도 이제는 물류가 흐르는 한낱 천박한 개천이 되어버린 것이다.

한강(漢江)

한강은
국토의 풍요로운 젖줄기,
이 세상 까마득히 열리던 시절부터

당신은 그 젖으로 우리를 키우셨다.
한 모금의 젖에 푸르른 대지,
두 모금의 젖에 약동하는 생명,
세 모금의 젖에 꿈꾸는 영혼,
아아, 당신의 따뜻한 숨결 하나만으로도
앞 다투어 깨어나는 이 봄날의 화사한 꽃들이여.
한강은 오늘도
말없이 흐른다.
어머니의 사랑으로, 어머니의 헌신으로
민족의 가슴 깊이
쉬지 않고 흐른다.

제2부

떠날 때는 스스로

나의 기원

경인(庚寅)년이다. 띠로 보자면 호랑이 — 그것도 하얀 호랑이[백호(白虎)] 해다. 신기루 같은 일상을 좇아 덧없이 하루하루를 허둥대다가 이번에도 나는 그만 1년이라는 세월을 허망하게 보내버렸다. 소띠(己丑年)라 해서 소의 어진 성품과 근면한 행실을 본받고자 했던 것이 엊그제이니 옛 현인의 말씀대로 세월의 빠르기가 실로 나는 화살과 같다. 새해에는 개인이나 국가나 호랑이처럼 항상 기상이 늠름하고 강건하기를 바란다.

새로운 한 해를 맞는 감회는 누구에게나 무량하다. 모두들 지난날을 반성하고 새날을 기약하며 이루어야 할, 혹은 이루고 싶은 소망을 한껏 다짐해본다. 매년, 내게도 한결같이 기원해오던 몇 가지 바람 같은 것들이 있었다. 살아생전 그 이루어짐을 보아야만 편히 눈을 감을 수 있는 그것, 그리하여 새해 첫날 경건한 마음으로 꼭 이루어지기를 간절히 기도드리는 그 세 가지 바람이란 다음과 같다.

첫째, 남북한의 통일이다. 하나로 통일된 국가의 실현을 본 후 죽고 싶다.

둘째, 이웃 일본보다 더 발전된 국가가 되었으면 한다. 부강하게 살아야 한다는 측면에서도 그렇지만 누구나 인간답게 살 수 있는 사회의 구현이라는 측면에서 더 그러하다. 그래서 옛날 그들의 조상이 오랫동안 우리 조상에게 그리해왔던 것처럼 오늘의 일본인들도 오늘의 우리를 존경하고 우리를 닮고자 하면 좋겠다. 그래야만 선대가 그들에게 당했던 식민지 삶의 굴욕을 후손 된 자로서 우리가 씻지 않겠는가.

셋째, 나의 모교이기도 한 한국의 서울대학교가 세계 10대 명문대학의 하나가 되는 일이다. 그리하여 세계의 수많은 수재들이 한국으로, 서울로 몰려와 서울대학교에서 공부하는 것을 영광스럽게 여기는 그런 시대의 도래를 본 후 죽고 싶다.

임오(壬午)생인 내가 앞으로 살면 얼마나 더 오래 살 것인가. 이미 고등학교 동기 동창생의 4할 이상이 세상을 떠났다. 혹 신이 자비를 베풀어주신다면 10년은 더 살 수 있을까. 그리고 그 10년 안에, 내가 바라는 이 같은 일들이 현실로 이루어질 수 있을까. 어렵기는 하겠으나 요즘 우리 사회나 국가의 변화 혹은 발전하는 추세를 보면 결코 불가능한 일도 아닐 성싶다. 아니 꼭 이루어야 하며, 이루어낼 수 있으리라 믿는다.

나이가 드니 나 자신에게도 달라진 것이 없진 않다. 그 하나가 자연의 아름다움에 대한 새삼스러운 발견, 보다 정확히 표현하자면 우리 국토의 아름다움에 대한 재인식이다. 몇 년 전인가 카렐(프라하)대학의 초빙학자로 체코에 머무르고 있을 때 나는 유럽의 전 지역을 마음먹고 여행해본 적이 있었다. 내 차를 몰고 떠난 여행인지라 전에 이미 가본 곳들을 새삼 다시 들러보기도 했다. 남북으로는 유라시아 대륙의 최북단인 노르웨이의 노르캅에서 이베리아반도의 지브롤터

와 지중해의 몰타까지, 동서로는 보스포러스 해협의 이스탄불과 흑해의 도나우강 삼각주 사리나에서 포르투갈의 리스본과 스페인의 라코루냐, 그리고 스코틀랜드의 네스호까지……

그러나 — 독특한 지형적 조건 때문인지 — 노르웨이의 피요르드가 좀 특이한 아름다움을 보여주긴 했지만 그 외에는 유럽의 그 어떤 지역도 우리 국토의 아름다움에 비견될 만한 곳이 없었다. 내게는, 유 · 무명의 소인묵객(騷人墨客) 혹은 — 심지어는 한국인까지 포함해서 — 수많은 관광객들이 입에 침이 마르도록 찬탄해 마지않는다는 지중해의 아름다움 역시 마찬가지였다. 그리스의 이오니아 해변을 출발, 옛 유고슬라비아, 이탈리아, 프랑스, 스페인으로 이어지는 지중해 해안도로를 거쳐 포르투갈의 대서양 연안까지 드라이브를 해보았어도 내가 본 지중해의 아름다움은 — 건축물이나 도시 경관 같은 인공 조형물들을 제외할 경우 — 우리 동해안의 그것에 미칠 바 아니었다.

자연으로 돌아갈 날이 멀지 않아서 그랬던 것일까. 죽어 내 육신 흙이 되고 내 영혼 그 흙 위의 들꽃으로 피는 날이 멀지 않아서 그랬던 것일까. 노르웨이의 국민음악가 그리그(Edvard Grieg, 1843~1907)는 자신이 사랑했던 고향 베르겐(Bergen) 연안의 피요르드 절벽에 묻혀 지금도 북해의 파도 소리를 듣고 있다. 나 역시 죽어 해당화 피는 동해안 어느 해변에 잠들 수 있다면 이 나이에 더 이상 무엇을 더 바라랴. 나를 태어나게 한 내 조국의 국토, 그 국토에 피는 꽃과 나무와 그 하늘에 부는 바람, 구름, 그리고 바다에서 반짝거리는 파도보다 더 아름다운 세상은 아마 이 지상에 없을 것이다.

내 테이블 위의 초콜릿 한 상자

며칠 전 브라질의 상파울루에서 열린 세계 문학축전에 다녀올 일이 있었다. 지난봄 로스앤젤레스에서 내 시집 『밤하늘의 바둑판』이 영역(英譯)으로 출판되자 미국 내 몇 개 정기간행물들이 이를 서평(書評)으로 올린 적이 있었는데 그것이 계기가 되어 이루어진 초청이었다. 나는 세미나에서의 주제 발표와 기자 인터뷰, 시 낭독회 그리고 상파울루대학에서의 특강 등 여러 프로그램을 무사히 소화하고 3, 4일 더 아마존강 트래킹을 한 뒤 귀국길에 올랐다.

좀 일찍 출발을 서둘렀던 모양이다. 탑승 수속을 끝내고 보세 구역으로 이동하니 시간이 남아돌았다. 나는—이 같은 상황이라면 여행객 그 누구라도 그리하듯—공항 내의 쇼핑몰 이곳저곳을 기웃거려보았다. 시간을 보내기가 무료해서도 그랬지만 체류 중에 쓰다 남은 브라질 지폐 몇 푼과 동전들이 아직 주머니에 남아 있어 이를 마지막으로 처리해야 할 것 같았기 때문이다. 원화로 환산하면 약 1만 5천 원쯤 되는 돈, 무엇을 사야 할까 고민하면서 이것저것 상품들을 눈여겨보던 내게 문득 떠오르는 얼굴 하나가 있었다. 나의 브라질 출장을 위해서 세심하게 도와주었던 번역원의 한 여직원. 내 논문을 포르투갈어로 번역하고, 주최 측이 요구하는 여러 서류들을 챙기고, 항공편을 예약하고, 그곳과 수차례 전화, 메일, 팩스 등으로 연락해서 나의 브라질행을 깔끔하게 성사시켜주었던 고마운 직원이다. 그래서 나는 그 여직원에게 줄 선물 하나를 고르기로 했다. 우리 돈으로 1만 원이 좀 넘는 브라질산 초콜릿 한 상자.

그런데 귀국해서의 일이다. 짐 보따리를 정리하던 아내가 불쑥 물었다. "이것 뭐예요? 다 늙은이가 웬 초콜릿을……". 내가 그 여직원에게 줄 선물이라고 했더니 아내는 눈을 위로 치켜뜨면서 한심하다는 듯 툭 쏘아붙였다(아마 자신에게는 아무 선물이 없어 더 그랬을지 모른다). "당신 김영란법도 몰라요?" "그게 어때서?"라고는 했지만 찬찬히 그녀의 말을 들어본즉 내가 브라질에 체류하고 있는 동안 국내에서는 '김영란법'이라는 것이 효력을 발생했는데 그 법에 의할 것 같으면 어떤 사람이든 유관기관의 임직원에겐 일정 금액 이상의 선물을 해서는 아니 되게 되어 있다는 것이다.

나는 김영란법에 관한 정보들을 두루 찾아보았다. 실제 적용에 관한 세부사항은 좀 애매했으나 인터넷상에서는 3만 원 이상의 식사대접, 5만 원 이상의 선물 증여, 10만 원 이상의 경조사비 희사가 금지되어 있었다. 그러니 1만 원짜리 초콜릿 상자 하나쯤은 별 문제가 되지 않을 듯도 싶은데 아내는 왜 그렇게 펄쩍 뛰었을까?

그러자 며칠 후, 신문에 제법 큰 기사 하나가 떴다. 김영란법을 위반한 첫 사례가 적발되었다는 것이다. 어느 대학에서인가 한 여학생이 교내 자판기에서 캔커피 한 통을 사 자신의 선생님에게 드렸는데 이를 옆에서 지켜보던 다른 학생이 김영란법 위반이라고 당국에 고

발했다는 내용이었다. 순간 나는 눈이 휘둥그레졌다. 그럴 수가…… 그렇다면 1만 원짜리라도 선물을 해서는 안 된다는 뜻이 아닌가. 내가 인터넷을 통해서 알아본 내용에 무슨 착오가 있었음이 틀림없었다. 그래서 나는 그 초콜릿 한 상자를 — 아직까지 이러지도 저러지도 못한 채 — 내 서재의 한구석에 처박아두고 있는 중이다.

아마 우리 국민 중 많은 분들이 지금 나와 같은 처지와 유사한 경험들을 한 번씩은 했으리라 생각한다. 그래서 그런지 보도되는 매스컴상의 여론에는 김영란법에 호의적이지 않은 것도 더러 있었다. 혹자는 부정적인 측면만을 과장해서 비판하기도, 혹자는 은연중 그 폐기를 주장하는 속내를 드러내기도, 혹자는 이법의 전면적인 수정을 요구하기도 하는 것 등이다.

그러나 내 생각으로 이 모두는 온당한 태도가 아닐 듯싶다. 이 법의 시행과 그 건강한 정착이 우리 사회에 만연되어 있는 여러 나쁜 관행과 부조리들을 차츰 바로잡는 계기가 될 수 있으리라는 믿음 때문이다. 물론 삶의 갑작스러운 변혁에는 그에 따르는 물의나 부작용이 없을 수 없을 것이다. 그러나 그 시행상의 부작용은 점진적인 보완을 거쳐 언제인가는 결국 해결될 수 있지 않겠는가.

오히려 나는 이 법을 한 차원 더 강화시켜 차제에 우리 사회의 뿌리 깊은 또 다른 문제 — 경조사의 비리까지도 척결해주기를 바란다. 가령 친족들의 범주를 정해서 그 이외의 분들은 일정 금액 이상을 희사할 수 없도록 제한하거나 아예 금품 수수 자체를 금지하는 것 등이다. 지금 우리네 궁핍한 서민들의 생활에서 경조사에 바치는 시간과 금전은 사실 그 도를 이미 넘어선 지 오래 아닌가.

젊은 시절, 초빙교수로 미국에 잠시 체류할 때였다. 나는 그곳의 우리 교민들에게 미국에 살면서 가장 좋은 일이 무엇인지를 한 번 물어본 적이 있었는데 여성분들은 대체로 시댁 어른들과 시가 친척들을 모시지 않는 것이라고 얘기했지만 대부분의 남성분들은 경조사에 신경을 쓰지 않는 것이라고 대답하는 것을 들었다. 사실이 그럴 것이다. 이는 외국에 거주하는 우리 교민만이 아닌, 국내 거주하는 우리 자신들도 내심 공감하고 있는 생각이 아니던가.

언제부터인지 우리 사회에서는 알게 모르게 이 경조사비라는 것이 경제적 '갑질'의 수단이 되어버린 지 오래다. 예컨대 일부 정치인들은 이로써 뇌물성 정치자금을 공공연하게 거두어들이고 기업체나 관공서의 일부 간부들 역시 이를 명분 삼아 유관기관이나 부하직원들로부터 거의 수탈에 가까울 지경의 경제적 착취를 일삼는 것 등이다. 어떤 지인은 수첩에 경조사비 지출 내역을 꼼꼼히 기록해놓고 이들이 자신의 경조사를 챙겨주지 않을 경우 공공연히 험담 시비하는 것도 보았다. 우리 사회의 경조사비 문제는 이미 인륜과 도의의 차원을 넘어서 있는 것이다.

이제 선진국의 문턱에 들어서는 우리들에게 이는 더 이상 쉬쉬 숨기는 것만이 능사는 아닐 것 같다. 공론의 장으로 끌어내 무언가 해결을 보지 않으면 아니 될 시점이다. 그러니 도덕적 차원에서 자연스럽게 정화될 가능성이 없다면 사회적 합의를 통해서라도 확실하게 정리하고 넘어가야 할 문제가 아닐까. 내가 이 법의 제정 취지에 적극 동의하는 이유의 하나도 여기에 있다.

이름에 관하여

며칠 전 가까운 친지로부터 암컷 강아지 한 마리를 분양받았다. 천연기념물로도 지정이 되어 있는 우리나라 토종 삽살개, 그중에서도 청삽살이라 했다. 예쁘고 앙증맞기 그지없어 그 강아지는 분양이 되어 오자마자 — 어린아이가 없는 — 우리 집에서 바로 귀염둥이가 되었다. 특히 두 딸들이 애지중지했다. 직장에서 돌아오면 제 부모보다 강아지를 더 챙기는 듯싶었다.

그런데 곧 그에게 예방접종할 시기가 다가왔고 검진 카드를 만들자면 이름이 필요했다. 지금까지는 털 색깔이 검은색이라 임시로 그저 '깜순이'라고만 불렀는데 이제 그녀의 품격에 합당한 공식적 이름 하나를 지어주어야 할 때가 된 것이다. 식구들이 모여 갑론을박 논의를 거듭했다. 그러나 쉽게 결론이 나지 않았다. 모두가 신중에 신중을 거듭했기 때문이다. 하루를 미루었다. 그래도 합의가 이루어지지 않았다. 이틀째도……

우리 식구들이 한낱 강아지의 작명에 이렇듯 신경을 쓰는 데는 그럴 만한 이유가 있었다. 15, 16년 전의 일이다. 내 시를 좋아하는 지방의 한 젊은 시인이 내게 강아지 한 마리를 선물로 준 적이 있었다. 하얀 털이 눈부신 진돗개였다. 족보에까지 올라 있는 예쁜 천연기념물이었으니 그 역시 온 식구들의 사랑을 독차지했던 것은 지금과 다를 바 없었다. 그런 그녀에게 나는 그때 가부장의 직권을 남용해서 일방적으로 '왈패'라는 이름을 붙여주었다. 앞으로 수캉아지를 입양시켜 짝을 지어주면 '깡패'라 불러줄 작정이었기 때문이다.

아직 강아지 시절이었다. '왈패'는 천성적으로 장난이 심했고 병치레도 많았다. 어느 날인가 그가 마당가 화단의 바위 축대에서 뛰어내리다 그만 발목을 다치는 사고가 있었다. 나는 절뚝거리는 그를 데리고 동물병원을 찾았다. 그런데 검진 카드에 막 병력을 기록하려던 수의사가 피식 웃으며 나를 쳐다보더니 "왈패? 이름이 이게 뭡니까? 이름을 이렇게 지어주니 사고를 내지요" 하고 핀잔을 주는 것 아닌가. 사실 나는 이 이름에 별 의미를 둔 것이 아니었다. 그저 귀엽고 사랑스러워 장난 삼아 그렇게 지어주었을 뿐이다. 그렇지만 이 이름으로 인하여 미구에 닥치게 될 그의 불행을 왜 그때 나는 예감하지 못했을까.

입양한 지 삼 년 가까이 지난 어느 초겨울 밤이었다. 우리 내외가 외출했다 돌아오자니 집에서 왈패의 짖음이 들리지 않았다. 이상하리만치 적막했다. 평소에는 내가 골목 입구에 들어서기만 해도 이를 알아차리고 컹컹 짖어대던 왈패였는데……. 갑자기 불길한 생각이 들었다. 방 안에 있을 아이들을 부를 겨를도 없었다. 나는 몸에 지닌 열쇠로 대문을 열고 들어섰다. 그런데 웬 날벼락인가, 목줄에 얽힌 왈패가 난간 기둥에 대롱대롱 매달려 죽어 있지 않은가.

나의 불찰이었다. 당시 나는 왈패를 마당에서 몇 계단 오른 현관의 난간에 목줄을 매어 길렀던 것인데 그날 그처럼 예상치 못한 사고가 터진 것이다. 아마도 쥐 같은 것이 시야에 어른거리자 — 자신이 매여 있다는 사실을 깜박 잊은 — 그가 그 뒤를 쫓다 실수로 그만 발을 헛디뎌 공중에 매달려버린 것이 분명했다. 이 일로 우리 집안은 거의 반년 동안이나 침울한 분위기에 휩쓸리고 말았다.

왈패의 죽음에 대해서는 우리 식구 모두가 조금씩 죄의식을 지니고 있었다. 나 역시 마음이 아프기는 마찬가지였다. 그러던 어느 날이다. 나는 문득 전에 왈패가 다리를 다쳐 동물병원을 찾았을 때의 기억이 떠올랐다. 수의사가 왜 하고많은 이름들을 두고 하필 '왈패'라 작명했느냐고 핀잔을 주었던 바로 그 사건이다. 그리 보니 그 의사의 말에 일리가 있을 듯싶었다. 그가 '왈패'라는 그 경망스런 자신의 이름 때문에 조신하지 못한 성격의 개로 성장했고 그 조신하지 못함이 결과적으로 화를 부른 것이라고…….

그렇지 않은가. 그것을 별이라고 부르면 별이 되고 꽃이라고 부르면 꽃이 되듯 원래 이 세상 사물들은 그 불리는 이름에 의해서 자신의 정체성이 규정되는 것이다. 각 민족마다 조금씩 다르기는 하지만 — 믿거나 말거나 — 이름이 자신의 운명을 결정한다는 믿음은 세계도처에 널리 퍼져 있는 민간신앙이다. 우리나라에서는 소위 '성명철학'이라는 것까지도 있고 『성경』을 보면 하나님께서도 말씀(이름)으로 이 세상을 창조하셨다고 했으니 말이다.

나는 더 이상 다시 그 같은 불행이 엄습하는 일은 미연에 방지해야 할 것 같았다. 그래서 — '왈패'라는 이름을 지어줄 때 그리 했던 것처럼 — 식구들의 갑론을박에 그만 쐐기를 박아버렸다. "이번에 입양한 그 청삽살이의 이름은 '꽃님'이라고 하자."

내 이름 오세영 (1)

'오세영', 흔한 이름이라서인지 인터넷 검색란에 '오세영'을 워딩 하면 모니터에 수많은 '오세영'이 떠오른다. 기업가 오세영, 시인 오세영(나 아닌), 소설가 오세영, 만화가 오세영, 화가 오세영, 교수 오세영, 검사 오세영, 피디(PD) 오세영, 탤런트 오세영, 가수 오세영, 목사 오세영, 의사 오세영, 언론인 오세영…… 그 외에도 유아, 어린이, 학생, 직장인 등. 각자 다른 수많은 '오세영'들이 저들만의 인터넷 세상에 자리를 틀고 있다.

발음은 같아도 혹시 한자명(漢字名)은 다르지 않을까 허실 삼아 한 번 더 검색해본다. 그러나 이 역시 기대에 반한다. 그 한자어 '吳世榮' 또한 셀 수 없이 많기 때문이다. 그러니 나 혼자 잘나가거나 나 혼자 잘 사는 것이 아니었다. 이 세상은 그 누군가와 더불어 함께 사는 것, 그럼에도 인간이란 항상 자신만이 우주의 중심이라고 생각하니 실로 우물 안의 개구리다. 그 착각을 여지없이 각인시켜주는 인터넷상의 수많은 그, 혹은 내 이름 '오세영'.

그뿐만이 아니다. 인간 세상에는 또 가상의 공간이라는 것도 있다. 따라서 당연히 텔레비전 드라마나 영화, 만화, 소설 같은 곳에 사는 '가상의 오세영' 또한 적지 않다.

며칠 전의 일이다. 우연히 인터넷을 검색해보았더니 뉴스란이 온통 '오세영'으로 도배되어 있었다. ― 나도 과거엔 가끔 뉴스란에 오른 적이 있었으므로 속 없이 ― 이 웬일인가 싶어 자세히 들여다보았다. 그러나 이 또한 요즘 인기리에 상영되고 있는 어떤 텔레비전 프로그램의, 요리를 주제로 한 드라마 주인공의 이름이었다. 이 역을 맡은 분은 인기 탤런트 이하늬 씨, 그 덕택에 내 이름 석 자가 이렇듯 또 한 번 빛날 줄을 몰랐다.

사실 드라마에서의 내 이름, '오세영'의 등장은 이번이 처음은 아니다. 그 이전에도 분명 몇 번 본 기억이 있었으니까……. 그런데 그 흔한, 가령 '영철'이나 '철수', '길동' 혹은 '바우'나 '개똥'이처럼 어떤 보편성 같은 것이 별로 있어 보이지 않은 내 이름 '오세영'이 왜 드라마나 만화, 영화 등에서는 그토록 널리 차용되고 있는 것일까. 예뻐서일까. 발음이 편해서일까. 곰곰이 생각해본즉 나름으로 그럴 만한 이유가 전혀 없지는 않은 것 같았다. 그때까지도 나는 미처 자각하지 못했던 것인데 그 후 한 가지 사실을 깨달았기 때문이다. 가상 공간에서 차용된 내 이름의 주인공들 대부분이 ― 아니 전부가 ― 여성들이었다는 사실이다. 앞의 그 이하늬 씨가 역을 맡은 드라마의 주인공도 여성 아니었던가. 나 또한 과거에 일부 독자들로부터 여성 시인으로 오해를 받은 적이 없지 않았다.

그리 보면 내 이름 '오세영'은 남성적이라기보다는 여성적인 것 같다. 문화 예술인 명단에는 그렇게도 많던 '오세영'이 인터넷에 뜨는 군인들이나 정치인 명단에 거의 없는 것도 아마 그 같은 증거의 하나일지 모른다. 페미니즘상, 문화예술이 여성적인 분야라면 군사 정치는 남성적 분야인 까닭이다.* '오세영'을 구성하는 제 음운(phoneme)들이 대부분 유성음들이고 발음에 감성적 울림이 있어 그런 것일까. 어떻든 이렇게 자주 애용되는 이름이니 앞으로 나는 드라마 작가들이 내 이름을 사용할 때 로열티라도 받아야 할 것 같다.

언어학에 일반화되어 있는 견해이지만 전체 모음(母音)과 자음(子音) 중 'ㄴ', 'ㄹ', 'ㅁ', 'ㅇ'과 같은 유성 음운은 여성적인 느낌을, 그 이외의 자음들 즉 치음(齒音), 격음(激音), 경음(硬音)과 같은 무성음은 남성적인 느낌을 준다고 한다. 따라서 단지 'ㅅ'만을 제외할 때, 모두 유성음들로 구성되어 있는 내 이름 '오세영'은 정녕 남성보다는 여성적인 느낌을 줄 것임이 틀림없다. 실제로 '택순'이라든가 '철희'같이 무성음으로 된 여성의 이름, '남웅'이라든가 '무민'같이 유성음만으로 된 남성의 이름은 찾아보기 힘들지 않은가.

문득 대학입학시험 합격자 발표가 있었던 1961년 2월의 어느 오후가 회상된다. 당시 주거지가 전주였던 나는 서울의 대학 교정에 나붙게 될 벽보를 접할 수 없어 모교 고등학교의 서무실에서 갓 배달되어 온 어떤 중앙 일간지의 석간을 마음 졸이며 살펴보고 있었다(집에서 신문을 보지 않았으므로). 그 시절의 국영방송과 중앙 일간지들이 서울대학교 입학시험 합격자 명단만큼은 현장 중계를 해주는 관례가 있었기 때문이다.

다행히 지면에는 내 이름이 실려 있었다. 그런데 그 누린 기쁨도 잠시 나는 불쑥 앞으로 4년을 동고동락할 학우들 중에서 과연 여학생이 몇 명이나 될지가 궁금해졌다. 그래서 새삼 그 합격자 25명의

---

* 고대 그리스에서 학문과 예술의 신(神)인 뮤즈(Muse)는 원래 여신(女神)이다.

명단을 다시 훑어보았다. 그런데 대부분 남성으로 추측되는 이름들 중에서 유독 '윤강애', '오정미'라는 이름이 눈에 띄는 것 아닌가. 내 생각으로 최소한 두 명의 여학생은 있었던 것이다.

기다리던 입학식 날이었다. 학교의 공식 행사가 끝난 뒤 우리 국문학과 신입생들만은 별도의 모임을 갖게 되었다. 그런데 아무리 주위를 둘러보아도 여학생은 '윤강애' 단 한 명뿐이었다. 그렇다면 다른 여학생 '오정미'는 어디 있다는 말인가. 궁금증을 참지 못한 우리들 중의 누군가가 크게 소리를 질렀다. '오정미!' 그러자 우리 모두의 기대와는 달리 한 우락부락한 남학생이, 그것도 거친 경상도 사투리로 '내다이' 하고 소리를 지르는 것 아닌가. 아, 실망스럽게도 여학생은 단 한 명뿐이었던 것이다.*

그런데 그 순간이었다. 어디선가 또 다른 누군가가 부르는 소리, "오세영은 어디 있냐?" 내가 손을 번쩍 드니 여기저기서 또 한탄하는 목소리. 나 자신은 몰랐지만 당시 우리 신입 학우 모두는 '오세영'도 여학생인 줄 알았다는 것이다. 25명의 입학 동기생 중 여학생은 오직 그 예쁜 '윤강애' 단 하나뿐이었던 것을…….

---

* 그 후 신춘문예에 입선해서 한때 평론가로도 잠시 활동했던 이 친구는 후에 '오경운'으로 개명한 바 있다.

내 이름 오세영 (2)

인간은 나름으로 어떤 가치를 추구하며 산다. 그러나 그 진정한 평가는 당대가 아닌 사후에 내려질 수밖에 없다. 사는 동안에는 아직 가변적인 미래가 남아 있고 또 여러 인간관계, 이해관계 등에 얽혀 그에 관한 객관적 검증이 힘들기 때문이다. 대학에서도 학문적으로 한 시인이나 작가에 대해 평가를 내려야 할 경우 그 시기를 가능한 한 그의 사후(死後)로 미루어놓는 이유가 여기에 있다. 가령 필자가 봉직했던 서울대학교 국문학과에서는 석박사 학위논문 대상에 생존 문인은 일단 제외해두는 것이 하나의 불문율로 되어 있다.

그러나 그 사후(死後)의 평가야 어찌 되든 인간이란 결국 죽어서 이름 하나를 남기게 된다. 살았을 때 누렸던 자신의 세속적 행복이나 부귀영화를 죽어 저승으로까지 가져갈 수 있는 사람은 그 어디에도 없기 때문이다. 따라서 한 인간이 그의 사후에 남긴 이름에는 그가 생전에 겪었을 영광과 굴욕의 서사가 담겨 있기 마련이다. 흔히 호랑이는 죽어서 가죽을, 사람은 죽어서 이름을 남긴다고 하지 않던가.

내 이름을 한번 생각해본다. '오(吳)'는 성이니 이를 제외하면 세상 혹은 인간 '세(世)'와 영화 '영(榮)'을 합친 것이 내 이름이다. 그런데 젊은 시절의 나는 이 같은 내 이름에 종종 콤플렉스를 갖곤 했다. '世榮'이라는 이 한자의 뜻풀이를 '세상의 영화를 누린다'로 해석했기 때문이다. 세상에 태어나 기껏 자신의 영화나 누리고 저세상으로 돌아가는 삶이라면 이를 누가 가치 있는 한생이라 하겠는가. 그래서 나는 가끔 이런 내 이름을 지어주신 조부님을 원망하기조차 했다.

그런데 어느 날이었다. 나는 문득 내 이름을 다르게 해석할 수도 있다는 사실을 깨우치게 되었다. 『논어(論語)』의 「향당(鄕黨)」편에 나오는 "廏焚子退朝曰傷人乎不問馬(구분자퇴조왈상인호불문마)"라는 문장의 해석을 놓고 벌어진 조선조의 한 필화(筆禍) 사건을 알게 되면서부터였다. 당시 주자(朱子)를 비롯한 성리학의 정통은 이를 "마구간에 불이 났다. 공자께서 조정에서 물러나와 (이를 듣고) 말씀하시기를 사람이 상했는가 하시고 말에 대해서는 묻지 않으셨다"로 해석하는 것이 정설이었다.

그런데 숙종 때의 윤휴(尹鑴, 1617~1680)는 용감하게도 이 같은 주자의 해석에 반기를 들고 왕양명(王陽明)의 설에 따라 "사람이 다치지 않았느냐 하시고 이어 말에 대해 물으셨다"로 풀이한 것, 띄어쓰기를 '상인호 ∨ 불문마'로 하지 않고 '상인호불 ∨ 문마'로 하니 그런 주장이 가능했던 것이다. 이 일로 윤휴는 후에 — 물론 당쟁에 휩쓸린 결과였기는 하나 — 교조적인 성리학의 추종자들에 의해서 사문난적으로 몰려 죽임을 당했다고 전해진다.

이 에피소드를 접한 나는 원래 한문(漢文, 중국어)이란 조사나 전치사가 없는 고립어(孤立語, inflected word)이므로 그 해석에 해석자의 임의성이 매우 중요하다는 사실을 깨닫게 되었다. 그래서 이제 내 이름

'世榮'도 목적격 조사 '을'을 '영(영화)'에 붙이지 않고 '세(세상)'에 갖다 붙이기로 했다. 그러자 '世榮'은 '세상의 영화를 누린다'가 아니라 '세상을 영화롭게 한다'가 되어 내 이름 '세영'이 훌륭해 보였다. 그렇지 않은가. 이 한생 '내'가 아니라 '세상'을 영화롭게 하기 위해 산다면 그 얼마나 기특한 일이 될 것인가.

요즘 나는 지금까지 내 이름이 지닌 그 같은 깊은 뜻을 헤아리지 못하고 공연히 조부님께 불평만을 늘어놓았던 내 무식을 마냥 부끄럽게 여기고 있다.

없는 듯이 뒷줄에

몇 년 전인가 어떤 여행 전문 잡지사로부터 원고 청탁을 한 번 받은 적이 있었다. 외국 여행을 한 곳 중 기억에 남는 곳 하나를 골라서 그와 관련된 이야기를 써달라는 것이었다. 그래서 나는 별뜻 없이 노르웨이의 최북단 노르캅이라는 지역의 해안 벼랑에 관한 글을 한 편 써서 보냈다. 내가 직접 차를 몰고 핀란드 국경을 넘어 방문했던 유라시아 대륙의 북쪽 끝, 그러니까 육지로서는 가장 북극에 가까운 곳의 풍경이다. 그런데 며칠 후 그 잡지사로부터 다시 연락이 오기를 편집상 필요하니 그곳에서 찍은 사진 하나를 꼭 보내달라고 한다. 순간 아차 하는 생각이 들었다. 그곳에서 찍은 사진이 없을 듯해서였다.

나는 집 안의 앨범과 서랍 등을 뒤져보았다. 예감은 적중했다. 사진을 잘 찍지 않는 습관도 습관이지만 내가 방문했을 때 그곳은 심한 눈보라와 폭풍이 몰아쳐 아예 사진을 찍을 수 있는 물리적 환경이 아니었던 것이다. 평소의 날씨도 대개 그렇다고 들었으나 특히 그날 그곳의 기상은 북극 특유의 강풍이 심하게 불어닥쳐 주차 중인 내 차가 벼랑 아래로 날려 떨어지지나 않을까 걱정이 될 정도였다. 차 문을 열고 밖으로 나가기도, 눈밭에 홀로 서서 몸을 가누기도 힘들었다. 아내는 아예 밖에 나설 엄두조차 내지를 못했다. 춥고 흐린 날씨 때문이었던지 시설 안에 대피해 있는 몇몇 관광객들을 제외할 경우 야외에는 나와 아내 오직 둘뿐 그 외 아무도 없었다. 물론 요즘처럼 '셀카 봉'이 등장하기도 이전의 시절이었다. 상황이 그와 같으니 혹 단순한 풍경 사진이라면 몰라도 내 어찌 한가하게 — 풍경을 곁들인 — 소위 인증 사진이라는 것을 찍어둘 수 있었겠는가. 내가 사정을 설명하면서 그곳에서 찍은 사진이 없다고 하자, 그 기자는 매우 난처하다는 듯 '잡지의 성격상 사진이 붙지 않은 여행기는 실을 수 없다. 추가 원고료는 드릴 터이니 사진이 있는 다른 여행지 하나를 물색해서 새 글을 한 편 써주시면 어떻겠느냐'고 한다. 그래서 나는 미안한 마음도 들어 다시 글 한 편을 더 써서 보내는 노고(勞苦)로 그 일을 마무리 지었다. 현장 사진이 없어 낭패를 본 에피소드들 중의 하나다.

내 생각으로 사진을 찍는다는 것은 — 어떤 풍경이나 사건의 — 어느 한순간을 포착해서 오랫동안 간직해두고자 하는 욕망의 표현이다. 그러니까 흘러가는 과거를 속절없이 붙잡아두려는 노력, 일종의 영원에 대한 동경이라고도 말할 수 있을지 모르겠다. 그런데 그 '영원'이라는 것이 과연 가능한 세계일까. 그래서 나는 사진을 잘 찍지 않는다. 그럴듯하게 몸매를 가다듬고 카메라 앞에 서는 것도 무언가 좀 어색하지만 사진을 찍는 일 그 자체에 별 의미를 두지 않기 때문이다.

알칼리성을 띤 우리 한지(韓紙)의 수명은 백여 년, 산성을 띤 양지(洋紙)의 수명은 수십 년 안팎이라고 들었다. 특수한 경우를 제외하고 어느 것이든 길어야 불과 백 년이다. 그렇다면 그 인화된 종이 속의 그림이라 할 사진 역시 이와 다르지 않을 터인데 영원이라는 우주적 시간에 비추어 그 백 년의 시간에 과연 무슨 큰 의미가 있을 것인가.

사진을 찍을 때는 모두 그 찍은 풍경을 오래 간직하면서 자주 들여다보겠다고 생각할 것이다. 그러나 복잡다단한 현대이다. 너 나 가릴 것 없이 바쁘게 돌아간다. 그 누가 한가롭게 종이에 인화된 사진을—찍을 때의 심정 그대로—다시 꺼내 들춰보겠는가. 대체로 서랍 한 켠이나 먼지를 뒤집어쓴 상자 속에 쑤셔 박아놓기 마련이다.

그뿐만이 아니다. 대부분의 사진은 찍힌 그 자신, 즉 '나' 이외엔 그 누구도 관심의 대상이 될 수 없는 사물이다. 예외적으로 사랑에 빠진 연인들이나 갓 결혼을 해서 아이를 갖게 된 젊은 부부 같은 경우가 없는 것은 아니겠지만 오늘을 사는 사람들은 대체로 그러하다. 따라서 본인 이외에는 그 누구도 관심을 가져주지 않은 사진, 본인이 죽으면 누군가의 손에 의해서 불태워질 그 속절없는 사진, 아니 본인 자신도 특별히 시간을 내지 않는다면 일부러 꺼내보지 않는 그 허망한 사진임에랴. 그러므로 사진이란 굳이 애써 찍을 일이 아니다. 이 세상엔 그 어떤 것도 영원한 것은 없다. 어차피 인생은 유한한 것, 만일 어디엔가 '영원'이란 것이 있다면 감각이 아니라 마음에 있을 것이다. 하나의 영상으로, 물질로 남아 있기보다는 감동으로, 사랑으로 와닿아 있는 마음 그 자체가 바로 영원이다. 그러니 어떤 풍경을 보고 감동을 느꼈을 때 그것을 사진에 담으려 허둥대다가 실없이 시간을 흘려보내기보다는 차라리 그 허둥대는 시간을 아껴 대상을 차분히 감상하면서 이를 마음에 새길 줄 아는 정신적 여유가 더 소중할지 모른다. 내가 여행하면서 굳이 카메라를 휴대하려 하지 않은 이유, 단체 사진을 찍을 때는 항상 앞줄의 좋은 자리를 남에게 양보하고 없는 듯 뒷줄에 서려고 하는 이유가 여기에 있다.

휴대전화 메시지

이메일, 휴대전화 등이 널리 보급된 탓인지 요즘은 편지를 쓰기도 편지를 받아보기도 매우 힘든 시대다. 매일 평균 대여섯 통 이상의 우편물들을 받아보는 내 경우 역시 육필로 쓴 편지란 거의 없고 대개는 책자나 인쇄물, 선전물, 광고문, 각종 청구서나 고지서, 영수증 따위들이다. 언제부터 이리 되었는지 모르겠다.

젊은 시절에는—내 또래의 다른 분들도 마찬가지이겠으나—편지를 참 많이 썼던 것 같다. 친구에게, 연인에게, 스승에게, 그리고 서울 유학 중에는 어머니가 계신 집으로……. 그런데 지금은 나 자신이 누군가에게 쓰는 편지도, 누군가가 내게 보내오는 편지도 거의 없다. 직접 전화를 걸거나 아니면 이메일이나 휴대전화를 이용해서 그때그때 간단히 소식을 알려주는 것으로 끝이다.

며칠 전 새 시집을 상재했다. 그래서 시단(詩壇)의 오랜 관례대로 나는 이를 여러분들에게 증정했는데 이번에도 돌아온 답신은 모두 휴대전화 문자메시지들뿐이었다. 휴대폰이 일상화되고 너 나 할 것 없이 시간에 쫓기는 세상이다 보니 어찌 옛날처럼 한가하게 붓을 들어 편지를 쓰고 받는 호사를 누릴 수 있을 것인가? 다만 주고받고 묻고 확인하고 요구하고 거절하는 사무적, 이기적인 일회용 짧은 메세지들만이 남발될 뿐이다.

세상이 모두 그렇게 변해버렸다. 나도 물론 그 같은 대세에 휩쓸려 산다. 그러나 생각해보면 오늘의 우리 삶이란 얼마나 삭막하고 허망한 것인가. 한 번 휴대전화를 열어 보내온 메시지의 내용을 확인하고 그 즉시 지워버린다는 것이……. 예전 같으면 보내주신 육필 답신들을 서랍장에 고이 간직해두고 가끔 꺼내 읽어보며 그분들의 체취와 인정을 느끼는 일이 생활의 한 즐거움이었는데 이제는 더 이상 그런 홍복을 누릴 수 없는 시대에 살게 되었으니 생각할수록 안타깝기만 하다. 이 시대에 그런 여유와 낭만을 기대한다는 것 자체가 망상일지도 모르겠다.

벌써 40여 년 전의 일이지만 나는 내 첫 시집 『반란하는 빛』의 기증자들에게서 받은 친필 답신들을 아직 소중히 간직하고 있다. 어떤 분은 정성스럽게 붓으로 쓰셨고, 어떤 분은 펜글씨로 또박또박 원고지를 메꾸셨고, 어떤 분은 편지의 여백에 그림을 그려 보내주시기도 한 것들이다. 이제 대부분 작고하셔서 친견이 불가능해졌지만 그래도 문득문득 그분들을 보고 싶은 날, 나는 그 편지들을 서랍에서 꺼내 찬찬히 읽어보곤 하는데 그때마다 그분들이 마치 살아생전의 모습 그대로 내 앞에 서 계신 것 같아 가슴이 찡해지곤 한다.

며칠 전의 일이다. 어느 지방 대학의 교수가 된 제자 하나가 몇 년 만에 나를 찾아온 적이 있었다. 그의 말이 이러했다. 그 학교의 국문학과에서는 전통적으로 매년 5월에 문학답사라는 행사가 있어 올해는 학생들을 인솔하고 경주에 있는 '동리 목월 문학관'엘 갔다고 한다. 그런데 이곳 저곳 전시물들을 관람하던 학생들 중의 하나가 느닷

없이 "'선생님의 선생님' 편지가 여기 있네요" 하고 버럭 소리를 질러서 그를 따라 유리 전시대를 살펴보았더니 거기에 내가 40여 년 전 박목월 선생님께 보낸 편지 한 장이 전시되어 있더라는 것이다. 그래서 그도 문득 그 순간 내 얼굴이 떠올라 이처럼 찾아왔다며 멋쩍게 포도주 한 병을 내놓고 돌아갔다. 알고 보니 그것은 아주 오래전인 1965년 4월, 전주(全州)의 기전(紀全)여자고등학교에서 교사로 재직 중이던 내가, 내 시를 『현대문학』지에 추천해주신 박목월(朴木月) 선생님께 감사해 올린 문안 편지였다.

글은 곧 사람이라는 말이 있다. 글 속에 그 사람의 전 인격이 반영되어 있다는 뜻이다. 서도(書道)에서도 서체(書體)는 서예가(書藝家) 그 자신이라고 한다. 그것은 모든 인간의 지문들이 각각 그만의 특성들을 지니고 있는 것처럼 이 세상 그 어떤 사람의 필체도 다른 사람의 그것과 동일할 수 없다는 사실 때문이다. 그러므로 선비라면 그 누구든 자신이 쓴 글을 함부로 대하지 않는다. 나 역시 지금까지 시를 쓰다 파지(破紙)가 된 원고들을 결코 쓰레기통에 내던진 적이 없다. 정성스럽게 한데 모아 마치 제사 때 읽고 난 축문(祝文)을 사 후 그리하듯 항상 불사르곤 했다.

그런데 우리는 언제부터인지 누군가가 보내온 전화 메시지 한 통을 거리에서건, 시장 바닥에서건 한순간 휙 훑어보고 미련 없이 지워버리는 삶을 살고 있다. 물론 그 메시지에 무슨 소중한 의미가 씌어 있지도 않으려니와 씌어 있다 한들 이미 인간이 물화(物化)되고 시가 죽어가고 있는 시대이니 더 이상 무슨 의미가 있을 것인가.

봉변

며칠 전, 집 앞 골목 입구에서 겪었던 일이다. 전방의 큰길로 이어지는 사거리에 적색 신호등이 켜지자 차들이 한 대 두 대…… 밀리기 시작하더니 급기야 내가 마을버스를 기다리고 서 있는 골목의 버스 승강장 앞에도 승용차 한 대가 멈춰 섰다. 나는 무심결에 그 차안을 들여다보았다.

열어젖힌 좌우 두 창문을 통해 두 청년이 보였다. 운전석에서 한 손으로는 차의 핸들을, 다른 손으로는 담배를 꼬나쥔 청년과 역시 조수석에 앉아 팔을 창틀에 내밀고 손가락 사이에 집힌 담배꽁초의 재를 연신 창밖으로 털어내고 있는 청년이었다. 그 모습들이 별로 호감을 주지 않았다.

'어디 보자, 필경 그 꽁초를 아스팔트 바닥에 휙 던져버리겠지?' 그런 예감으로 내 신경이 다소 날카로워져 있을 때였다. 우연히 나는 그 청년들 중의 하나와 정면으로 시선이 마주쳤다. 그 순간, 그는 일견 불쾌한 듯, 일견 가소로운 듯, 일견 낭패스러운 듯, 일견 화가 난 듯 하여간 묘한 표정을 짓더니 눈을 독하게 치켜뜨고 내게 별안간 소리를 질러댔다. "뭘 봐! 이 새꺄."

나는 너무도 황당해서 그가 나 아닌 다른 누구에게 하는 말인 줄로 착각하여 얼른 뒤를 돌아보았다. 설마하니 나보다 40세나 어려 보이는 그 20대가 내게 그 같은 막말을 해댈 수는 없을 것이라고 생각했기 때문이다. 그러나 버스 정류장엔 분명 나 이외 다른 사람은 없었다. 그래서 한동안 멍하니 서 있다가 가까스로 정신을 수습한 나는 한편으로 무안하고, 한편으로는 수치스럽고, 한편으로는 분하고, 한편으로는 참담해서 본능적으로 그에게 달려들고자 한 발을 차도로 내밀었다.

그런데 바로 그때, 밀렸던 차들이 움직이기 시작했다. 그리고 그 청년은 피던 담배꽁초를 내 앞으로 휙 내던지더니 여유 있게 앞차의 뒤를 따라 휑 달아나버리고 만다. 일순 모든 것이 없던 일 같았다. 남겨진 것은 길바닥에 나뒹구는 담배꽁초와 그 담배꽁초 같은 몰골로 어찌할 바 몰라 허둥대는 내 자화상만이 있을 따름이었다.

분을 삭이고 집으로 돌아온 나는 그 겪은 이야기를 아내에게 들려주었다. 아내는 한숨을 푹 쉬더니 하는 말이 이랬다. 그때 차가 움직여 천만다행이지 만일 그와 시비가 붙었더라면 어떻게 되었겠느냐. 힘없는 '늙은이'가 어떤 봉변을 더 당할지 뻔하지 않느냐며 참 운이 좋았다고 한다. 그렇다. 곰곰이 생각해보니 그 무지막지한 청년에게 대들었더라면 나는 어찌 되었을까. 차를 움직여 그리 될 사태를 미연에 방지시켜준 그 기막힌 신호등의 점멸 타이밍이야말로 내게 천우신조였던 것이다.

나는 담배를 피우지 않는다. 일부러 배우지도 않았지만 다행히 니코틴에 거부반응을 일으키는 체질 덕분이다. 물론 나 역시 젊은 시절에는 몇 차례 끽연을 시도해본 적이 없지는 않았다. 당시로서는 —

할리우드 영화에서 남주인공들이 자주 그러하듯—남자가 담배 피우는 모습이 어쩐지 멋스러워 보였기 때문이다. 대학 시절부터 문학을 꿈꾸던 내게 입에 시가를 문 사진 속의 어니스트 헤밍웨이나 알베르 카뮈의 모습은 얼마나 매력적이었던가. 그러나 인내심을 갖고 아무리 열심히 피워도 그 빨아들인 담배연기는 목구멍을 넘길 때마다 내게 형언키 어려운 고통만을 안겨주어 나는 눈물을 머금고 일찌감치 그 담배 피우는 일을 작파할 수밖에 없었다. 생래적으로 담배를 즐길 수 있는 체질이 아니었던 것이다. 그래서 요즘 끽연가들이 담배를 끊고자 모진 고생을 하는 것을 옆에서 지켜보면 나는 참으로 부모의 복도 많이 타고난 사람이라는 생각이 든다.

그런 전력이 있어서일까. 나로서는 끽연을 혐오하는 요즈음의 일반 사회 풍조에도 불구하고 애연가들에게 비교적 관대한 편이다. 같은 실내에서 누가 담배를 피운다고 신경을 곤두세우거나 이를 불쾌하게 여기는 사람이 아니다. 아름다운 숙녀가 핸드백에서 담배를 꺼내 들면 얼른 라이터를 찾아 불을 붙여줄 아량도 갖고 있다. 그렇지만 한편으로 이런 생각에 드는 것은 어찌 된 일일까. 끽연가들도 보다 아름다운 우리 사회의 건설을 위해 나름의 노력을 기울여야 한다는 것, 끽연에도 다도(茶道)나 주도(酒道)처럼 어떤 '도(道)' 같은 것이 있어야 한다는 것이다.

그리 보면 애연가들이 지켜야 할 금기(禁忌) 역시 적지 않을 것 같다. 사소하고 상식적인 생각이겠으나 무엇보다도 아무 데서나 꽁초를 함부로 버려서는 안 된다는 것이 그중 첫째다. 나는 운전기사든 승객이든 특히 달리는 차 속에서 담배를 피우다가—안에 재떨이가 잘 갖추어져 있음에도—창밖으로 톡톡 재를 터는 사람들을 제일 혐오한다. 아니 경멸한다. 내 보기에 그들은 천성적으로 나태한 자이거나, 남이야 어찌 되든 자기밖에 모르는 자들이거나, 사회적 합의에 무책임한 자들이거나, 공동체에 대한 사랑이 결핍된 자들임이 분명할 것 같기 때문이다.

차를 몰고 나다니거나 걸어 다니거나, 그들은 아직 불이 꺼지지 않은 상태의 담배꽁초를 — 길거리든, 들이든, 산이든, 짚더미가 있든, 가랑잎이 쌓여 있든, 건조한 날씨든, 습한 날씨든 상관치 않고 — 제 편할 대로 노변 아무 데나 생각 없이 휙 내던지고 달아나버리기 일쑤다. 가을 산에 불을 내서 국가에 막대한 재앙을 불러들이거나 말거나, 낙산사(洛山寺)같이 수천 년 된 우리의 훌륭한 문화재를 한순간 잿더미로 불살라 없애버리거나 말거나 시치미를 뚝 떼는, 바로 그런 반민족적인 사람들이다.

나도 나를 모르는

"당신에게도 그런 면이 있었네?" 동네 병원 피부과에서 얼굴의 검버섯 제거 시술을 받고 막 집에 들어서니 아내가 던지는 말이다. 사실 나는 그날 검버섯을 제거하기 위해서 병원에 갔던 것은 아니었다. 손톱에 생긴 검은 반점이 신경 쓰여 한번 들러본 것이었는데 난데없이 얼굴에 상처를 입혀 돌아왔으니 그럴 법도 했을 것이다.

이어지는 아내의 잔소리. 땀이든, 세숫물이든, 그 어떤 것이든 시술 부위는 절대 수분으로 젖게 해서는 안 된다는 것, 햇빛을 쏘여서도 안 된다는 것, 외출할 때는 꼭 선크림을 발라야 한다는 것, 밖에서는 항상 모자와 선글라스를 착용해야 한다는 것 등…… 그러다 갑자기, 검버섯의 제거를 권유한 그 피부과 의사를 원망이라도 하듯 '이 같은 시술은 본래 겨울철에 받아 마땅할 일인데 왜 하필 햇빛이 쨍쨍 쬐는 이 삼복더위에 해야 했는지, 자기가 없으면 당신은 꼭 냇가에 내놓은 어린아이 같다'고 타박이다.

그러나 면박을 당하는 나 자신도 솔직히 왜 그때 그런 일을 저질렀는지 모르겠다. 머슴 같은 생김새에 세련된 도시 감각 같은 것과는 도시 거리가 먼, 그래서 용모에 별달리 신경을 써본 적이 없었던 내가…… 고백하건대 나는 결혼해서 지금까지 내 스스로 옷 한 벌, 티셔츠나 넥타이 한 장을 사본 적이 없는 사람이다. 당연히 — 면도 후 간단하게 스킨 로션 정도를 바르는 것 이외엔 — 화장품도 손을 대본 적이 없었다. 그런 내가 느닷없이 얼굴에 미화 작업을 하고 나타났으니 아내로서는 놀랄 만한 사건이기도 했을 것이다.

40여 년을 한 방에서 함께 살을 부비고 살아온 부부가 이처럼 서로를 이해하지 못해 당황스러워한다는 것은 아이러니다. 그러나 그것이 어찌 꼭 부부지간에만 있는 일이겠는가. 사실은 나 자신도 '나'를 모르고 사는 것이 인생 아닌가. 그러니 우리가 그 어떤 것을 안다고 한들 이 세상 그 무엇을 진정으로 알 수 있다는 말인가. 참으로 인간의 한 생애란 태어나 죽기까지 무언가 모르는 것을 하나씩 깨우치며 알아가는 과정일지도 모른다. 우리들은 지금도 제사를 지내면서 망자를 부를 때 '……학생부군신위(學生府君神位)'라 하지 않는가. 옛 그리스의 현인 역시 인간이란 지적 호기심을 가진 동물이라고 했다.

요즘 나는 안성(安城) 교외에 작은 오두막 하나를 짓고 틈만 나면 그곳에서 시간을 보내고 있다. 조그마한 텃밭을 일구기도, 근처 산속을 헤매기도, 앞 저수지의 물에 발을 담그고 앉아 흐르는 흰 구름을 우러르기도 한다. 그러면서 문득 발견한 것, 예전엔 미처 보지 못한 것들의 진실이다. 항상 뽑아버리기만 했던 텃밭의 잡초들도 개개로 놓고 보면 그 얼마나 의미 있는 존재들인지. 황혼녘에 덩그러니 핀 달개비꽃들은 또 얼마나 고귀한 기품을 드러내 보여주는지. 무성한 개망초들의 그 하얗고 가냘픈 꽃잎들이 얼마나 순결한 아름다움을 환기시켜주는지. 예전 같으면 그리도 징그러웠을, 풀숲을 헤치고 기어가는 그 꽃뱀조차도 매력을 지니기는 마찬가지이다.

왜 젊은 시절의 나는 이 같은 진실을 보지 못했을까. 달개비보다는 장미에, 개망초보다는 모란에, 뱀보다는 공작이나 꾀꼬리에 보다 현혹되어서 그렇지 않았을까. 내 영혼 이슬 되고, 내 육신 흙 되는 날이 가까워진 이제 비로소 눈이 열려 그리 되지 않았을까.

누구나 인간은 한생 참답게 살기를 원한다. 그러나 그것은 무엇보다 참다운 앎에서부터 시작되는 일일 것이다. 나 자신을, 나를 둘러싼 사람과 사물들을, 이 자연과 우주를…… 설령 그 모든 것들이 '무(無)'라 할지라도 그러하다. 그런데 그 무엇을 '안다'는 것은 곧 '본다'는 것. 그래서 영어로 '나는 안다'는 말은 'I know'가 아니라 'I see'이다. 불어에서 지식 혹은 진리를 가리키는 'savoir'라는 단어도 원래는 '본다'는 뜻을 지니고 있다. 그리스어 '진리(ἁλήθεια)'라는 말의 어원은 '스스로 드러내 보이는 숨은 존재'라는 뜻이다. 우리 한국말에서도 무엇인가를 정확히 알고자 하면 그것을 '눈에 밟히도록 꿰뚫어 보라'고 하지 않던가.

무엇이나 참답게 보아야 한다. 그래서 현자(賢者)는 이 사바세계를 관자재(觀自在) 하고 관세음(觀世音, Avalokiteśvara)하는 것이다.

전원일기

기다리며 사는 삶

꿈일까. 그 꿈이 이루어져 나는 요즘 서울에서 한두 시간 남짓한 거리의 시골에 조그마한 오두막 한 채를 지었다. 그리고 거기서 대부분의 시간을 보낸다. 아내가 그곳으로 이사하기를 반대해 아직은 나 홀로 내려가 있으니 물론 거처까지 옮겼다고 말할 수는 없다. 그러나 마음만은 이미 서울을 떠났으므로 내 정신적 거처는 이제 시골이 된 셈이다.

대다수의 서울 사람들은, 번잡하고 소란스러운 대도시, 서울의 소음을 벗어나 조용히 지낼 수 있는 어떤 전원생활을 꿈꿀 것이다. 나 역시 수십 년 전부터 그랬다. 그러나 청장년 시절엔 직장 근무나 사회활동, 아이들의 교육 등 여러 가지 문제들이 겹쳐 쉽게 실천할 수 있는 일이 아니었다. 무엇보다 경제사정이 허락지 않았다. 그러던 것이 정년을 맞아 다소의 퇴직금도 받고 아이들이 독립을 하게 되니 정신적인 여유도 생겨 눈 딱 감고 이를 결행해버린 것이다.

처음 몇 달은 한적한 전원 풍경에 심취하여 시간 가는 줄을 몰랐다. 우선 아침의 그 신선하고도 맑은 공기가 좋았고 주위 숲에서 지저귀는 이름 모를 새들의 울음소리가 황홀했다. 대낮엔 나무 그늘 아래 앉아 우편으로 부쳐온 서울 친구들의 시집을 읽는 재미, 오후엔 아래 저수지의 강태공들과 나누는 한담, 저녁엔 야트막한 능선을 끼고 산굽이를 도는 황혼의 산책도 즐거웠다.

그러나 한두 번이다. 인간이란 원래 변덕이 심한 동물이라 하지 않던가. 매사 되풀이되는 일에 싫증 나지 않은 사람은 아마 흔치 않을 것이다. 차츰 시간이 지나자 그 쏠쏠한 재미와 즐거움은 세월의 무상 앞에서 어느덧 실없이 사라지고 남는 것은 다만 지루함과 외로움뿐이다. 농사를 짓는 것도, 특별한 사업을 벌이거나 만나 어울릴 사람이 있는 것도 아닌, 시골의 외딴집에서 혼자 시간을 죽이는 일로 소일하고 있으니 어찌 그리되지 않겠는가. 기왕에 시골에서 살기로 작정했다면 일찍 젊은 시절에 내려와 미리 인맥이라도 만들어놓았어야 했을걸 하는 자책뿐이다.

그러므로 요즘 내가 이 시골집에서 할 수 있는 일이란 뜰에 심어놓은 꽃나무들을 보살피거나 끼니를 챙겨 꼬박꼬박 밥을 해 먹는 것이 전부이니 참으로 한심하기 그지없다. 그렇지만 이로써 새삼 깨우친 바가 전혀 없는 것은 아니다. 밥을 해 먹는 일이야말로 인간사의 그 하고많은 짓들 가운데 얼마나 중요하고도 필요한 일인가 하는 성찰이다. 평생 나 자신 밥을 지어 먹은 적이 없어서 그런지는 모르겠으나 나는 요즘 종종 이 한 가지 사실만으로도 이 세상의 모든 여성들은 존중받아 마땅할 존재라는 생각이 든다.

외롭고 한가하니 틈만 나면 뜰에 나가 나무들의 신상에 어떤 변화가 있는지를 챙겨보는 것이 낙이다. 겨울에는 언제 새눈을 보여줄까.

초봄에는 언제 꽃잎을 터트릴까. 초여름엔 언제 녹음이 무르익을까. 초가을엔 언제 단풍이 들까. 초겨울엔 언제 나목(裸木)으로 서서 자신의 진실을 드러낼까.

비단 나무들을 보살피는 일만이 아니다. 하루 종일, 누군가가 찾아와주기를 바라는 기대 또한 버리지 못한다. 그래서 어쩌다 걸려온 전화 한 통이 그렇게 기쁠 수가 없다. 그렇다. 일상사에 휘둘려 그간 잊고 지내왔지만 우리네 평범한 인생살이라는 것은 기실 기다림의 연속, 그 이외에 다른 무엇이 또 있겠는가. 우리는 그것을 아름답게 포장해서 '희망'이라 일컫는지도 모른다.

이 세상에 태어나 자라기를 기다리고, 커서 학교에 다니길 기다리고, 졸업해 성인이 되는 것을 기다리고, 취직하기를 기다리고, 결혼하기를 기다리고, 부자가 되기를 기다리고, 출산(出産)을 기다리고, 그 아이가 또 성장하기를 기다리고, 또 결혼해서 출세하기를 기다린다. 그러나 결국 어떻게 되는 것인가. 버나드 쇼가 죽으면서 그렇게 말했다지 않던가. '미적미적하다가 내 이리 될 줄 알았다고……'.

나목이 눈을 트고 봉오리를 맺어 활짝 꽃잎을 터트리면 무엇 할 것인가. 꽃이 피면 또 얼마나 오래 필 것이며 그 꽃은 당연히 지지 않겠는가. 어떤 시인의 고백처럼 "모란이 지고 말면 그뿐 삼백 육십 일을 하냥 슬퍼서 울며 지내"는 것이 이 세상 변함없는 이치이다. 그러니 나무를 볼 때도 꽃이나 잎만을 보지 말고 나무 그 자체를 보아야 한다. 사실 나무의 아름다움은 그 피는 꽃에 있는 것만은 아니다. 뾰족이 내민 초봄의 새순도 아름답고, 여름의 무성한 녹음도 아름답고, 가을의 단풍도 아름답다. 추위와 맞선 겨울 나목의 그 고절하고도 처연한 아름다움은 또 어떻던가.

이 한생 우리 모두는 항상 무언가를 기다리면서 세월을 보낸다. 그러니 기다림이야말로 인생의 전부인 것 같기도 하다. 그러나 아니다. 기다림이 가져다주는 것은 아무것도 없다. 진실을 말하자면 인간은 기다림으로, 혹은 미래로 사는 것이 아닌 현재로 산다. 그것을 '현존재(Da Sein)'라 한다. 현재에 있는, 혹은 현재 실현되어가고 있는 그 존재보다 더 가치 있고 더 아름다운 것은 이 세상 그 어디에도 없다. 그러니 지금 이 시간, 이 장소에 있는 당신이야말로 이 세계의 중심, 가치의 중심이다. 즉사이진(卽事而眞)이라는 말도 있지 않던가.

시골에 유거하면서 새삼 다독여보는 인생론이다.

70대의 학생

한생을 즐겁게 살고자 하는 바람은 같을 것이다. 취미 생활도 그중의 하나, 그래서 어떤 이는 등산이나 운동에, 어떤 이는 봉사활동이나 예술 창작에, 어떤 이는 여행이나 답사 활동 같은 것에 전념하고 그로써 행복감을 느낀다.

그러나 나는 살아생전, 이렇다 할 취미 하나 변변히 가져본 적이 없었다. 유일한 것으로 시를 쓴다고는 하나 나로서는 일종의 직업에 해당하니 별개의 문제이다. 그런데 희한하게도 인생 고래희(古來稀)라는 70대에 이르러 내게도 취미 하나가 생겼다. 나무를 심고 가꾸는 일이다. 2, 3년 전 어렵사리 경기도 안성에 작은 오두막 하나를 지으며 주위에 하나둘 나무를 심고 그 크는 모습을 감상하면서부터다.

그런데 차츰 시간이 흐르자 그 일은 내게 단순한 취미의 차원을 넘어서 집착으로 변했고 집착은 곧 욕심으로, 욕심은 수집으로 이어졌다. 그리하여 어느 시점에서부터인지 나는 내 마음에 드는 나무가 어딘가에 있다는 풍문을 들을 경우 무작정 찾아가서 이를 구입해 마구 심어대기에 이르렀다. 골동품 애호가들이 골동품을 수집하는 데 몰두하는 것과 별로 다르지 않은 심리라고나 할까.

지금 안성의 내 오두막집, 비좁은 뜰에는 내가 심은 50여 그루의 나무들이 자라고 있다. 수종도 다양하다. 얼핏 생각나는 것들로는 소나무, 자작나무, 백송, 삼나무, 구상나무, 주목, 호두나무, 은행나무, 자귀나무, 배롱나무, 감나무, 대추나무, 산목련, 백목련, 자목련, 라일락, 두견화, 벚나무, 매화나무, 황매, 빗살나무, 단풍나무, 산사나무, 산수유, 히깨나무, 살구나무, 꽃 사과, 목백일홍, 명자나무, 산두릅, 이팝나무, 조팝나무, 불두화, 함박꽃나무, 모과나무, 산딸나무, 가시뽕나무, 무궁화, 팥배나무, 마가목, 때죽나무, 층층나무, 노각나무, 쪽동백, 모감주나무, 보리수, 미선나무, 석류, 복숭아, 사과, 배나무 등…… 그러나 이렇듯 탐욕스럽게 심어놓았으니 앞으로 몇 년 후 그 어린 나무들이 자라 성목(成木)이 되면 비좁은 공간에서 어떻게 살아남을지 걱정이다.

나무와 함께 살면서 깨달은 바도 적지 않다. 나무는 무엇보다 남과 더불어 살 줄을 안다. 한 줄기의 햇빛, 한 움큼의 공기도 평등하게 서로 같이 나누어 갖는다. 자신들이 뿌리를 내린 흙의 수분도 어느 하나가 독식하지 않는다.

나무는 또 그 누구보다 자신을 절제할 줄을 안다. 어느 날이었다. 내 시를 좋아한다는 독자 한 분이 귀한 산목련(山木蓮)* 한 그루를 구

* 함박꽃나무. 북한에서는 김정일화라고도 함.

해 와서 뒤뜰에 심어준 적이 있었다. 나무는 별 탈 없이 잘 자랐다. 그런데 이태째 되는 봄이다. 나는 문득 보다 화려한 꽃들을 보고 싶은 욕심에 사로잡혀 인근의 닭 사육장에서 배설물을 얻어와 작심하고 그 밑동에 실컷 뿌려주었다. 누구에게선지 닭의 배설물이 나무에게 꽤 좋은 유기질 비료라고 들었던 것이다.

그러나 결과는 참담했다. 직전까지도 싱싱하게 자라던 그 나무가 거름을 뿌린 지 불과 일주일도 채 되지 않은 기간에 그만 까맣게 시들어 죽어버리고 말았던 것이다. 나는 이 황당한 사건을 겪고 나서야 비로소 알았다. 동물의 배설물은 비록 영양이 풍부하다고는 하나 그에 못지않게 독성 또한 강하다는 것을, 그래서 상당한 기간의 발효 과정을 거치지 않고서는 바람직한 비료가 될 수 없다는 것을, 살포할 때는 항상 나무 밑동으로부터 지름 1미터 정도 되는 원 밖에 뿌려야 한다는 것을…….

또 이런 일도 있었다. 잘생긴 15년생 정도의 토종 배롱나무였다. 이 역시 관리를 소홀히 한 것도, 해충 구제를 태만히 한 것도 아니었다. 평상시에 퇴비도 적절히 주고 겨울엔 밑동을 따뜻하게 감싸 보살피는 등 잊지 않고 신경도 많이 썼지만 한겨울을 나자 속절없이 죽어버리는 것이 아닌가. 애써 전라도 강진까지 내려가서 구해 온 나무인지라 나는 너무나 마음이 아팠다.

그러나 알고 보니 이 모든 것은 나의 허영, 나의 불찰에서 빚어진, 그러니까 이미 예정이 되어 있었던 불행이었다. 원래가 남쪽 지방이 원산지인 배롱나무는 우리나라 중부 지역의 경우, 양지바르고 따뜻한 남향받이가 아니면 살기 힘든 수종이었음에도 나는 그 화려한 꽃들을 내방객들에게 자랑하고 싶은 욕망 때문에 눈에 잘 띄는, 하필 현관 앞 응달진 바람맞이에 심었던 것이다.

나무는 이처럼 제 설 자리를 안다. 나설 때와 물러설 때를 안다. 그렇다. 나무가 싹을 틔울 때나 잎을 떨어뜨릴 때를, 꽃잎을 벙글 때와 열매를 맺을 때를 제 스스로 알 듯 우리 역시 그렇게 살 일이다.

일흔 살 남아 되면서 나무와 함께 사는 나의 이 같은 삶, 그리하여 그로부터 무언가를 조금씩 배우고 깨우치며 사는 삶은 그래서 나름으로 보람이 있다. 제사를 지내면서 우리는 지방(紙榜)에 그렇게 쓰지 않던가. 사람의 한생 학생(學生)으로 살다 죽는 일이라고……

잃어버린 가을

불의의 사고로 한 열흘 병원에 입원을 했다. 시골 오두막에서 벽난로용 장작을 패다가 그만 전기톱에 오른손 검지를 잘린 것이다. 인부가 하는 작업이라 옆에서 가만히 지켜보기만 했어도 별 탈이 없었을 것을, 내 딴에 그를 좀 도우려 했던 것이 화근이었다. 전기톱으로 제법 통이 굵은 참나무 기둥 하나를 어렵게 자르는 모습이 힘에 부쳐 보여 그 한쪽을 들어주었던 것인데 갑자기 그가 그것을 앞쪽으로 잡아당기는 바람에 내 오른손이 슬쩍 톱날에 스친 것이다.

순간적이어서 처음에 나는 내게 무슨 일이 일어났는지조차 의식되지 않았다. 아프지도 않았다. 다만 오른손 검지에서 붉은 피가 심하게 솟구치는 것만이 보였다. 마치 남의 일인 것만 같았다. 그런데 그 인부가 잽싸게 자신의 손수건을 꺼내 잘린 내 손가락 부위를 꼭꼭 동여매더니 빨리 타라고 승용차 안으로 내 등을 떠밀어 넣는 것이었다. 그래서 나는 황망히 안성의 한 외과병원으로 실려가 간단한 응급

처치를 받고 그날 밤 서울로 이송되어 강남의 어떤 종합병원 성형외과에서 수술을 받게 되었다.

병원에서는 먼저 잘린 손가락을 봉합하는 수술이 있었다. 그리고 5일의 입원과 2주일 정도의 통원치료 끝에 어느 정도 상태가 호전되자 이제는 피부 이식 수술이라는 것을 해야 한다고 했다. 톱날에 스친 부위의 살점이 톱밥처럼 떨어져 나가버려 흰 뼈가 훤히 들여다보였던 까닭이다. 그리하여 나는 다시 전신이 마취된 상태로 왼쪽 손목에서 도려낸 살점을 상처 난 검지에 이식시키는 두 번째 수술을 받게 되었다.

이 두 번째 수술에 따른 입원 역시 열흘 이상 걸렸다. 그리고 나는 지금 일주일에 두세 번씩 통원 치료를 받고 있는 중이다. 그러나 이로써 모든 일이 일단락된 것은 아니다. 아직 — 컴퓨터 타이핑만큼은 그런대로 가능하지만 — 글쓰기도, 젓가락 사용도 불완전한 상태여서 2주 후쯤 상처가 아물게 되면 이 손가락의 기능 회복을 위한 재활치료를 또 2, 3개월 더 받아야 한다.

그래서 나는 일 년의 사계절 중 내가 가장 좋아하는 가을 한철을 이처럼 병원에서 허망하게 보내버렸다. 황홀하게 물든 단풍도, 눈이 부시게 푸르른 하늘도, 꿈꾸는 들꽃과 넘실대는 황금 들판도 제대로 눈에 한번 담지 못한 채…… 아름다운 사람과의 외출 한번 자유스럽게 하지 못한 채…… 어느 시인의 시구로 패러디하자면 '가을이 가면 그뿐 내 한 해는 이제 다 가고' 만 것이다.

그렇게 한 세월을 보내자니 문득 이런 생각이 들었다. 나이 올해로 칠순의 시작, 앞으로 이 아름다운 계절을 몇 번이나 더 볼 수 있을 것인가. 갑자기 서글픈 마음이 든다. 확실한 이유도, 뚜렷한 대상도 없이 누구인지 모를 그 누군가를 막연히 원망하는 마음에 사로잡힌다. 그래서 여린 마음에 이런 넋두리까지도 해보았다. '하느님도 참 무심하시지. 당신이 조금만 나를 보호해주셨더라면 별일이 없었을 것을…….' 그러나 그 일이 더 큰 불행으로까지 가지 않고 그나마 이 정도의 사고로 끝난 것도 사실은 하느님의 가호 때문이 아니었던가.

불교에는 업(業, Karma)이라는 개념이 있다. 그 어떤 것이든 자신이 저지른 일에는 필연적으로 그에 따르는 대가가 없을 수 없다는 진리다. 부처께서 가르치신, '이것이 있음으로 저것이 있고 저것이 있음으로 이것이 있다'는 이른바 연기설(緣起說)의 대전제이다. 그런 관점에서 이 세상 산다는 것은 그 자체가 업을 지는 일일지도 모르겠다. 불가에서 '업을 짓지 말라. 그 어떤 좋은 일도 하지 않은 것보다 더 좋을 수는 없다'고 가르치는 이유이다. 그렇다. 만일 내가 시골에 오두막을 짓지 않았더라면 내 어찌 이런 사고를 당했겠는가. 집을 지은 까닭에 벽난로를 만들었고, 벽난로를 만든 까닭에 장작을 팼고, 장작을 팼던 까닭에 손가락이 잘린 사고를 당한 것 아닌가.

그것만이 아니다. 성찰해보면 나는 내 집 한 채를 짓기 위해서 또 얼마나 많은 살생을 저질렀던 것일까. 살아 있는 나무를 잘라 목재로 사용했고, 건축자재용 모래를 채취하기 위해 수많은 수중 생명들을 죽였으며, 집터를 닦으면서 또 헤아릴 수 없는 풀이나 벌레 같은 유정(有情)들을 박멸했으니……. 그러므로 내가 당한 이 사고는 기실 내가 저지른 그 많은 업의 일부를 조금 갚은 것 정도에 지나지 않은 것일지도 모른다.

한생을 가는 길, 매사 신중히 성찰해서 가능한 한 업을 짓지 않도록 노력해야 할 것이다. 그것이 바로 내가 이 우주 자연과 하나 되어

종내 평등상의 경지로 나아가는 방편이 되어줄 것이기 때문이다.

이데올로기

지난 장마철의 몇 주간을 나는 별로 하는 일 없이 보내버렸다. 작년에 지은 오두막 뒷마당의 작은 뜰을 가꾸느라 정신이 없었기 때문이다. '뜰을 가꾼다'고 했지만 사실 그리 대단한 일도 아니었다. 울 밑에 장미 네댓 그루를 심고 올봄에 조성한 작은 잔디밭에서 잡초들을 뽑는 일이 전부라면 전부였다. 그런데 그 대단해 보이지 않은 일이 실상 대단한 일이라는 것을 내 어찌 이제서야 깨달았으리.

모질고도 강인하고, 강인하고도 맹목적인 생명력이여. 그 가없는 불굴의 의지여, 그것은 마치 밀리고 밀리는 전쟁터에서, 죽음을 무릅쓰고 달려드는 불사의 적군들 같았다. 부지기수였다. 헤아릴 수도, 구분할 수도 없었다. 정체가 확실치도 않았다. 아무 때 아무 장소에서나 친숙한 얼굴로 다가와서 슬그머니 수류탄을 던지고 불쑥 사라져버리는 테러리스트? 아니라면 내 어린 시절, 동네 형으로부터 들었던, 한국전쟁 때의 그 중공군 전사들 같다고나 할까.

전선에서 막 제대해 돌아온 그 형의 무용담이다. 당시 중공군의 인해전술은 가히 인간 파도가 해안을 덮치는 쓰나미 같았다고 했다. 쓰러져도 쓰러져도 전우의 시신을 밟고 밀려드는 인간 병기(兵器)들. 아무리 총신의 방아쇠를 잡아당겨도 번번이 새로운 무리들이 나타나 그토록 끈질기게 달려든다면 그 어떤 장사인들 당해낼 수 있었을 것인가. 잔디밭에 끝없이 돋아나는 잡초들의 행태가 바로 그것이었다. 뽑아도 뽑아도 다른 잡초들이 쏙쏙 고개를 내밀었다. 지금까지 조신히 잔디의 얼굴을 하고 있었던 그것이 어느 한순간 훌쩍 가면을 벗어던지고 잡초로 돌변하는 것이었다. 마치 귀신의 장난 같았다.

내 듣기로, 중공군의 인해전술에는 꽹과리, 징, 그리고 피리 같은 악기들이 동원되어 기묘한 심리적 압박을 가했다고 한다. 그러나 우리 정원의 잡초들은 침묵으로 일관했다. 그래서 차라리 징그러웠다. 그들은 아무 일이 없다는 듯, 아무 걱정 없다는 듯 무심하고도 조용히 뜰 안팎을 차례차례 접수해버린다. 정적 속에서 벌어지는 그 무시무시한 살육이여!

잡초들 가운데서도 강아지풀이나 개망초, 달맞이꽃 같은 것들은 정규 병사들이다. 그들의 공격은 일사불란한 전열을 앞세운다. 신호탄은 빗줄기, 비와 함께 행동을 개시한다. 그래서 비 거친 뜰은 항상 이들 푸릇푸릇한 새싹들의 점령으로 한순간 다른 세상이 되어 있기 마련이다.

그러나 쇠뜨기 같은 풀은 테러리스트이다. 평균 20센티미터가 넘는 뿌리는 자신들의 생존 전략상 스스로 약하게 진화되어, 뽑을 때 수이 끊어지게 되어 있는데 문제는 그것이 한 마디라도 흙 속에 남아 있게 되면 거기서 바로 또 새로운 싹이 튼다는 점이다. 그래서 쇠뜨기 한 본(本)을 뽑기 위해선 반경 10센티미터의 면적은 가히 참혹하게 파헤쳐야 한다. 발본색원(拔本塞源)이라는 옛말이 이보다 더 적절한 표현이 아닐 수 없다.

그러나 좀 더 냉철히 생각해보자. 나는 왜 그 잡초들을 이렇듯 원수로 삼아 미워하는 것일까. 잔디 때문이 아닌가. 지금까지 나는 어떻게든 내 정원의 잔디를 살리기 위해 잡초들과 싸워왔다. 잔디는 내게 애인이고 잡초는 적, 잔디는 선이고 잡초는 악이었다. 그러나 과연 그런 것일까. 자연의 관점에선 잔디의 생명이나 잡초의 생명이나 다를 바 없다. 그 어떤 하나가 더 소중하고 그 다른 하나가 더 하찮다고 말할 수도 없다. 무단히 들의 한 구역을 강탈해 '정원'이라고 일컫고 거기서 자라는 풀의 일부를 '잡초'라는 부르는 이 아펠레이션이야말로 그 자체가 이미 인간의 탐욕에서 기인하는 폭력 아니던가. 객관적 시각에서 보자면 개망초꽃이 오히려 잔디보다 더 아름답고, 달맞이꽃이나 민들레 풀포기가 잔디보다 더 유용한 식물이 아니던가.

한낱 자연의 일개 구성원인 인간이 그 인간의 편의를 위해 일방적이고도 강압적으로 특정한 인간적인 제도 하나를 만들어놓고 그 안에 전체 자연을 강제 편입시키려는 행위, 잔디 아닌 그 외의 생명 일체를 싸잡아 잡초라고 규정하는 관념은 누가 무어라 해도 인간의 탐욕 혹은 우치(愚痴)의 소산이라 하지 않을 수 없다. 그런즉 자연이 좋아서, 자연과 더불어 살기 위해 이 시골에 오두막까지 마련한 내가 이렇듯 이름 모를 풀꽃 하나와도 동행할 수 없다면 이야말로 위선이 아닐까. 내 민낯을 여지 없이 까발린 한여름 정원의 잡초 뽑기여. 산다는 것의 아이러니여.

그렇다. 지금 우리 사회를 강제하는 소위 '이념' 혹은 '이데올로기'라고 부르는 것의 실체 또한 이와 다름이 있던가.

계절은 순리를 따른다

밤새 심한 비바람이 몰아치더니 겨울이 계절의 문턱을 성큼 넘어 들어서는 것 같다. 언제 그랬냐는 듯 뜰은 온통 헐벗은 나목들의 세상이다. 마당은 시들어 떨어진 낙엽 — 꿈의 시신(屍身)들로 스산하기가 그지없다. 달력을 들여다본다. 11월하고도 하순, 절기상으로도 분명 겨울은 겨울이다. 그런데 내 마음은 왜 이렇게 어제의 어제인 가을에 매달려 있을까.

항상 보던 사람이 어느 날 갑자기 낯선 모습으로 다가와 놀라는 경우가 있다. 그럴 때 우리는 흔히 이렇게 중얼거린다. 이 친구, 언제 머리가 이처럼 희어졌을까? 언제 이처럼 주름살이 늘었을까. 그리고 집에 돌아와서 거울에 비친 자신의 얼굴을 들여다본다. 그런데 그 늙어버린 얼굴, 자신의 모습으로 보이던가.

바이런이라는 영국의 낭만주의 시인이 있었다. 어느 날 그는 느지막이 잠에서 깨어나 하녀가 가져온 브런치를 들면서 막 조간신문을 펼치다 깜짝 놀랐다. 거기엔 전 지면을 할애하여 엊그제 간행된 그의 시집『차일드 해럴드의 순례기(Childe Harold's Pilgrimage)』가 영국의 모든 서점에서 전대미문의 베스트셀러가 되었다는 기사와 자신의 대문짝만 한 사진이 함께 실려 있는 것이 아닌가. 일개 무명 시인이었던 그가 하룻밤 사이에 영국—아니 전 세계의 대문호가 되는 순간이었다.

혁명은 항상 밤에 일어난다는 말도 있다. 전날 저녁까지만 해도 별일 없어 보였던 일상이 다음 날 아침이 되자 전혀 딴 세상으로 바뀌어 있더라는 것. 우리나라의 경우도 몇십여 년 전에 일어났던 5·16쿠데타가, 12·12 군부집권이 모두 그렇지 않았던가. 이를 보아도 이 세상에서 일어나는 변화라는 것은 점진적이라기보다 돌발적인 것이 아닐까 하는 생각이 든다.

그러나 그렇지 않다. 본질은 현상과 다른 것, 설령 현상으로서는 그리 생각된다 하더라도 본질 그 자체는 항상 점진적으로 변하는 것이 이 세상의 일이다. 그 어느 것도 원인 없는 결과, 과정 없는 귀결이라는 것은 없다. 밤이 낮이 되기 위해서는 여명이라는 과정이, 가을이 겨울이 되기 위해서는 환절기라는 과정이, 청년이 노인이 되기 위해서는 장년기라는 과정이 있지 않던가.

그럼에도 우리는 왜 그것을 한낱 예기치 않은 사건의 역습으로 받아들이게 되는가? 과거에 얽매인 탓에 현실을 그 자체, 객관적으로 수용하지 않으려고 하는 우리 눈의 사시(斜視) 때문은 아닐까? 새롭게 도전해야 할 눈앞의 현실보다는 이미 잘 적응되어 있는 과거에 머물러 사는 것이 더 편해서, 혹은 과거에 집착한 우리의 의식이 한사코 현실을 외면하려 하다가 어느 한순간 시력을 회복하게 되는 데서 오는 현상은 아닐까.

그러나 어떻든 현실은 현실이다. 이 아침 내 눈에 들어온 뜨락은 단지 겨울의 추위 앞에서 오돌오돌 떨고 있는 나목들의 애처로운 정경 그 이상도 이하도 아니다. 그중에서도 평소 애지중지하던 배롱나무의 헐벗은 모습이 더욱 나를 안쓰럽게 한다. 그 옆의 산목련도……아, 그간 너희들에게 나는 너무 무심했구나. 이미 잃어버린 시간이기는 하지만 나는 지금이라도 그 밑동을 두터운 천으로 좀 더 따뜻하게 감싸주어야겠다는 생각을 해본다.

그러한 의미에서 엊그제 보여준 그 아름답고 화려한 나무들의 단풍은 기실 그가 스스로 과거와의 결별을 예고한 일종의 이별 의식(儀式)이 아니었던가 싶다. 계절은 이처럼 진솔하게 자연의 순리를 따르고 있는 것이다.

낯선 것들을 대하는 즐거움

여행에 어떤 목적이 있을 리 없다. 여행 자체가 즐거움이며 목적인 까닭이다. 가령 우리가 어느 낯선 지역을 간다고 하자. 어떤 사람은 그곳에 물건을 팔러 가고 어떤 사람은 단순히 풍광이나 사람 사는 모습을 보고 싶어 간다. 물론 이때 전자에게는 물건을 팔겠다는 뚜렷한 목적이 있지만 후자에게는 그 아무런 목적이 없다. 그래서 우리는 전자를 비즈니스, 후자를 여행이라고 한다.

그러나 곰곰이 따져보면 아무리 목적의식 없는 여행이라 할지라도 거기엔 그 나름의 어떤 의도가 전혀 없을 수는 없다. 가령 어떤 사람은 그냥 놀러 가고, 어떤 사람은 향토음식을 먹으러 가고, 어떤 사람은 문화유적을 답사하러 가고, 어떤 사람은 자연 경치를 보러 간다. 그러니 엄밀한 의미에서 보자면 사실 목적 없는 나들이란 없다. 그렇다면 '여행으로서의 나들이'와 '여행이 아닌 것으로서의 나들이'는 어떻게 구분될 수 있을까.

아마 그로부터 야기되는 어떤 즐거움 여부에 있을지 모른다. 그 목적이 즐거움(Spiel)에 있다면 여행이 되겠으나 — 즐거움이 없는 —

단지 노동(Arbeit)이었다면 여행이 될 수 없다는 것이다. 우리는 일반적으로 사업상의 나들이를 여행이라 하지 않는다. 설령 사업상 나들이가 아닌, 예컨대 문화유적을 보러 가는 나들이라 할지라도 그것이 관찰, 보고 혹은 발굴과 같은 것을 목적 삼아 노력을 품파는 행위라면 — 거기서 어떤 보람을 찾을 수는 있겠지만 — 이 역시 여행이라 하기 힘들 것이다.

이렇듯 '여행'이란 그 자체로 즐거운 나들이를 일컫는 말이다. 그런데 우리 주위엔 그 '즐거움'을 단지 '유흥(遊興)'으로만 치부하는 사람들 또한 적지 않다. '단순한 놀이', 시쳇말로 '스트레스 풀기'이다. 대개 외지에 나가서 술 마시고, 화투 치고, 춤추는 일을 여행이라고 착각하는 분들이다.

그러나 내 우둔한 생각으로 이 같은 유흥은 제 사는 곳에서도 충분히, 아니 오히려 더 만족스럽게 누릴 수 있을 터인데 굳이 왜 바깥 나들이에 나서서 그래야 하는지 잘 납득이 가지 않는다(혹시 일상의 공간으로부터 벗어나 있다는 어떤 해방감 때문은 아닐까). 그러나 어떻든 이런 분들일수록 그 같은 나들이를 두고 '참 즐거운 여행이었다. 다시 한 번 더 가자'고 무릎을 치니 나로서는 공감하기가 어렵다. 나는 여러 가지 이유에서 내 의지와 상관없이 이런 분들과 함께 여행을 떠나는 경우가 종종 있지만, 그럴 때마다 꼭 무슨 고역을 치르는 일 같기만 해서 마음이 항상 편하지만은 않았다.

결과적이기는 하나 물론 모든 여행은 크든 적든 일상생활에서 쌓인 어떤 스트레스를 풀어준다. 그러니 누가 여행의 목적을 스트레스 푸는 일이라고 주장한다고 해서 이를 틀렸다고 말할 수는 없을 것이다. 그러나 인간은 본질적으로 '지적인 호기심을 지닌 동물'이라 했으니 여행하는 자, 가능한 한 이를 통해서 무언가 새로운 어떤 가치를 탐색하려 노력한다면 더 좋은 여행이 되지 않을까. 그 만나는 낯선 세계와 낯선 사람과 낯선 사물들을 그 순간 그 자리에서 있는 그대로 보고, 듣고, 알아 자신의 의미로 받아들이면서도 이로써 또한 어떤 즐거움이나 기쁨까지 누릴 수 있다면 말이다. 물론 그중에는 간혹 '나는 그 같은 지적 호기심과는 거리가 먼 사람'이라고 당당히 혹은 솔직히 주장하는 자가 없지는 않겠지만…….

여행은 낯선 사물들을 찾아서 길을 떠나는 행위이다. 그러므로 그 낯선 것들에 대해 어떤 지적인 호기심이 없이 단순히 그저 유흥이나 즐김을 위해 나들이에 나선다면 그는 아마 진정한 보헤미안이 되기 힘든 자일 것이다.

칠산 앞바다가 보이는 언덕길

노르웨이의 수도 오슬로에서 서쪽 2백여 킬로미터 정도 떨어진 지점의 북해 바닷가에는 베르겐(Bergen)이라 불리는 항구가 있다. 좀 식견을 갖춘 세계인이라면 '노르웨이'라는 나라나 그 나라의 수도 '오슬로'는 잘 모른다 하더라도 마음속으로는 누구나 알고 있는 도시이다. 아름답기 때문만이 아니다. 어업이 발달해서 돈이 많은 도시이기 때문만도 아니다. 이 나라의 왕이나 총리를 배출한 도시여서도 아니다. 그 교외(郊外)에 단 한 사람, 우리에게도 〈솔베이지 송〉으로 잘 알려져 있는, 작곡가 그리그(Edvard Grieg, 1843~1907)가 태어나 묻힌 곳이어서 그러하다.

10여 년 전 나는 인근 스웨덴에서 있었던 한 문학 행사에 참여할 기회가 있어 마침 돌아오는 길에 베르겐을 들른 적이 있었다. 무엇보다 그리그의 생가를 한번 보고 싶었기 때문이었다. 가서 보니 생가는 풍광이 뛰어난 바닷가 절벽 위의 언덕에 있었다. 인공적으로 꾸미지 않고 그가 실제 살았던 모습 그대로 보전한 집이었다. 손때 묻은 그의 피아노는 금방이라도 그가 나타나 자신의 피아노 조곡을 한번 연주해 들려줄 것만 같았고, 그 옆엔 가수로 일생을 그와 함께 했던 아내 니나가 청아한 목소리로 〈솔베이지 송〉의 한 소절을 구슬프게 불러줄 것만 같았다. 정원 앞뜰에 건립된 기념관도 우리나라 음악가나 문인들의 그것처럼 작위적이거나 과시적이지 않고 소박하게 지어서 좋았다.

그러나 그 무엇보다 내가 경탄했던 것은 그의 무덤이 바로 생가가 서 있는 언덕의 절벽에 있었다는 사실이다. 아름다운 북해의 피요르드 만(灣)이 한눈에 바라다보이는 해안, 수직으로 높이 솟은 낭떠러지의 중간쯤에 조그마한 굴을 파서 그의 시신을 안치해둔 것이다. 그래서 나는 생각했다. 우리들이 그를 흔히 '노르웨이의 국민음악가'라 부르듯 그는 누구보다도 자신의 조국 노르웨이를 그처럼 사랑했던 사람이었으므로 그럴 법도 했을 것이라고……. 실제로 그의 작품 대부분은 노르웨이의 국민 정서와 노르웨이 민속문학(民俗文學)에 토대를 두고 작곡한 것이었다. 그는 생전에, 자신은 죽어서도 아름다운 모국의 국토를 바라다보고 싶으니 시신은 꼭 자신의 생가가 서 있는 피요르드의 절벽에 묻어달라고 유언했다 한다.

수년 전 나는 내 고향 영광(靈光)의 백수 해안도로를 처음으로 탐방한 적이 있었다. 들리는 소문대로 참 아름다운 길이었다. 해안의 부서지는 하얀 파도, 절벽의 위태위태하게 서 있는 소나무, 포구의 그림 같은 어촌, 거기다가 수평선 너머 막 떨어지는 황혼녘의 해는 또 얼마나 황홀하게 보였던가. 그 풍광의 아름다움이 내가 그리그의 생가에서 바라본 그 노르웨이의 피요르드 못지않았다. 운명의 장난으로 내 비록 그곳에서 성장하지는 못했으나 고향 영광이 이렇게 아름다운 고장이었다는 것을 나는 그때 처음으로 실감했다. 그래서 문득 이런 생각을 해보았다.

군(郡)에서 칠산 앞바다가 보이는 이 아름다운 백수 해안도로의 산자락 어느 한 언덕에 한국의 유명 시인들을 위해서 시비(詩碑)나 시와 관련된 조형물 등이 곁들인 공원 형식의 수목장지(樹木葬地)를 하나 만들어준다면 어떨까. 정부의 시책도 그렇고 국토가 비좁아 요즘 매장(埋葬)이 차츰 기피되고 있는 추세이니 시신을 화장해 그 골분을 수목에 뿌려주면 나무의 영양 공급이나 국토의 효율적 이용이라는 측면에서 바람직한 일이 되지 않을까.

그리하면 그 유명 시인들을 기억하거나 추모하는 사람들의 발길도 끊이질 않아 영광이라는 도시의 홍보는 물론 관광사업에서 얻을 수 있는 경제적 부가가치도 적지 않으리라 생각한다. 물론 여기서 수목장이란 유골함을 나무 밑동에 매장해서 지질(地質)을 훼손시키는 따위의 방식이 아닌, 분골을 흙에 뿌려 바로 사라지도록 만드는 방식이다.

시인은 그 어떤 자라도 자신의 모국어를 생명처럼 생각한다. 그 스스로 모국어를 지키는 전사임을 자처한다. 그러자니 그들은 누구보다 모국어의 주인인 조국을 사랑하는 사람들일 수밖에 없다. 한편 우리 민족의 전통적 생사관에선 — 조상과 오랜 세월을 같이해온 불교의 영향 때문인지 — 인간이란 죽어 서천서역(西天西域)으로 간다고 여기고 있으니 석양의 떨어지는 해를 바라볼 수 있는 이 아름다운 조국의 서쪽 바닷가 산언덕에 묻힌 시인들이라면 그 어찌 죽은 후라도 당신들이 한생을 살았던 그 국토를 지키고 사랑하는 일에 망설임이 있겠는가.

내빈 소개

나이가 들게 되니 각종 행사에 자주 초청을 받는 일이 생긴다. 본업이 교수이자 시인이므로 특히 문단이나 학계에서 그러하다. 각종 학회, 문학상 수상식, 출판기념회, 문학 축제, 신인 등단 축하 모임, 문학 워크숍 등…….

그런데 그때마다 나는 좀 민망하다 할까, 쑥스럽다고 할까 하는 일들을 경험한다. 우선 행사장 입구에서 가슴에 꽃을 달아주는 관행이다. 주최 측으로서는 초청 인사에게 나름의 예를 갖추고 또 식장 분위기를 띄워 행사를 보다 호사스럽게 연출시킬 목적에서 그리할지 모른다. 그러나 당사자인 나로서는 그게 여간 부담스럽지가 않다. 그렇지 않은가. 참석자 대부분은 청중석에 조신히 앉아 있는데 유독 몇 사람만 가슴에 꽃을 달고 그 앞에서 고상한 체 앉아 있어야 하니……. 그래서 나는 지정된 좌석에 앉자마자 대개 가슴에 달아준 그 꽃을 슬그머니 떼어내 탁자 한 켠으로 밀쳐놓는다. 나로서는 바라보는 청중의 시선을 감당하기가 어렵고 그 유별난 대접이 자못 어색하기만 한 것이다.

부담스러운 것은 더 있다. 식순에 꼭 내빈 소개라는 것이 들어 있다는 점이다. 나는 이 '내빈 소개'라는 절차가 대체 어느 때 창안되어 왜 모든 행사에서 헌법처럼 지켜져야 하는지 그 이유를 잘 모르겠다. 그러나 어찌 됐든 내가 경험한 바로 이 '내빈 소개'라는 의식이 들어 있지 않은 우리네의 일상행사라는 것은 그 어디에도 없었다. 문자 그대로 거기 오신 모든 분들이 다 '내빈(來賓)'일 터임에도 말이다.

그러니 행사에 참석한 분들은 당연히 '내빈'과 '내빈이 아닌 사람들'로 구분이 되고 '내빈을 소개하는' 순서가 오면 사회자는 으레 이 모임이 얼마나 성황리에 개최되고 있는지를 과시라도 하듯 그 '유명도'에 따라 한 분씩 '내빈'을 소개하기 마련이다. 그뿐만 아니다. 그 '내빈' 중 혹 불참한 분이라도 있을라치면 마치 자신이 무슨 죄라도 지은 양 머리를 조아리며 그분이 참석하지 못한 이유의 해명과 더불어 그가 지닌 직책에 대해 박수를 요청하고 청중 또한 별뜻 없이 이에 호응하는 것은 우리가 일상으로 보는 풍경이다. 물론 그 순서에도 나름의 원칙이 있다. 먼저 정관계의 고위직, 그리고 해당 분야의 단체장이나 간부 같은 감투, 마지막으로 기타 초청 인사들 차례로 진행된다. 물론 정치와 아무 관계 없는 문화행사나 예술행사 역시 정치 권력자가 우선이다.

요즘의 나는 나이가 들어서인지 — 비록 순서는 뒤쪽으로 밀린다 하더라도 — 대개는 '내빈'의 반열에 들어 있다. 그럼에도 사회자가 하나씩 '내빈'을 호명하는 절차에 들어가 막상 내 이름이 불려지면 허둥지둥 엉겁결에 일어나서 청중들에게 고개를 숙이기는 하나 그 순간 이름이 불려지지 않은 다른 분들의 마음은 어떨까. 불려서 앞에 서 있는 나를 청중들은 또 어떻게 생각할까 내심 무언가 민망하고, 어색하고, 부끄럽고, 미안한 마음 어쩔 수 없다.

이 세상에는 많고 많은 사람들이 산다. 그러나 거기에 어찌 잘 나고 못난 자의 구분이 있을 것인가. 인간이란 어느 하나가 모자라면 다른 하나만큼은 잘하는 법이다. 가령 나는 시를 쓰지만 시를 쓰지 못하는 그는 피아노를 잘 친다. 나는 펑크 난 자동차 바퀴 하나도 제대로 갈 줄 모르지만 그는 엔진을 고칠 줄 안다. 그는 농사를 잘 지어 올해도 내게 감자 한 자루를 선물로 보내주었지만 나는 텃밭에 호박 한 그루도 제대로 가꿀 줄을 모른다. 이렇듯 하느님께서는 인간 개개인에게 그들만의 특별한 은총을 내려주셨고 그래서 본질적으로 모든 인간은 평등하다. 그러니 식장에 오는 사람들 역시 모두가 고귀하며, 모두가 반가운, 문자 그대로의 내빈 아니겠는가. 더욱이 자유와 평등을 최고선으로 추구하는 문학의 세계에서는 더 말할 필요가 없을 것이다.

물론 그 무엇이라 하든 행사라는 것도 일종의 의식(儀式)이니 내용상 그 맡은 바 역할을 수행해야 할 사람이 있기는 있어야 할 것이다. 예컨대 축사 같은 것은 참석자 모두가 할 수는 없겠으므로 선택된 몇 명만이 그 일을 감당해야 한다. 그러나 의식에 아무 필요가 없는 내빈 소개라는 것을 굳이 순서에 넣어두고 몇몇 특정한 사람들만을 불러일으켜 세워 박수를 쳐주는 허례(虛禮)는 마땅히 불식해야 하지 않을까.

전단지

자본주의 사회가 지닌 특성들 중의 하나는 구성원들 각자가 가능한 한 타인들에게 자신을 널리 알리는 일일 것이다. 이 체제를 떠받치는 시장 경제의 원리가 무엇보다 기업의 홍보나 제품의 마케팅을 제일 중요시하니 이 틀의 일개 부품에 지나지 않은 개개인의 삶 역시 이와 크게 다를 수 없기 때문이다. 따라서 자본주의 사회에서는 누구나 자신을 세상에 널리 알려야 인정도 받고, 출세도 하고, 명예도 얻고, 돈도 번다.

그러므로 현대인들은 예전처럼 매사를 삼가고 근신하는 것이 더 이상 미덕이 될 수 없는 시대에 살고 있다. 그것은 오늘의 우리 젊은이들이 언어, 용모, 행동, 차림새에서부터 톡톡 튀는 아이디어 창출, 자기 피알(PR)에 이르기까지…… 누구나 자신을 널리 알리기 위해서 무한 경쟁에 너 나 없이 뛰어들고 있는 현상만을 보아서도 미루어 짐작할 수 있는 일이다. 좀 우호적으로 표현하자면 '개성의 현창(顯彰)'이라고나 할까. 오늘의 시대를 '개성의 시대'라 부르는 소이연이다.

물론 개성에 대한 지나친 집착은 때로 대중들을 센세이셔널리즘이나 포퓰리즘 혹은 그로테스크 리얼리즘(grotesque realism)이나 그로테스크 룩(grotesque look)에 빠트린다. 아마도 요즘 청소년들에게서 크게 유행하고 있는 헤어다이(hair dye) 또는 힙합 패션 같은 것들이 그 전형적인 예들의 하나일 것이다. 필자가 관심을 두고 있는 문화, 예술계의 현황 역시 이와 크게 다르지 않아서 예컨대 예전에는 없었던 난해하고, 기괴하고, 충격적이고, 혐오스럽고, 잔인하고, 비윤리적인 내용의 작품들이 버젓이 '현대성', 혹은 '탈현대성'이라는 의상을 뒤집어쓴 채 우리들의 눈을 현혹하거나 높이 평가되고 있다는 것은 누구나 아는 바와 같다. 우리가 일상으로 접하고 있는 영상매체—TV에서 방영되는 광고물들만을 보아도 그렇지 않던가.

이처럼 자기 홍보를 당연시하는 시대이니 누군가가 TV에 출연하여 자기 '홍보'에 열을 올린다고 해서 이를 특별히 비난할 수는 없다. 다만 그것이 사실과 달리 왜곡 과장되고 아무에게나 무차별적으로 행해진다는 것이 문제라면 문제다. 내가 봉직하고 있는 대학사회에도 교수 경력 20여 년에 제대로 된 논문 한 편, 저서 한 권 집필한 적 없는 사람들이 단지 TV의 고정 출연자라는 그 이유 하나만으로 사회의 저명인사가 된 자 부지기수다. 아니, 교수로서의 학문적 업적을 제대로 쌓지 못한 사람일수록 TV에 등장하는 횟수는 더 많고 사회에서는 이 같은 인물들을 존경하거나 우러러보니 어찌 된 일인지 모르겠다.

그래서 그렇겠으나 우리 주위에는 요즘 상품 판매든, 구인 광고든, 선교 활동이든, 금융 거래든 어떻든 그 무엇인가를 홍보하는 전단지가 홍수를 이루고 있다. 길을 걸어도, 신문을 구독해도, 공공시설을 출입해도 먼저 들이미는 것은 일단 무언가 모를 전단지들이다. 그럴 때마다 나는 그것을 받지 않거나 받아도 읽지를 않고 바로 근처의 쓰레기통에 던져버리는데, 이는 매스컴의 광고에 너무도 많이 속아 그 홍보 내용을 아예 믿지 않는 까닭이다.

어느 날 저녁 무렵이었다. 한 동료 문인과 종로의 어떤 골목 입구를 막 들어서려고 하자 어떤 남루한 아주머니가 내 앞을 가로막더니 예의 그 전단지 한 장을 내밀었다. 나는 행로를 방해받는 듯싶어 본능적으로 그 아주머니의 손길을 뿌리치고 발길을 재촉했다. 그런데 이를 지켜보던 옆의 그 동료가 나를 바라보며 책망하는 어투로 말을 건넨다. "자네 왜 그 전단지를 받지 않나?" 보아하니 나와 달리 그의 손에는 전단지 한 장이 들려 있었다. 이를 본 내가 성큼 대꾸를 못 하고 머뭇거리자 그는 내 어깨를 툭 치면서 다시 말을 이었다. "받아두지 그랬어? 그것도 적선이야, 전단지를 다 돌려야만 그 아주머니도 일당을 벌 수 있거든".

순간 나는 그 무엇으로 뒤통수를 한 대 맞는 기분이었다. 나로서는 아직 그 같은 생각까지 헤아려보지를 못했던 것이다. 그러자 곧 부끄러움이 몰려들었다. 그래서 가만히 나 자신에게 속삭였다. "다 함께 어울려 사람 사는 세상이 아니던가. 내가 너무 내 중심적으로 살아 모난 행동을 저질렀구나. 나의 작은 불편이 그에게는 생존의 힘이 될 수도 있었던 것을……."

시의 언어

다른 분들도 마찬가지이겠으나 나 역시 스승의 날이나 명절, 혹은 무슨 좋은 일이 있을 때면 가끔 휴대폰으로 축하 메시지를 받곤 한다. 그런데 그중에는, 내 휴대폰에는 전화번호가 입력되어 있지 않은 분(발신자)이 자신의 신분을 밝히지 않은 채 보내오는 메시지들도 가끔 있어 곤혹스러운 경우가 없지 않다. 나로서는 그가 누구인지를 모르므로 답신을 드릴 수 없기 때문이다.

여기에는 아마 두 가지 경우가 있을 듯하다.

첫째, 자신이 정체를 밝히지 않더라도 그 보내준 메시지의 내용으로 미루어 내가 누구인지를 추리할 수 있으리라고 믿는 경우. 이는 아마 의식적인 행위일 것이다.

둘째, 부주의나 실수일 경우. 내용 작성에 골몰한 나머지 자신의 이름을 채 밝히지 못하고 성급히 발송 키를 눌러버리면—그의 이름과 전화번호가 내 휴대폰 주소록에 입력이 되어 있지 않은 한—나로서는 그가 누구인지를 알 수 없을 것이다. 나처럼 덜렁대는 성격의 소유자라면 능히 있을 법한 일이다.

첫째 유형이건 둘째 유형이건 나는 그 메시지의 내용으로 미루어

대개는 그 발신자의 신분을 짐작한다. 그러나 항상 그런 것은 아니다. 그는 내가 자신을 알고 있으리라 믿었겠지만 나로서는 사실 그가 누구인지를 모르는 경우 역시 적지 않기 때문이다. 경위야 어떻든 이렇게 누구인지를 모르는 분들로부터 메시지를 받을 경우 나로서는 답신을 드리지 못하게 되니 그분들에게 — 최근 유행하는 말로 — 무슨 '마음의 빚'을 지는 것 같기도 하고 심지어는 '왜 이 같은 일로 내게 공연한 부담감을 안겨주는가' 싶어 차라리 그가 원망스럽기조차 하다.

문제는 여기서 끝나지 않는다. 이 작은 해프닝에서도 인간관계의 어떤 민낯 같은 것이 드러나기 때문이다. 일반적으로 우리들은 휴대폰에 자신이 중요하게 여기는 사람, 또는 자신이 필요로 하는 사람의 전화번호만을 입력한다. 무의미한 사람, 관계를 맺고 싶지 않은 사람의 전화번호까지 굳이 입력해두는 사람이란 별로 없다. 그러니 상대방(수신자)의 휴대폰 주소록에 의당 자신의 전화번호가 등재되어 있으리라 믿었던 사람이 후일 실제로는 그렇지 않았다는 사실을 알게 될 경우 그가 느끼는 섭섭함은 얼마나 클 것인가. 실망감을 넘어 때로는 마음에 어떤 상처까지도 줄지 모른다.

몇십 년 전 중고등학교 학창 시절이다. 새 학기가 시작되면 담임 선생님은 으레 반 전체 학생들에게 '환경조사서'라는 것을 쓰게 했다. 부모 형제의 이름과 직업, 재산, 가전제품의 유무나 주거 상태, 취미, 특기…… 등이다. 이것만이 아니다. 거기엔 자신이 가장 좋아하는 친구 두 사람의 이름을 기술해야만 하는 항목도 꼭 들어 있어 나는 그때마다 '그'의 이름를 썼지만 '그'도 과연 (자신의 환경조사서에) 내 이름을 썼는지 궁금할 때가 많았다. 그런데 우연한 기회에 그가

나 대신 다른 친구의 이름을 써 넣었다는 사실을 알게 되었을 때 내 마음이 어떠했던가.

일반적으로 이름은 나 자신의 소유인 것 같지만 기실 나의 것만은 아니다. 우선 이름을 지어주신 분이 타인이다. 이 세상에서 제 이름을 제 스스로 지어 사용하는 사람은 없다. 그 사용 또한 마찬가지. 아무리 내가 내 이름이라 주장한다 한들 타인이 그렇게 불러주지 않는다면 어찌 그것이 내 이름이 될 수 있겠는가. 그러므로 이름이란 비록 나 자신에게 붙여진 명칭이라는 점에서 일견 나의 소유인 것 같아도 타인이 그렇게 불러주어야만 비로소 내 이름이 된다는 측면에서는 분명 타인의 소유이기도 하다.

인간은 홀로 살 수 없다. '나'라는 존재도 누군가로부터 사랑을 받고, 인정을 받고, 중요한 인물로 대우를 받을 때 비로소 '내'가 된다. 이렇듯 그들이 내 이름을 불러주어야만 내가 될 수 있는 언어, 누군가가 무엇이라고 불러주어야만 의미가 되는 그 같은 언어를 우리는 — 일상의 언어와 달리 — 시의 언어라고 부르는 것이다.

잃어버린 그 무엇이 있을 것 같은

젊은 날, 심한 불면증을 앓은 적이 있었던 나는 이후 그것이 습관화되어 지금까지 별로 깊은 잠에 들어본 적이 없다. 잠자리에 누우면 어떻게 잠을 불러들이나 혹은 오늘도 잠을 못 이루면 어떻게 하나 하는 잡념들로 늘 불안하기만 했다. 그럴 때는 나름대로 자기최면을 걸어본다. 하나 둘 셋…… 하고 숫자를 세어본다든가, 전에 가보았던 산사(山寺) — 절의 풍경들을 차례차례 머릿속에 떠올려본다든가, 마음속으로 고등학교 동창생들의 이름을 한 명씩 불러본다든가 하는 것 등이다.

그래도 잠이 오지 않을 때는 마지막 카드를 쓴다. 우리나라 지도에서 끝음절이 같은 지명들을 하나씩 헤아려보는 것이다. 가령 '성'으로 된 '장성', '횡성', '보성', '화성'…… '산'으로 된 '울산', '선산', '논산'…… 그중에서도 내가 자주 떠올리는 것이 끝음절이 '천'으로 된 도시들이다. 남도 끝자락의 '사천', '여천', '순천', '합천'으로부터 중부권의 '영천', '예천', '진천'을 거쳐 마지막 강원 경기 지역의 '포천', '연천', '홍천' 등.

내게는 그 같은 자기 최면의 정점에는 항상 '춘천'이라는 지명이 있다. 무언가 아련하고, 그립고, 아름답고, 조금은 슬퍼지는 춘천, 내 잃어버린 젊은 날의 소중한 그 무엇이 지금도 여전히 옛 모습 그대로 나를 기다리고 있을 것만 같은 춘천, 그래서 눈이라도 내리는 날, 혹은 가슴에 촉촉이 봄비라도 내리는 날엔 문득 달려가고 싶은 춘천. 이렇게 그곳에 얽힌 추억이나 영상들을 하나씩 머릿속에 떠올리면 의외로 슬며시 잠들게 되는 때가 많다.

'춘천' 하면 무엇보다 여성적인 이미지가 앞선다. 끝음절에 '산'이 들어간 '부산'이나 '울산' 같은 도시들과 대비시킬 경우 더욱 그러하다. 분명한 이유야 모른다. 아마도 이들이 산업단지, 노동, 물류, 자본 등과 같은 것에 친화성을 띤 도시라면 춘천은 어쩐지 자연, 생태, 교육, 문화, 예술과 같은 것에 친화성을 띤 도시라는 인상이 들기 때문은 아닐까.

대개는 아마 그런 생각들을 가지고 있을 것이다. 만일 부산이나 울산에서 파업, 투쟁, 재해 같은 것들이 일어난다면 그럴 양하지만 춘천에서 그러한 일들이 일어날 것이라고 상상하기는 어렵다. 대신 춘천에서는 안식과 탐미(耽美), 낭만과 사랑, 화해와 상생 같은 것이 있어야 자연스러울 것 같다. 그런데 이 모두는 사실 여성성이 지닌 덕목들이다. 그래서 서울의 모든, 사랑에 빠진 젊은이들은 한 번쯤 춘천에서의 데이트를 꿈꾸는 것일지도 모른다. 소양 호반에서, 등선 폭포에서, 김유정역에서 아니 명동의 닭갈빗집에서…….

우리말로 풀이해도 '봄의 시내'인 '춘천(春川)'은 그 지명조차 여성적이다. '봄이 여성, 가을이 남성의 계절*'이라는 말이 있듯 봄은 원

* "春女思(춘녀사) 秋士悲(추사비)". 『회남자(淮南子)』에 나오는 구절로, 봄이면 여인

래 아름답고 감성적이며 새 생명이 움트는 계절, 무엇보다 사랑을 유혹하는 계절이기 때문이다. '시내' 또한 이와 다르지 않다. 폭풍우가 몰아치는 곳이 대양이라면, 때로는 곰살맞게, 때로는 우아하게, 때로는 아름답게, 때로는 넉넉하게, 때로는 편안하게 대지를 적시며 속삭이듯, 노래하듯 흐르는 강물은 보다 여성적이지 않은가. 원형 상상력에 있어서도 남성을 상징하는 불과 달리 생식력을 지니고 있는 물은 본래 여성적이다.

그즈음, 그러니까 내가 대학원에 적을 두었던 그때 나는 한 여학생을 사귀고 있었다. — 지금 생각하면 그것을 사랑이라고까지 말할 수는 없었으나 — 우리들은 막연히 이성애적 감정에 휘둘려서 간간이 만나 서울의 뮤직홀이나 극장 같은 곳을 드나들곤 했다. 그러던 어느 초겨울, 그 시절의 소위 명문대라는 것이 자주 그러하듯 그날도 오전 강의는 예고 없는 휴강이었다. 그래서 나는 그 여학생을 불러내 같이 영화를 보기로 했는데 그 극장은 1회 표만 사서 입장을 해도 흘러간 몇 편의 영화들을 재탕 삼탕 시간 제약 없이 볼 수 있는 그런 삼류 영화관이었다. 요즘처럼 딱히 젊은이들만이 즐길 수 있는 유희 시설이 없었던 시절이어서 이 같은 운영 방식의 영화관은 휴강으로 갑자기 할 일이 없어진 대학생들이 다음 강의 시간까지의 빈 시간을 때우는 데 여간 편리한 공간이 아니었다.

그날 그 시간대의 영화는 마침 〈의사 지바고〉였다. 나는 물론 이 영화를 전에 이미 본 적이 있었으나 마땅히 시간을 메꿀 방법이 없

들이 그리워하고, 가을에는 선비들이 슬퍼한다는 뜻.

었고 — 비록 재상영이라고는 하지만 — 그녀의 경우 이 영화를 처음 본다고 해서 우리는 흔쾌히 극장에 들어섰다. 그럼에도 다시 본 그 영화는 좋았다. 전에 느꼈던 감동이 고스란히 되살아났다. 특히 자신의 운명을 직감한 지바고가 사랑하는 라라를 연적과 함께 썰매에 태워 보내면서 하얀 설원 너머 가물가물 사라지는 그 모습을 한 번이라도 더 보려고 별장 옥탑방의 창에 낀 성에를 맨손으로 걷어내는 장면에서는 새삼 가슴이 찡했다.

어떻든 영화는 끝이 났고 우리는 그 받은 감동을 주체하지 못한 채 극장의 출구를 나섰다. 그런데 아, 밖에는 기적같이 흰 눈이 소복소복 내리고 있지를 않는가. 순간 우리는 이심전심으로 금방 본 영화의 바로 그 장면을 떠올렸다. 그러자 그 눈발 속에서 어딘가로 떠나야 할 것 같았다. 거리를 헤매든, 공원을 가든, 뮤직홀을 찾든, 아니라면 학사 주점으로 달려가든…… 그런데 바로 그 순간이다. 나는 자신도 모르게 중얼거려버렸다. "우리 춘천에 가자!"

이렇게 두서없는 발설을 해놓고 보니 언제였던가 그녀와 만났을 때, 춘천에 한번 놀러 가자고 말했던 사실이 기억났다. 같은 기분이었을까. 그녀 역시 고개를 끄덕거렸다. 그리하여 우리는 마치 일에 쫓기는, 바쁜 사업가나 되는 양 부리나케 청량리역으로 달려갔고 춘천행 완행열차에 몸을 실었다.

열차는 금곡을 지나, 마석을 지나 북한강을 끼고 천천히 달렸다. 그런데 이 무슨 초 치는 일이었던가. 이미 청평에서부터 흐지부지하기 시작하던 눈발이 가평에 들면서부터는 아예 그치고 마는 것 아닌가. 차창 밖으로 보이는 풍경도 이제는 설경(雪景)과 관련이 없는 초겨울의 헐벗은 산천이 강을 따라 삭막하게 전개되고 있었을 뿐이다.

그래도 — 실망한 우리들의 속마음을 아는지 모르는지 — 열차는 결국 신남역(지금의 김유정역)을 거쳐 춘천역에 닿았고 우리들은 떠밀리듯 역전을 빠져나왔다. 그러나 딱히 갈 곳이 없었다. 그래서 망연히 역전을 가로지르는 도로를 따라 걷기 시작했다. 오면서 차창 밖으로 보았던 호수의 경치가 인상적이었던 것이다.

한참을 걷자니 커다란 하천이 나왔다. 그 하천은 온통 안개에 휩싸여 있었다. 겨울 안개, 마치 하얀 망사를 펼쳐놓은 듯한 그 유액질(乳液質)의 대기(大氣)는 자연이란 겨울에도 결코 죽지 않는다는 사실을 증명이라도 해 보이려는 듯 우리들에게 무엇인가를 열심히 속삭이고 있었다. 그것은 분명 눈으로 듣는 숨소리였다. 우리는 그 숨소리를 더 깊이 들으려 제방을 따라 안개 속을 헤쳐 나아갔다. 그러자 허망한 공간에 한 채의 하이얀 양옥 — 소박한 카페 '이디오피아'가 나타났다. 우리는 마치 혼령의 유혹에 빠지기나 한 것처럼 그 속으로 빨려 들어갔다. 공지천이었다.

커피 맛은 일품이었지만 그러나 그 싸한 카페인 덕택에 우리는 문득 감상에서 벗어나 비로소 제정신을 찾을 수 있었다. 어찌하랴. 시계는 벌써 오후 7시. 이래서는 안 될 시간이었다. 아직 야간 통행금지제도가 시행되고 있었던 시절, 기차 시간표와 맞추어 계산해보니 당장 출발을 서두르지 않으면 외박이 뻔했다. 그리고 양갓집 숙녀에게 그런 민망한 일을 겪게 해서는 아니 될 일이었다. 우리는 갑자기 현실로 돌아와 허둥대기 시작했다. 부리나케 귀경길에 올랐다.

그 후 우리는 서로 다른 길을 걸었다. 결혼이라는 현실적 문제에 부딪혔고 더 이상 교제를 지속해서는 아니 될 상황도 생겼다. 그래서 결국 헤어졌지만 지금도 가끔 나는 이런 생각에 빠져든다. 그때 우리가 서울행 기차를 놓쳐 춘천에서 하룻밤을 묵을 수밖에 없었더라면 우리들의 행로는 어떻게 달라졌을까.

언제인가 이른 봄에 춘천을 찾은 적이 있었다. 마침 검와리 의암 호변가의 산책로를 걷고 있었다. 석양이었다. 문득 눈을 들어 호수 위 시내 쪽을 바라보자 그 너머 원경으로 부용산, 사명산 봉우리에 덮인 하얀 눈이 노을에 비껴 반짝이고 그 정경을 고스란히 반영한 수면의 그림자가 그림처럼 아름다웠다. 그 순간 나는 이런 생각을 했다. 곁들여 이 의암호 둔치에 유채꽃들이 활짝 피어 있다면 그 만개한 노오란 꽃과 호수의 파란 물빛과 부용산 능선의 하얀 설경과 석양의 연분홍빛 노을이 한데 어울려 얼마나 아름다운 선경(仙境)을 자아낼 것인가.

춘천에 가면 무언가 마음이 편안해진다. 순수하고 아름다워진다. 각박하고, 이기적이고, 모질고, 경쟁적인 사람들로 들끓는 대도시 서울의 지척에 춘천같이 순결한 도시가 이처럼 조용히 기다리고 있다는 것은 우리 모두에게 참으로 커다란 축복일 것이다.

아이오와대학 캠퍼스의 오리 떼들

20여 년 전의 일이다. 그러니까 1987년 가을, 나는 미국의 아이오와대학교에서 주관하던 '국제 문학창작 프로그램(International Writing Program)'에 참여하고 있었다. 이 프로그램은 미국해외공보처의 경제적 지원을 받은 아이오와대학교가 세계 20여 개 국가들의 시인, 작가들 30여 명을 초청해서 6개월 동안 각개 민족문학들 간의 상호 교류와 세계 평화를 도모하기 위해 설립한 국제적인 문학창작 워크숍이다.

여러 가지 의미 있는 모임이었다. 나로서는 이 프로그램에의 참여가 첫 미국 체험이어서 그랬던지 보고 느낀 점이 많았다. 그중에서도 특히 일상생활에서 보여주었던 미국인들의 환경 보호 의식이 인상적이었다. 물론 지금은 우리 국민들도 이에 남다른 관심을 가지지 않는 것은 아닐 것이다. 그러나 당시(80년대 중반)만 하더라도 우리는 아직 경제개발이라는, 보다 화급한 국가 발전의 우선순위에 밀려 생태환경과 같은 것의 중요성에 대해서는 별로 신경을 쓰지 못했던 시절이었다.

아이오와대학은 학생들을 위한 편의시설과 후생 복지 체계가 잘 갖추어진 학교였다. 기숙사, 도서관, 극장, 체육관 등은 물론 특히 그 넓은 캠퍼스와 시내를 연결하는 교통망이 잘 정비되어 있었다. 끊임없이 개최되는, 높은 수준의 여러 문화 및 예술 행사도 뉴욕이나 워싱턴에 비해 뒤지지 않았다.

그러나 그 무엇보다 내가 부러웠던 것은 캠퍼스 자체가 참으로 아름다웠고 친환경적이었다는 사실이다. 야트막한 구릉을 끼고 도는 아이오와강과 그 강가의 무성하게 자란 숲, 적당히 조성된 잔디밭은 이 강을 사이에 두고 정연하게 배치된 크고 작은 교사(校舍)들과 잘 어울려 한 폭의 그림을 연상시키곤 했다. 그래서 비록 한국에서는 비교적 시설이 좋다는 대학의 교수였던 나였지만 서울의 내 제자들을 생각할 때마다 안쓰러운 마음 들기가 한두 번이 아니었다.

아이오와강은 맑고 깨끗했다. 송어 낚시를 하는 학생들이 많았다. 낚시 그 자체를 즐기는 일종의 스포츠였으므로 그들은 잡은 물고기들을 그 즉시 바로 그 자리에서 놓아주곤 했다. 어떤 날은 학생들의 조정 경기로 떠들썩했고, 어떤 때는 수면에 작은 요트 몇 척이 한가롭게 떠 있기도 했다.

그러나 그중에서도 인상적이었던 것은 이 대학 캠퍼스에 헤아리기 힘들 만큼의 야생 오리 떼들이 날아들어 아무 거리낌 없이 학생들과 잘 어울려 지낸다는 사실이었다. 오리들의 자연 생태에 대해 잘 모르는 나로서는 굳이 그 종류까지 말할 수는 없다. 그러나 여러 종의 수천 마리 오리 떼가 일시에 아이오와 강변에 날아들어 때로는 유유히 헤엄을 치기도, 때로는 학생들을 따라 뒤뚱뒤뚱 걷기도 하는 모습은 기이하고도 아름다운 풍경이었다.

학생들은 절대로 그 같은 오리 무리를 건들거나 놀래키지 않았다.

그들이 캠퍼스의 길들을 독점하고 있으면 조용히 서서 비켜주기를 기다린다든지, 멀리 돌아 우회하든지 하는 방식으로 보호해주었다. 강변으로 이어지는 잔디밭은 아예 그들의 쉼터로 내놓았다. 그래서 그런지 오리들 역시 학생들을 좋아하는 듯 보였다. 학생들이 강변 잔디밭에 앉아 책을 읽거나 누워 낮잠이라도 들면 어느새 오리들도 찾아와 그 곁에서 놀거나 잠을 청했다. 어떤 오리들은—제 어미 뒤를 좇는 새끼들의 생리처럼—캠퍼스를 걷는 학생들의 뒤를 열을 지어 수십 마리씩 졸졸 따라다녔다. 강의실까지 들어와 꽥꽥 고함을 질러댔다. 강의실 바닥은 그들이 함부로 배설한 오물들로 더러워지기 일쑤였다. 그러나 누구 하나 불평하는 학생들이 없었다.

그런데 이 프로그램에 참여한 작가들 중에서 하필 같은 동양인인 중국의 한 소설가가 내게 속삭였다.* 만일 중국의 대학 캠퍼스에서 이처럼 오리 떼들이 노닌다면 모두 잡아서 요리를 해 먹을 터인데 한국 같으면 어찌하겠느냐는 것이다. 순간, 나는 그 유명한 중국 요리 베이징 덕(北京烤鴨)이 생각나서 "중국인들이 유달리 오리 요리를 좋아하니까 그렇겠지요. 그러나 한국인들은 중국인들만큼 오리 요리를 좋아하지 않는답니다." 하고 얼버무렸으나 속으로 켕기는 마음 없지 않았다. 사실은 21세기를 바라보는 요즘에도 한국의 일부 밀렵꾼들이 심심치 않게 야생오리를 잡아먹고 일반인도 길을 가다가 혹 복스

---

* 이 무렵 미국은 정치적으로 중국과의 화해를 모색하고 있을 때여서 이 프로그램에는 특별히 중국 대륙의 작가 두 사람을 초청했었다. 한 분은 당시 연세가 60대 중반에 가까운 사람이었는데 자신의 말로는 강청(江靑, 모택동의 처)의 연설문 스크립터로 일하다가 강청을 포함한 소위 사인방(四人幇) 세력이 몰락하자 이에 연루되어 수년 동안 옥살이를 하고 막 풀려났다고 했다.

럽게 생긴 개라도 보면 농담인지 진담인지 '그놈 참 맛있게 생겼다'고 하지 않던가.

일반적으로 동서양의 문명을 대비해서 이야기할 때 흔히 서양은 자연을 정복해온 문명, 동양은 자연에 순응하는 문명이었다고 한다. 그리하여 동양 사람들은 서양 사람들보다 어딘가 더 자연을 존중하고 그 어떤 다른 문명권에도 비견할 수 없는 그들만의 자연 보호 정신을 가졌다고 생각하기 쉽다. 서양인의 오리엔탈리즘에서도 그런 인식은 적지 않다. 그러나 정말로 그런 것일까. 내 보기에 다른 차원에서는 모르겠으나 최소한 일상생활에서만큼은 분명 그렇지 않다고 말하고 싶다. 미국이나 유럽 등 소위 선진국들을 여행해본 분들이라면 아마 그 누구라도 이에 공감할 것이다.

2010년, 대한민국의 들녘에 겨울이 왔다. 흰 눈이 소복이 쌓이고 강과 호수들은 얼어붙었다. 겨울 스포츠를 즐기는 사람들이 부지런히 스키장, 스케이트장을 찾아 나서는 계절이다. 각 지방 자치단체들 역시 겨울철만의 이벤트나 행사들을 기획하여 자기들 고향을 홍보하기에 여념이 없다. 그런데 그중에서도 주목을 끄는 것이 이곳저곳에서 경쟁적으로 개최하고 있는 겨울 축제들이다. 물론 기특한 일이다. 그러나 그렇다고 이에 무작정 박수 칠 일은 아닐 것, 환경 보호라는 보다 중요한 원칙 하나만큼은 반드시 짚고 넘어가야 하겠기 때문이다.

우리나라 겨울 축제들 중에는—언제부터 생기기 시작했는지는 모르나—'빙어 축제'니 '송어 축제'니, '산천어 축제'니, '한우 축제'니 하는 것들이 있다. 그런데 그 내용을 들여다보면 가관이다. 한결같이 빙어나 송어 등 물고기나 한우 소고기 등을 누가 많이 잡느냐,

누가 빨리 잡느냐, 이를 얼마나 맛있게 요리를 할 수 있느냐, 누가 제일 많이 먹느냐, 누가 제일 빨리 먹느냐 하는 등 온통 먹거리를 주제로 한 까닭이다. 그래서 항상 메케한 연기, 비린 냄새로 역겹기 그지없는 그들 축제장은 온통 살아 있는 생명들을 불에 굽고, 삶고, 지지고, 끓이고, 칼로 회를 쳐서 날것으로 먹는 풍경들로 아수라장을 이룬다.

그러니 이를 어찌 바람직한 축제라고 일컬을 수 있겠는가. 삶을 즐기는 일, 생명의 존엄을 선양하는 일, 인간과 환경의 동일성을 깨우치는 일, 일상의 쌓인 억압과 스트레스를 카타르시스하는 일, 공동체의 번영과 인간관계의 유대를 확인하는 일 등이 목적이 되어야 할 축제가 이렇듯 오히려 다른 생명들을 죽이는 일로 변질되어버렸으니 참으로 개탄스럽고 욕된다 하지 않을 수 없다.

도대체 수천 년의 문명을 누려온 우리 한국인들이 왜 그렇게 먹는 일에 이처럼 한이 맺혀 있다는 말인가. 진정한 의미의 축제라면 먹고 마시기에 앞서 빙어나 송어 같은 생명들의 생태를 교육하는 일, 이들을 보호하는 데 앞장을 서는 일, 환경과 인간의 필연적인 관계를 깨닫게 하는 일, 생명의 소중함을 일깨우는 일 등을 권장하는 행사가 되어야 마땅하지 않겠는가. 내가 여기서 문득 20여 년 전, 아이오와대학 체류 시절의 추억을 떠올리는 이유가 여기에 있다.

그 어떤 것이든 인간다운 인간, 바람직한 인간이 벌이는 행사라면 우선 생명의 존엄성을 훼손해선 아니 된다는 그 일차적 불문율만큼은 반드시 지켜야 할 덕목일 것이다. 하물며 우리 자신이 발을 딛고 사는 이 지구, 생태환경의 보호에 관한 것이라면 더 이상 무슨 말이 필요하겠는가.

이름도 모르는 그 칠레의 청년

나이 탓일까? 30여 전 처음 그 땅을 밟았을 때는 이 같지가 않았던 것 같다. 그런데 이번에는 심한 고산병으로 적지 않은 고통을 받았다. 하루이틀이 아니었다. 페루의 쿠스코(Cuzco)를 출발해서 볼리비아의 안데스 고원지대를 종단, 칠레의 산 푸에블로(San Pueblo)에 이르기까지의 일정, 거의 보름 동안이나 정신이 없었다. 머리가 깨질듯 아프고, 숨이 차고, 어지럽고, 잠을 잘 수 없고, 다리가 휘청거리고…… 제대로 자지도, 먹지도 못하니 악순환은 계속되었다.

그러기를 며칠, 볼리비아와 칠레의 국경을 이루는 해발 4,800미터의 카냐돈 델 디아블로 패스(Cañadon del Diablo pass)에 와서는 급기야 의식조차 가물가물했다. 그것은 마치 환상 같았다. 분명 지프로 모래와 바위사막을 달리고 있었는데 나는 쪽배를 타고 바다를 건너는 일개 승객이었다. 바람 소리가 마치 파도 소리처럼 들려왔다. 오디세우스가 세이렌의 노래에 정신이 팔려 해무가 잔뜩 낀 바다를 정처 없이 헤맸던 것처럼 어디선가 가냘픈 인디오의 전통 피리 퀘나(Quena) 소리가 울려왔다. 사랑스런 사람들이 자꾸 나를 불렀다. 그러나 그쪽으로 고개를 돌리면 아무도 없었고 기괴한 모습을 한 바위들만이 한껏 나를 노려보는 것이었다.

그때 누군가가 팔랑 치맛자락을 날리면서 바위 뒤쪽으로 몸을 숨기는 것 같았다. 그러자 어디선가 물씬 향기가 풍겨왔다. 집을 떠날 때 잘 다녀오라고 허그를 해주던 그녀의 체취, 내가 사랑하는 사람이다. 나는 나도 모르게 지프에서 뛰어내려 모래밭을 뛰었다. 그러나 아무도 없는 모래밭에는 라벤더만 지천으로 꽃을 피우고 있었다. 나는 그만 그 위에 쓰러져버렸다.

10여 년 전이었다. 그때도 나는 지프를 타고 티베트에서 히말라야를 넘어 네팔로 가는 중이었다. 그런데 해발 5,000여 미터 지점의 어떤 고개에서 그만 기절을 하고 말았다. 요행히 근처의 보건소에서 의식을 되찾긴 했지만 나의 네팔행은 그로써 좌절되었고 산소통을 코에 매단 채 라싸로 후송된 나는 그곳의 한 종합병원에서 간단한 치료를 받은 뒤 귀국을 서두른 적이 있었다. 국내 대학병원에서 정밀검진을 받으니 폐부종과 심부전증이 있다고 했다. 그래서 일주일의 입원과 두 달 가까운 통원치료를 받은 후 간신히 사회에 복귀할 수 있었다. 문득 정신을 잃었던 그때의 기억이 떠오르자 나는 절대로 이렇게 죽어서는 아니 된다는 생각이 들었다. 악착같이 정신줄을 놓지 않았다.

카나돈 델 디아블로는 젊은 시절의 살바도르 달리(Salvador Dali, 1904~1989)가 방문한 곳으로도 유명하다. 달리는 그때 여기서 받은 바로 그 영감에 기초하여 쉬르레알리슴의 서막을 열었다고 한다. 나 역시 — 의식이 불안정해서 그렇기도 했겠지만 — 그 풍경들이 초현실적으로 다가왔다. 모든 것들이, 달리가 자신의 그림에서 소위 '초현실'이라는 개념으로 되살려놓았던, 그 무의식의 영상들과 별반 다르지 않아 보였다. 깊은 정적 속에 갇힌 모래사막, 그 사막에 우뚝 우뚝 산재해 있는 기괴한 모양의 바위들, 짙푸른 하늘, 그 허공을 외롭게 맴도는 콘도르 등은, 탁자에 늘어진 회중시계만을 제외할 경우, 그의 대표작 〈기억의 지속(The Persistence of Memory)〉이 보여주는 풍경 바로 그것이었다. 이렇듯 그림의 대상이 현실에서 실재하고 있으니 사실 아방가르드들이 주장했던 바, 소위 그 '비대상(非對象)'이라는 개념도 엄밀한 의미에서는 허구가 아니었던가.

그렇다. 본질적으로 인간의 의식(생각 혹은 사유)이란 그 어떤 것도 대상 없이 작용할 수는 없다(대상 없는 의식이란 있을 수 없다).* 그러니 정신병리 현상이 아닌 한 이 세상 그 어디에 '대상' 없는 예술이 존재할 수 있겠는가. 그것은 — 쉬르레알리스트처럼 — 예술이란 '무의식의 표현'이라고 주장해도 마찬가지일 터이다. 왜냐하면 그 표현코자 하는 내용이 비록 무의식이라 할지라도 그것을 하나의 예술작품으로 형상화해내기 위해서는(외부로 표출시키기 위해서는) 그 어떤 경우든 의식의 도움 없이는 불가능한 작업인데 이때 '의식의 도움'을 받는다는 것은 — 위에서 언급한 것처럼 — 그 자체가 곧 대상을 전제하는 행위일 수밖에 없기 때문이다. 이는 물론 그 표출코자 하는 내용을 무의식이 아닌 '주관적 관념'이라고 애둘러 고쳐 표현해도 다르지 않다. 이 경우는 관념 그 자체가 바로 의식(형상화 작업)의 대상이 되기 때문이다.

* 후설 등의 현상학에서는 '의식(사유)'을, 주체가 **대상**을 향해 나아가는 '지향성(Intentionalität)'으로 정의한다.

쿠스코에서 페루와 볼리비아의 접경지 티티카카(Titikaka) 호수의 푸노(Puno)까지는 야간버스로 열 시간 이상을 달려야 한다. '알티 플라노(Alti Plano)'라 불리는 안데스 고원의 중심부를 가로지르는 지역이다. 오후 7시 전후 쿠스코 시외버스터미널에서 버스를 탔다. 버스는 해발 3,000미터에서 4,000미터를 넘나드는 고지의 굽이도는 산길을 위험천만하게 달렸다. 그러니 원래 불면증이 있는 나로서는 잠이 올 리 없었다. 더더구나 고산병으로 숨이 차고 머리가 깨질 듯 아프니 더 말해 무엇하랴. 그러나 다음 날 이른 오전, 푸노에 당도해서 해야 할 일들을 생각하면 비록 잠에 들지는 못한다 하더라도 최대한 육체만큼은 편히 쉬게 놔두어야 할 일이었다. 그래서 그날 밤 나는 흔들리는 버스에 지친 몸을 가수(假睡) 상태로 맡겨버렸다.

몇 시간이나 달렸을까. 무슨 고장이라도 난 듯 버스가 갑자기 멈춰 섰다. 새벽 2시쯤이다. 침낭을 뒤집어쓴 채 10여 분을 기다려도 버스는 움직일 기색이 없다. 할 수 없이 운전석 덧문을 두드려(운전석과 객석은 칸막이로 구분되어 있다) 차장에게 그 사유를 물은즉, 부근의 주민들이 도로를 차단해서 차가 더 이상 진입할 수 없는 상황이라고 한다. 버스에서 내려 살펴보았다. 고지대라서 기온이 꽤 차가웠다. 새벽하늘의 별들이 쏟아질 듯 눈이 부셨다. 비록 북두칠성이나 카시오페이아와 같은 우리의 낯익은 별자리는 찾아볼 수 없었지만 그 정경이 너무도 황홀하였다.

밀린 차들을 지나서 앞쪽으로 더 나가보았다. 아닌 게 아니라 이 지역 주민 2, 30여 명이 도로를 점거하고 있었다. 어설픈 2차선 아스팔트 포장도로 위에는 큰 돌덩이, 못 쓸 가구 등이 어지럽게 쌓여 있고 폐타이어에서 타오르는 불빛이 어둠을 밝히고 있었다. 그리고 이를 경계로 도로의 전후방에 수십 대의 트럭과 버스들이 줄지어 서 있었다. 무슨 화학공장이 들어선 이후 식수가 오염되자 이를 항의하기 위해 벌인 이곳 주민들의 대정부 스트라이크라 했다. 몇 번이나 진정서를 냈건만 정부 차원의 분명한 조치가 없어 그만 실력 행사에 나섰다는 것이다.

그런데 그들의 표정만큼은 의외였다. 남미인들 특유의 낙천적인 성격이어서인지 거칠지도 험악하지도 않았다. 큰 소릴 내서 다투거나 싸우는 사람도 없었다. 마치 무슨 축제라도 즐기는 양 음료수와 음식물을 서로 사이좋게 나눠 먹으며 희희낙락거리는 모습들이 대정부 항의 시위치고는 오히려 유쾌해 보였다. 그래서 우리들은 한 시간 가까이를 꼼짝없이 그 자리에 주저 앉아서 이들의 유희 아닌 유희를 지켜보고 있어야만 했다.

그러나 주민들은 끝내 길을 터줄 생각이 없었고 그동안 버스기사가 떠올린 아이디어는 이 지역을 도보로 걸어서 벗어나자는 것이었다. 3, 40분 정도를 걸어가면 같은 회사의 다른 버스가 반대쪽 볼리비아로부터 와서 우리를 기다리도록 본사에 전화를 해두겠다는 것이다. 그 외 다른 방법이 있을 것 같지도 않았다. 나는 주섬주섬 짐을 챙겨 길 떠나는 승객들의 대열에 끼어들었다. 그러나 이곳은 가만히 서 있기만 해도 숨이 가쁜 해발 4,000미터의 고원지대, 무거운 배낭을 앞가슴과 등에 각각 매고 그들의 뒤를 쫓아간다는 것은 70대에 들어선 나로서 힘이 부치는 일이었다. 나는 뒤처질 수밖에 없었고 시간이 갈수록 대열과의 거리는 멀어지기만 했다. 이대로 가다가는 낙오가 될 것 같았다. 문득 홀로 되어 길을 잃어버리지나 않을까 하는 공포감이 엄습해왔다.

바로 그때였다. 대열의 후미를 걷던 한 젊은이가 힐끔 뒤를 돌아보았다. 그러곤 무슨 일이라도 있는 것처럼 정면으로 뚜벅뚜벅 내게 걸어오더니 아무 말 없이 내 등의 배낭을 빼앗듯 낚아채 자신의 어깨에 걸쳐 멘다. 그 자신도 두 개나 되는 배낭을 앞가슴과 다른 쪽 어깨에 매달고 있었음에도…… 그 역시 칠레에서 온 배낭여행객이라고 했다.

불가(佛家)에서는 함께 수행하는 동료들을 도반(道伴)이라 이른다. 같은 길을 걷는 동무라는 뜻이다. 인생은 나그넷길, 그 길에서 아름다운 도반을 만난다는 것은, 아니 내 스스로 누구의 진정한 도반이 되어줄 수 있다는 것은 얼마나 복되고 아름다운 일이랴.

같이 걷는 길에서 우연히 만난, 그래서 이름도 모르는 그 아름다운 칠레의 청년.

부에노스아이레스에서

부에노스아이레스에서였다. 아침 식사를 간단히 마치고 호텔의 로비에서 차를 마시고 있는데 같은 배낭여행 팀의 일원인 한국인 남자 투숙객 한 명이 현관문을 밀치고 들어섰다. 순간 악취가 코를 찔렀다. 자세히 살펴보니 그의 머리와 윗옷이 온통 오물에 젖어 있었다. 그는 황급히 객실로 들어가버렸다.

나중에 그로부터 들은 이야기이다. 그때 우리는 부에노스아이레스의 번화가, 플로리다 거리에 있는 별 세 개짜리 소박한 호텔에 머물고 있었다. 항구의 부두가 가까웠다. 시가지를 끼고 흐르는 라플라타강(이 강의 중류에 그 유명한 이과수 폭포가 있다)의 연변 하구이기도 했다. 좀 멀다 싶기는 하나 마음 같아서는 호텔에서 걸어갈 수 있는 거리로 보였다. 그래서 그분은 그 라플라타강이 보고 싶어 아침 일찍 산책길에 나섰다고 한다.

몇십 분을 가자 쉼터 비슷한 작은 공원이 나왔다. 그런데 그곳을 막 지나치려니 갑자기 공중에서 새똥이 쏟아져 내렸다. 당황한 그는 휴지를 꺼내 우선 머리부터 손질하고 그것이 어디서 날아온 것인가 싶어 고개를 들어 두리번거렸다. 바로 그때다. 마치 기다리고 있었다는 듯 한 백인 신사가 나타났다. 그는 주머니에서 자신의 손수건을 꺼내 그의 옷에 묻은 오물을 요령 있게 닦아주며 나무 위에서 새가 실수를 한 것이니 괘념치 말라는 제스처를 해 보이곤 사라져버렸다.

문제는 그다음이었다. 경황 중 정신을 차리자 문득 그는 자신의 주머니가 허전하다는 느낌이 들었다. 손으로 상의의 안쪽을 더듬어 보았다. 아뿔싸 그 안에 당연히 있어야 할 지갑이 없어진 것 아닌가? 그 이상한 상황 속에서 엉겁결에 그만 지갑을 소매치기 당하고 만 것이다. 내가 얼마나 잃어버렸느냐고 물었더니 그는 계면쩍게 웃으며 '다행히 큰 돈과 여권은 객실에 두고 나갔기 때문에 푼돈을 좀 잃어버렸을 뿐'이라고 자위하듯 말한다.

후에 호텔 프런트 직원에게서 들은 이야기이다, 전형적인 부에노스아이레스의 한 소매치기 수법이라는 것이다. 내용인즉 이렇다. 패거리 중의 한 사람은 적당한 거리에 숨어서 목표물(소매치기 대상)을 향해 새총으로 새똥 세례를 퍼붓는다. 그러면 다른 한 사람 역시 목표물 근처를 배회하다가 그 즉시 피해자에게 다가가 그런 범행을 저지른다는 것이다.

그런데 대체 이 소매치기는 그 냄새 고약한 새똥을 어디서 어떻게 구했던 것일까.

여행 중에 겪은 일들

말띠라서 그럴까(이것은 주위 사람들의 나에 대한 평이다). 딱히 그 어떤 취미나 특기 같은 것이 없는 내가 한 가지 마음에 두는 것이 있다면, 그것은 곧 여행이다. 나는 여행을 좋아한다. 이유는 모르겠다. 다만 시간을 붙들어 맬 수 없는 인간에게 만일 한 가지 오래 살 수 있는 비결이 있다면 그것을 공간적으로 확장시키는 것 이외 달리 할 수 있는 일이 있을 수 없어 그리한다고 합리화할 뿐이다. 시간적 삶은 유한하니 주어진 시간에 남보다 더 많은 곳들을 둘러보고, 더 많은 사람들을 만나고, 더 많은 것들에 대해 아는 것이야말로 실질적으로 오래 사는 것 — 시간을 공간적으로 극복하는 방법이 되지 않겠는가.

여행을 좋아하니까 내 발길은 국내에만 미치지 않고 국외에 닿는 경우도 적지 않았다. 지금까지 90여 개 국가 이상을 방문하지 않았을까 한다. 따라서 그 여행길엔 당연히 많은 에피소드들이 없을 수 없다. 이 중 위험했던 사건들 몇 가지만을 들어 한번 회고해보고자 한다.

1. 그랜드캐니언에서

1987년 8월 하순 나는 미국의 아이오와대학교에서 운영하는 '국제 문학창작 프로그램(International Writing Program)'의 초청을 받아 약 6개월 동안 이 대학에 머물고 있었다. 물론 지금도 활동 중인 것으로 알고 있지만 이 '국제 문학창작 프로그램'이라고 하는 것은 미국의 아이오와대학이 각국의 문인들을 초청하여 국제 교류를 할 수 있도록 기회를 만들어주고 이를 통해서 세계 평화를 증진시키려는 목적으로 설립한 일종의 문학 창작 워크숍이다.

그런데 내가 참여할 무렵의 이 프로그램에는 미국 해외공보처(United States Information Agency, USIA)도 깊숙이 개입하고 있었다. 창립 20년을 거치는 동안 기금의 소진 등 여러 문제들로 인해 이 프로그램의 운영이 사실상 중단될 위기에 처해지자 이 미국의 국책기관이 경제적 지원에 나서 회생시키고 있는 중이었기 때문이다. 우선 참여자들을 초청하는 권한 자체를 그들이 가지고 있었다.

내 초청도 이 기관을 대리한 주한미국문화원의 문정관이 문예진흥원(지금의 문화예술위원회)의 추천을 받은 나와 이외 몇몇 후보자들을 대상으로 상당히 진지한 두세 번의 영어 인터뷰를 가진 끝에 성사된 것이었다. 그래서 그랬겠지만 내가 아이오와대학에 체류하는 중에도 그들이 주관하는 행사들은 적지 않았다, 예컨대 정기적으로 참여자들을 불러내 미국을 적극 홍보하는 일 따위들이다. 원래 미국해외공보처란, 문자 그대로 미연방정부가 미국을 해외에 널리 선전하기 위할 목적으로 설립한 미연방외교부(국무부) 산하의 한 국책기관이었기 때문이다.

가서 보니 이 프로그램에는 이미 미국해외공보처가 기획해둔 몇 개의 일정들이 잡혀 있었다. 강제성을 띤 것은 아니었지만 일종의 의무사항이기도 했다. 예컨대 미국의 문화시설, 문화유적 등을 순례하는 것, 워싱턴이나 뉴욕 등지의 예술 공연을 참관하거나 전시회 등을 둘러보는 것, 미국을 대표하는 문화도시들을 탐방하는 것, 미국의 문화예술인이나 관리들과 교류하는 것 등이다. 이는 미국이라는 나라를 깊이 이해하는 데도 절호의 기회가 될 수 있어 어찌 보면 모든 참여자들 역시 바라는 바이기도 했다.

이와 같은 일정의 일환으로 그해 12월 초순 이 프로그램의 참여자 일동은 미국해외공보처의 경비 지원과 에스코트로 마크 트웨인의 고향인 미주리주 미시시피 강가의 한니발(Hanibal), 엘비스 프레슬리의 고택과 그의 묘지가 있는 테네시주의 멤피스(Memphis), 냇킹콜의 고향인 미시시피주 미시시피강 하구의 클락스데일(Clarksdale)과 인근 윌리엄 포크너의 고향인 옥스퍼드(Oxford), 그리고 미국 인디언 문화의 성지라 할 애리조나주의 산타페(Santa Fe) 등을 차례로 단체 답사한 뒤 샌프란시스코에 도착해서 해산하게 되었다. 그러나 한 가지 남은 일정이 더 있었다. 각자가 꼭 방문하고 싶은 장소를 한 군데씩 선정해서 둘러본 뒤 개인적으로 돌아 오는 일이다. 그래서 나는 애리조나주에 있는 미국 최대의 국립공원 그랜드캐니언을 가보기로 했다.

기회가 좋았다. 나는 그때 광대한 미대륙, 그중에서도 미 국토의 대표적 상징이라 할 그랜드캐니언의 그 웅장하고도 그로테스크한 경관을 제대로 볼 수 있었다. 나로서는 일생일대의 잊지 못할 체험이었다. 그렇다. 그 후로도 나는 몇 차례 더 이곳을 방문할 기회가 있었지만 내가 처음 보았던 그때 그 눈 덮인 그랜드캐니언의 장엄한 경치에서 받은 것보다 더 큰 감동을 받은 적은 없었던 것 같다. 어떻든 나는 그 같은 그랜드캐니언의 관광을 나름대로 무사히 마치고 이제 아이오와시티로 돌아오기 위해 그랜드캐니언 공항으로 갔다.

그런데 막상 탑승 수속을 받으려 하자 내 티켓을 본 카운터 항공사 직원의 말이 내가 타야 할 비행기는 한 시간 전에 이미 떠나버렸다고 하지 않는가. 내가 의아한 눈빛으로 쳐다보았더니 그는 내 티켓을 가리키면서 비행기 출발시간이 14 : 30인데, 지금 오후 3시 30분 아니냐고 반문한다. 분명 나는 그때까지만 해도 내가 탈 비행기의 출발 시간이 오후 4시 30분인 것으로 알고 있었고 그래서 내 딴엔 그보다 한 시간 전인 오후 3시 30분에 미리 공항에 도착했던 것이었는데 탑승하려는 그 비행기가 이미 출발을 해버렸다니 이 무슨 일인지 당황하지 않을 수 없었다.

나는 정신을 차리고 다시 티켓을 찬찬히 살펴보았다. 그런데 아뿔싸! 내가 티켓의 14 : 30이라고 기재된 그 숫자판의 시간을 오후 2시 30분이 아닌 오후 4시 30분으로 오독했던 것이 아닌가. 이 사실을 깨달은 내가 어찌해야 될지를 몰라 당혹해하자 그 항공사 직원은 피식 웃으며 다시 18 : 40 발 콜로라도의 덴버행 비행기에 탑승할 수 있도록 친절하게 항공 스케줄을 조정해준다. 그랜드캐니언에서 아이오와시티까지 가기 위해서는 일단 다른 큰 도시의 공항으로 가서 환승을 해야 했기 때문이다(당시엔 직항 편이 없었다). 내가 놓친 14 : 30 발 비행기 역시 환승 공항은 덴버였다.

그런데 내가 탄 그 18 : 40 발 비행기가 덴버 인근의 하늘에서 막 착륙 준비를 서두를 때였다. 다급한 기내 방송이 있었다. 나는 자세히 알아듣지를 못했으나 이 아나운스먼트를 들은 승객들이 놀라는 표정으로 술렁대기 시작했다. 분위기가 심상치 않아 보였다. 그래서 스튜어디스를 붙들고 물어보았더니 그녀 역시 흥분을 감추지 못하는 표정으로 설명해준다. 내가 타려다 놓친 바로 그 14 : 30 발 비행기가 세 시간 전 이 공항의 활주로에서 착륙을 시도하다가 그만 눈길에 미끄러져 사상자 다수가 발생했다는 것이다.

그러나 우리가 탄 비행기는 이 사고 소식을 접한 승객들의 불안한 마음을 아는지 모르는지 2, 30분 뒤 무사히 덴버 상공에 진입했고 몇 차례의 공중 선회로 시간을 약간 지체한 것 이외 별다른 문제 없이 공항 활주로에 착륙할 수 있었다. 비행기 창밖으로 보이는 풍경도 특별히 긴장되어 보이지 않았다. 이미 사고가 수습되고 현장은 대체로 정리된 것 같았다. 다만 어둠 속 저 멀리 활주로 끝 불빛 아래서 몇 대의 작업 차량과 동원된 인력들의 분주한 움직임만이 어렴풋하게 보였을 뿐이다.

아이오와시티에 돌아와서 들은즉, 이날 덴버에는 예기치 않은 폭설이 쏟아져 이 사고로 대여섯 명이 사망하고 10여 명의 승객들이 부상을 입었다고 한다. 요행을 바라는 심리 때문일까. 물론 그 비행기를 탔다고 해서 나 또한 필히 그 불행을 당한 승객들 중의 한 명이 되었으리라 상상하지는 않는다. 그러나 전말이야 어찌 되었건 그때 그 위험천만한 사고에 휩쓸리지 않도록 나로 하여금 비행기를 바꿔 타게 배려해주신 하느님의 그 눈에 보이지 않은 가호야말로 내 어찌 진정 마음속 깊이 감사드리지 않을 수 있었겠는가.

2. 이스탄불에서

1996년 이른 봄, 나는 동아일보사 일민문화재단(一民文化財團)의 후원으로 약 한 달 보름 동안 아내와 함께 해외여행을 한 적이 있었다. 그 무렵 이 재단은 매년, 각 장르를 포함한 한국의 예술인들 중에서 단 한 명을 선정해 그가 원하는 곳의 세계 문화를 자유롭게 체험할 수 있도록 경제적 지원을 해주는 프로그램을 운용하고 있었는데 운 좋게도 그해의 문화 체험자로 내가 뽑힌 것이다. 그리하여 나는 별로 궁색하지 않게 이스라엘, 터키, 그리스, 이집트, 케냐 등지를 두루 살펴볼 수 있었고 귀국 후 그 체험기를 『동아일보』 지면에 4회 연재하기도 했다. 이후 그 견문은 내 문학의 깊이를 심화시키는 데도 적지 않은 영향을 주어 지금도 나는 일민문화재단에 깊이 감사하고 있다.

다음 순방국이 이슬람 국가인 터키여서 그랬던지(질문 내용으로 미루어) 첫 방문국인 이스라엘의 벤구리온(텔아비브의 Ben Gurion) 공항 출국장에서 나는 이 나라 기관원들에게 붙잡혀 한 시간 가까이 강도 높은, 그렇지만 정중한 태도의 조사를 받기는 했다. 그러나 별 문제 없이 그날 밤 항공편으로 이스라엘을 떠나 이스탄불(Istanbul)의 아타튀르크(Atatürk) 공항에 내릴 수 있었다. 그리고 자정 전후, 서울의 한 여행사를 통해서 미리 예약을 해두었던 어떤 호텔에 여장을 풀었다. 3, 4일 이스탄불 시내를 돌아본 뒤 보스포러스 해협을 건너 아시아 쪽 터키 그러니까 아나톨리아 반도를 한번 일주할 계획이었던 것이다.

그런데 짐을 정리하다 보니 돈(경비)을 보관하는 일에 신경이 쓰였다. 시점이 여행을 막 시작할 무렵이었으므로 나는 그때 적지 않은 금액의 현금과 여행자 수표를 몸에 지니고 있었는데 그 부피가 전대(纏帶)에 넣고 다니기에 좀 부담스러울 정도였던 것이다. 물론 어떤 돌발적인 사건이 일어나 혹시 도둑을 맞거나 분실하지 않을까 하는 우려도 없지 않았다. 그래서 나는 그때 매일 매일 그날 하루 동안 쓸 만큼의 용돈만을 제외하고 나머지는 모두 호텔의 세이프티 박스(safety box)에 맡겨두기로 했다.

프런트에 가서 부탁을 하자 직원은 친절하게 나를 그 뒤편의 한 작은 방으로 안내했다. 거기에는 각 룸들의 번호가 찍힌 박스 형태의 큰 서랍장이 하나 있었는데 그는 그중에서 내 룸 번호가 찍힌 서랍을 찾아 열더니 '안에 귀중품을 넣은 후 잠가라' 하면서 내게 열쇠 하나를 건네주고 밖으로 나가버린다. 그래서 나는 그가 시키는 대로 했고 그제서야 다시 방 안으로 들어온 그는 그 자신이 지니고 있던 또 다른 열쇠로 서랍을 한 번 더 잠그며 앞으로는 항상 자신과 동반해서 이 두 개(그 자신의 것과 내 것)의 열쇠를 동시에 사용해야만 서랍이 열릴 수 있다고 알려준다.

다음 날도 그 다음 날도 — 금액을 일일이 확인해보지는 않았지만 — 나는 호텔 직원의 입회 아래 그 세이프티 박스를 별 탈 없이 이용할 수 있었다. 그런데 3일째 되는 날 아침이다. 내가 그날 하루 쓸 수 있는 돈만을 꺼낸 뒤 나머지 금전을 막 박스에 넣으려고 하자 옆에서 이를 지켜보던 아내가 무언가 좀 가벼운 느낌이 든다며 한번 확인을 해보자고 한다. 그래서 서랍 속에 든 금액의 전부를 꺼내 새삼스럽게 세어보니 100불짜리 열댓 장, 1000불짜리 여행자 수표 두어 장이 모자랐다. 이 호텔에 체류하는 동안 쓴 돈을 아무리 복기해서 계산을 해보아도 꼭 그만큼의 돈이 쥐도 새도 없이 사라져버린 것이다.

그렇다면 그 돈은 대체 어디로 갔다는 말인가. 내 생각에 호텔 직원 그 누군가가 손을 대지 않았다면 있을 수 없는 일이었다. 이 서랍을 열 수 있는 자는 분명 열쇠를 관리하는 사람 이외 다른 사람이 있을 수 없기 때문이다. 나는 지배인을 불러 상황을 설명하고 왜 이런 일이 벌어졌는지를 추궁하였다. 그러나 그는 한마디로 '나는 모른다. 우리 호텔에서는 절대로 그런 일이 있을 수 없고 아직까지 그런 일이 단 한 번도 일어난 적이 없다. 혹시 당신이 무슨 착각을 하고 있는 것이 아니냐'고 반박하면서 오히려 내가 금품을 노려 거짓말로 자신을 협박이라도 하는 것처럼 이야기한다. 나로서는 돈을 잃어버린 것도 억울한데 이제 자칫 갈취범으로 몰릴 지경이 되어버린 것이다.

순간 나는 그 세이프티 박스를 처음 이용하고자 했을 때의 장면이 떠올랐다. 그때 호텔 직원은 방에 나만을 홀로 남겨두고 자신은 밖으로 잠시 피해 있다가 내가 돈을 세이프티 박스에 넣고 서랍을 잠근 후에야 비로소 다시 나타났었다. 적어도 그는 내가 세이프티 박스에 무엇을 넣었는지 돈을 넣었다면 얼마의 금액을 넣었는지를 모르는 사람으로 되어 있었던 것이다.

그런데 나로서는 — 그것이 호텔의 매뉴얼을 따른 행동이었을지는 모르나 — 그의 그 같은 '과시적 결벽증'이 오히려 부자연스럽게 느껴져 더욱 의심이 갔다. 그런 의심을 갖게 되자 나는 문득 그 지배원이 자신의 직원 혹은 호텔의 체면을 살릴 수 있는 기회를 만들어주어야 일이 풀릴 것 같았다. 즉 시간이 필요할 것 같았다. 그래서 나는 그에게 '나는 내일 앙카라로 떠납니다. 내일까지 이 일을 해결해주세요'라고 부드럽게 타이르고 그를 돌려보냈다.

차를 렌트해서 앙카라로 떠나는 다음 날 아침이었다. 나는 그 지배인을 다시 불러 결과를 물었다. 그런데 그의 대답이 예상 밖이었다. 세이프티 박스를 관리하는 직원을 조사했으나, 모른다 하고 아무도 손을 댄 사람이 없으니 어찌할 수 없다는 것이다. 한마디로 '보상해줄 수 없다, 마음대로 하라'는 식이었다. 그래서 나는 미리 생각해 두었던 대로 이렇게 말했다.

'나는 지금 앙카라로 떠나 한 일주일쯤 여행하고 다시 이 호텔로 돌아온다. 그동안 다시 철저하게 조사해서 후회되는 일이 없도록 해주면 좋겠다. 나는 지금 한국에서 가장 권위 있는 신문사의 부탁으로 각국의 문화를 취재하고 있는 중이다. 그러니 만일 내가 다시 이 호텔에 돌아올 때까지도 이 문제가 해결되어 있지 않다면 나는 부득이 이 일을 한국의 매스컴에 폭로하고 더불어 주한터키대사관에도 항의하여 외교 문제화시킬 수밖에 없다. 그래도 해결이 되지 않으면 터키 경찰청이 개입하도록 고발하겠다. 내겐 그럴 힘이 있다.'

내가 그때 이처럼 당당히 이야기할 수 있었던 것은 나름대로 믿을 만한 구석이 있어서였다. 하나는 앞서의 언급처럼 나의 이 여행이 동아일보의 후원을 받았다는 것이요, 다른 하나는 이 무렵 서울대학교 대학원 국문학과에 유학하고 있던 한 터키 여학생의 배경이었다. 그 여학생의 아버지는 한국전 참전 용사의 아들로 당시 터키 정부의 경찰청장이었고 실제로 나는 출국 전 서신을 통해 이미 그분의 초대를 받아두었던 터여서 내가 앙카라에 가면 그분과의 상면이 예정되어 있었기 때문이다.

그러나 나는 물론 처음부터 그분의 도움을 요청할 생각은 없었다. 이는 이스탄불로 돌아가 사태의 추이를 지켜본 뒤 결정할 문제였다. 그런 까닭에 나는 앙카라에 도착해서 그분을 만났을 때도 그 사건에 대한 이야기는 일절 입에 올리지 않았다. 이따위 속된 문제로 그분에게 부담을 준다는 것이 어쩐지 한국의 지식인으로서 품위가 손상되는 일이 될 것 같다는 노파심이 들었기 때문이다.

그런데 아나톨리아 반도를 일주하고 이스탄불에 돌아가자 다행히 일은 깨끗이 해결되어 있었다. 무슨 계산을 했던지 그 지배인이 내게 정중히 사과를 하면서 '우리 호텔에서 일어난 일이니 경과야 어떻든 잘못은 우리에게 있다'며 여행자 수표를 제외한, 잃어버린 현금 일체를 보상해주었기 때문이다. 다만 잃어버린 그 여행자 수표들을 현금으로 환불받기 위해서는 시티은행의 미국 본사에 신고를 해야 했기에 다음 방문국인 그리스에 도착해서 아테네의 시티은행 지점을 찾아가 되지 못한 영어로 하루의 품을 파는 노고만큼은 피할 수 없었다.

그때 나는 그 이스탄불의 호텔 직원이 왜 무모하게도 그 같은 절도 행각을 저질렀는지 잘 이해되지 않았다. 그러나 귀국해서 곰곰이 유추해보니 그도 그럴 수 있을 것 같다는 생각이 들었다.

첫째, 호텔을 떠날 때 세이프티 박스에 맡겼던 돈을 꼼꼼히 확인하지 않는 투숙객들이 종종 있어서일지도 모른다. 설령 떠나는 당일 아침, 이를 알아차렸다 하더라도 항공편이나 기타의 촉박한 일정 때문에 호텔에 홀로 남아 일을 처리하고 떠나기 어려운 사람이다. 특히 패키지 여행을 하는 사람이라면 더욱 그럴 것이다. 다른 구성원들에게 폐를 끼치기가 미안하기 때문이다.

둘째, 언어 문제이다. 자신의 의사를 제대로 표현할 수준의 영어를 구사할 수 없다면 짧은 일정의, 아는 분도 없는 이국의 땅에서 그 복잡한 일을 어떻게 스스로 해결할 수 있겠는가. 액수가 적은 돈일 경우 차라리 조용히 포기하고 떠나버리는 것이 상책일 사람들도 더러 있을지 모른다.

그러고 보니 생각나는 것이 있었다. 그 호텔은 서울의 한 여행사가 예약을 해준 숙박업소였는데 투숙객들 중에는 한국인들, 특히 성지순례를 하는 한국의 기독교도 패키지 여행객들이 많았다는 점이다. 호텔 경내에서 밤낮없이 들리는 한국어 찬송가 소리가 이를 말해주었다. 아마도 그 호텔의 직원은 혹시 예전에 한국 성지순례단의, 영어를 잘 모르는 어떤 한 투숙객에게 우연히 그 같은 범행을 저질러 성공을 거두게 되자 그 후에도 가끔 같은 수법을 써먹다가 운이 나빠(?) 내 차례에서 문제가 된 것은 아니었을까.

3. 노르캅에서

나는 그때 노르웨이의 노르캅(Nordkapp. North Cape)을 구경한 뒤 루세네스(Russenes)에서 E-6번 국도를 따라 남쪽으로 드라이브하고 있었다. 2000년대 초 체코의 카렐대학(프라하대학)에 머물면서 한 달 가까이 북유럽의 스칸디나비아 4개국, 즉 덴마크, 스웨덴, 핀란드 그리고 노르웨이를 직접 내 차로 아내와 여행을 하면서다. 나는 우선 프라하에서 동독의 드레스덴(Dresden), 베를린(Berlin), 함부르크(Hamburg)를 차례로 통과해 덴마크를 둘러보고 발트해 스토레벨트(Storebaelt) 해협의 해저터널을 지나 말뫼(Malmő)에 상륙, 스웨덴 내륙과 인접 국가 핀란드를 일주했다. 그리고 핀란드의 라플란드(Lapland) 지역에 도달, 북쪽으로 차를 몰아 로바니에미(Rovaniemi)와 이나리(Inari) 등지를 거친 후 우초키(Utsjoki)에서 마침내 국경을 넘었다. 핀란드 북쪽에서 노르웨이 북쪽으로 입국한 것이다.

길은 잠시 국경을 따라 남쪽으로 가는가 싶더니 이내 다시 방향을 북쪽으로 틀었고 이 지역의 한 작은 읍 루세네스에서 서북쪽 해안으로 한두 시간 가까이 더 달리자 드디어 유라시아 대륙의 최북단인 북극의 노르캅이 나왔다. 흔히 세계의 '끝(fin)'이라 불리는 곳이다. 핀란드(땅끝지역)라는 지명도 이로부터 연유한, 지리학적으로 매우 특별하고도 중요한 세계적 명소라 할 수 있다.

노르캅을 둘러본 뒤 나는 다시 루세네스로 돌아왔다. 여기서 E-6번 도로로 갈아타고 남쪽 산악지역을 세 시간 남짓 운전하면 북해의 작은 항구 알타(Alta)가 자리하고 있는데 이곳에서 노르웨이 서남쪽 해안을 따라 트롬쇠(Tromső)와, 내가 좋아하는 작곡가 그리그(Edvard Grieg, 1847~1907)의 고향 베르겐(Bergen)을 차례로 순방한 뒤 수도 오슬로(Oslo)로 빠질 계획이었던 것이다.

국토가 산악지형인 노르웨이는 매우 아름다운 풍광을 자랑하고 있었으나 도로 사정만큼은 여의치가 않았다. 길은 험지인 내륙을 피해 대체로 깎아지르다시피 한 벼랑과 해안으로 트여 있었는데 그 역시 수많은 피요르드에 의해 자주 끊기기 예사여서 그때마다 페리선을 이용해 만(灣)을 건너야 했고 만을 건너면 또다시 이어지는 형태로 되어 있었다. 물론 터널 역시 부지기수였다. 전장 15, 6킬로미터가 넘는 것도 여러 개 있었다.

E-6번 도로에 들어서 한 시간쯤 산 굽이를 돌고 돌아 어떤 고원분지에 도달했을 때였다. 갑자기 하늘이 어두워지더니 눈이 쏟아지기 시작했다. 여름이 가고 막 가을로 접어드는 9월 하순, 우리나라 같으면 아직 더위가 채 물러가기도 전일 것 같은데도 말이다. 나로서는 그 같은 타성적 계절 감각에 젖어 따뜻한 프라하에서 월동 장비

같은 것은 아예 갖출 생각조차 하지 않고 차를 끌고 나온 것이 실수였다.

그러나 노르웨이나 핀란드의 북부는 이미 9월 하순이 겨울이었다. 물론 이 지역의 북쪽 국경을 넘을 때 나는 간간이 싸락눈도 맞았고 희끗희끗 연변에 쌓인 눈을 본 적은 있었다. 노르캅에서도 눈보라가 몰아치긴 했다. 그러나 지형적 특수성이라고 생각했던 까닭에 여행 중에 이처럼 심한 눈폭풍을 만나게 되리라는 상상은 전혀 하지 않았다. 그런데 예상 밖의 사태에 직면한 것이다. 그렇다. 그러고 보니 그동안 내가 스칸디나비아반도의 북단을 그처럼 평탄하게 여행을 할 수 있었던 것도 사실은 천우신조였을지 모른다.

곧 갤 줄 알았던 눈은 그치지 않았다. 그치기는커녕 점점 더 세차게 한 시간 남아 퍼붓자 순식간에 온 세상이 눈에 덮여버렸다. 우리나라 같으면 비록 눈 덮인 공간이라 해도 그 지형의 요철(凹凸)이나 겉으로 드러난 사물의 어떤 흔적 같은 것들로 미루어 무언가를 막연히 짐작만큼은 할 수 있을 터였다. 그런데 이곳의 적설은 그것이 아니었다. 한마디로 천지 구분이 없는 백지다. 길도, 산도, 들도 그저 지워져버린 백지 한 장 그 이상이 아니었다. 이처럼 그 아무것도 식별이 불가능하니 차를 움직일 수 없었다. 더더구나 스노 타이어도 스노 벨트도 장착하지 않은 차가 아닌가.

나는 갑자기 현기증이 오면서 눈앞이 깜깜해졌다. 어찌해야 될지를 몰랐다 멈춰 선 차의 운전대를 붙잡고 조수석에 앉아 있는 아내를 돌아보았다. 파아랗게 질려 있었다. 그녀를 보니 더욱 공포감이 엄습해왔다. 이대로 눈에 갇혀 얼어 죽는 것은 아닌가. '시인 오세영 노르웨이 여행 중에 눈폭풍을 만나 사망하다'라고 쓰여질 한국 신문의 기사가 눈에 어른거렸다.

그렇게 나는 인적 끊긴 죽음의 공간에서 한 시간 가까이 갇혀 있었다. 아무리 주위를 둘러봐도, 아무리 누군가를 기다려도 따르는 차 한 대, 움직이는 인적 하나가 없었다. 오직 절대의 침묵과 절대의 백색 공간만이 펼쳐 있을 뿐, 세상의 그 오만 가지 색들 가운데 우리가 순결의 표상이라 믿었던 그 흰색이 사실은 이처럼 죽음을 상징하는 색채였다는 것을 나는 처음 깨달았다.

나는 마침내 수첩을 꺼내 들었다. 무언가 이 순간을 기록해두어야 할 것 같아서였다. 눈이 녹은 후 누군가가 내 시신을 찾게 된다면 내가 누구인지 그 신원만큼은 밝혀놓아야 하지 않겠는가. 그런데 바로 그때, 어디선가 자동차 엔진 소리 같은 것이 어렴풋하게 들려왔다. 눈에 덮인 차체의 창문을 간신히 열고 밖으로 나와 살펴보았다. 저 멀리 눈밭에서 까만 점 하나가 내가 서 있는 쪽으로 천천히 이동해 오고 있는 모습이 눈에 들어왔다.

거대한 목재를 실은 러시아의 대형 화물 트럭이었다. 나는 — 행여나 이 차를 놓칠까 싶어 — 다가오는 그 트럭의 정면을 가로막고 서서 두 손을 흔들어댔다. 정지한 그 트럭의 기사는 온 얼굴에 수염이 텁수룩하게 자란 거구의 백인 중년 사내였다. 마음씨가 좋아 보였다. 내 사정을 들은 그는 먼저 걱정하지 말라고 나를 안심을 시키더니 자신은 매주 러시아에서 노르웨이까지 정기적으로 이 루트를 통해 목재를 운반하고 있는 사람이어서 이 같은 눈길 운전에는 익숙하다며 자신의 차 뒤를 따라오면 별 문제가 없을 것이라고 한다.

그리하여 나는 그의 말대로 그 화물차 뒤에서 그 화물차가 내는 눈길을 따라 조심스럽게 두세 시간을 운전한 끝에 처음으로 바다가 보이는 랍스보튼(Rabsbotn)이라는 마을에 무사히 도달할 수 있었다. 그리고 이곳의 아마 하나밖에 없을 여인숙에 들었다. 실내는 텅 비어 있었다. 투숙객이 단 한 명도 보이지 않았다. 그래서 그랬던지 뒤미처 나를 발견한 내실의 주인이 깜짝 놀라며 이 계절의 이곳은 승용차가 다닐 수 없는 길인데 어떻게 홀로 넘어왔느냐, 어디로 가는 길이냐고 한다.

그래서 내가 '남쪽 트롬쇠 쪽으로 가야 하는데 어떻게 이곳을 빠져나가야 할지 모르겠다. 무슨 방법이 없겠느냐'고 묻자 한참을 무엇인가 골똘히 생각하던 그는 마침내 한 가지 방법이 있다고 가르쳐준다. 덴마크에서 노르웨이 해안을 거슬러 북극권까지 정기적으로 왕복하는 관광 크루즈선이 일주일에 한 번씩 이곳에서 가까운 알타항에 잠시 정박을 하니 이 선박편으로 다음 정박지인 스토슬레트(Storslett)항까지 이동하면 거기서 육로를 따라 다시 드라이브할 수 있으리라는 것이다.

그래서 나는 이 여인숙에서 만 이틀을 체류한 뒤 — 해안가 쪽이라서 — 눈이 녹아 있는 길을 30여 분 운전하여 알타항으로 이동, 차와 함께 크루즈선에 승선할 수 있었다. 배는, 내가 훨씬 후에 경험했던 지중해나 말라카 해협 크루즈의 그 복작거리고도 시장 바닥 같은 모습과는 전혀 다른 분위기의 10만 톤급 거대 선박이었다. 우선 승객 대부분이 연로한 분들이었다. 실내도 매우 한가롭고 정숙해서 어딘가 기품이 있어 보였다.

나는 선박의 맨 위쪽 관광을 위한 옥탑 선실로 올라가보았다. 벽과 천정이 온통 유리창으로 되어 있는 방 안에서 어떤 백인 할아버지는 조용히 독서를 하고, 어떤 할아버지는 조용히 낮잠에 들어 있고,

어떤 할아버지는 마치 명상에라도 든 듯 창밖 경치를 멍한 모습으로 내다보고 있었는데 그 옆에는 그들의 부인인 듯한 할머니들이 다정하게 앉아서 혹은 뜨개질을 하거나 혹은 엽서 같은 것에 글을 쓰거나 하는 모습들이 정갈하고 아름다워 보였다. 거기에는 근검절약해서 한생을 살다가 노년에 들어 비로소 유복해진 인생의 어떤 평안이나 안식 같은 것들이 어리어 있었다. 그래서 나는 생각했다. 나도 수년 후 정년을 맞게 되면 이 노부부들처럼 아내와 함께 다시 노르웨이에 오리라. 와서 그때는 정식으로 북해 크루즈 관광을 한번 시도해보리라(그러나 그때의 생각일 뿐 나는 아직 그 소망을 실현하지 못하고 있다).

그리하여 나는—비록 상당한 경제적 대가를 치르기는 했으나—이처럼 예기치 않게 1박 2일의 아름다운 크루즈 관광을 마치고 무사히 스토슬레트항에서 하선, 다시 육로를 따라 노르웨이의 남쪽 지역을 여행할 수 있었다.

4. 부카레스트에서

2003년이었을 것이다. 내가 체코의 카렐대학에 머무를 때였다. 이 기회다 싶어 나는 아내와 함께 동유럽을 한번 통 크게 여행하기로 마음 먹었다. 그래서 정해진 일정이나 예약된 숙박업소도 없이 마치 이웃집 드나들 듯 가벼운 마음으로 평소 타고 다니던 승용차에 간단한 조리도구와 식료품 약간을 싣고 무작정 남쪽 슬로바키아로 떠났다. 식사는 적당히 매식을 하거나 휴대용 전기밥솥 혹은 가스버너로 간단히 한식을 지어 먹고 잠은 발 닿는 곳의 아무 펜션이나 민박, 모텔 등을 이용하는 방식이었다.

우리는 큰 문제 없이 슬로바키아와 오스트리아, 헝가리 등지를 거쳐 루마니아의 수도 부카레스트(Bucharest)에 들렀다. 그런데 시내에는 간편한 숙소가 눈에 띄지 않았다. 그래서 모처럼 고급 호텔에서 편안한 밤을 보내고 다음 날 아침엔 그 유명한 루마니아 포도주에 곁들여 오랜만에 식사다운 식사도 했다.

이제 루마니아의 흑해 연변 도나우 삼각주를 거쳐 이웃나라 불가리아로 출발할 참이었다. 그래서 나는 우선 교외의 한 큰 마트를 찾았다. 확인해보니 식자재가 부족했던 것이다. 내가 주차장 한구석에 막 파킹을 하려는 순간이었다. 급제동을 거는 자동차 브레이크의 날카로운 금속성이 귀청을 때리더니 쏜살같이 달려온 어떤 검은색 리무진 한 대가 내 차를 추월해 가로막고 섰다. 그리고 그 안에서 검은색 정장에 검은색 넥타이를 맨 네댓 명의 건장한 사내들이 쏟아져 나왔다. 그들은 내 차의 앞뒤와 양옆을 마치 포위나 하듯 버티고 서서 그 중 하나가 무슨 증명서 같은 것을 언뜻 내게 비추며 창문을 열라는 제스처를 해 보였다. 나는 반쯤 창문을 열고 그를 쳐다보았다. 그는 서툰 영어로 '자신들은 수사관인데 누군가로부터 내가 마약을 소지했다는 첩보를 받았다며 내 옷 주머니의 소지품을 보여달라'라고 했다.

내가 시키는 대로 하자 그는 내 손수건을 빼앗아 손에 쥐고 흠흠거리며 냄새를 맡아보았다. 이상할 리 만무했다. 다시 조수석 앞 실내 포켓을 열라고 했다. 이 역시 문제될 것이 있을 리 없다. 그러자 또 뒷트렁크를 열라고 했다. 나는 좌석에 앉은 채 트렁크 도어록 키를 눌러 뚜껑을 열어주었다. 식자재와 조리기구 그리고 몇 가지 여행용품 이외 달리 아무것도 없었을 것이다. 그런데도 그는 트렁크 쪽으로 가서 그 안을 한참 들여다보고 창문 앞으로 다시 돌아오더니 무언가 심각한 표정으로 고개를 갸웃거리며 내게 여권을 보여달라고 한다. 나는 차 안에서 여권을 펼쳐 창밖의 그에게 안의 증명서란을 보여주었다. 그런데 이자가 이제는 그 여권을 창 너머 자신에게 넘겨달라 하지 않는가.

나는 무심결에 넘겨줄 뻔했다. 그러나 순간, 천운인지 정신이 퍼뜩 돌아왔다. 처음부터 그들의 행동이 무언가 좀 수상쩍어 보였는데 여권을 빼앗기면 이제 꼼짝없이 그들이 시키는 대로 이곳저곳 끌려다닐 것이 분명했기 때문이다. 나는 재빨리 여권을 챙겨서 안 포켓에 집어 넣으며 단호하게 거절했다. 그러자 그들은 갑자기 강압적인 자세로 돌변, 차체를 손바닥으로 두들기면서 위협을 하더니 급기야는 반쯤 열린 창틈으로 고개를 들이밀기까지 했다. 나는 더 이상 버티기가 힘들었다.

하는 수 없었다. 그래서 나는 이렇게 말했다. "좋다. 건네주겠다. 그러나 이 자리에서는 안 된다. 경찰서에 가서 넘겨줄 터이니 내 차 뒤를 따라오라", 그리고 엔진의 시동을 걸었다. 아까 마트에 진입할 때 마침 그 입구에 경찰서가 있었던 것이 생각났던 것이다. 나는 액셀러레이터를 밟았다. 그러자 그들은 마치 나를 뒤따라오기라도 할 듯 자신들의 승용차에 올라탄다. 그러나 내가 후미경으로 뒤를 살펴보니 어딘가로 슬며시 사라져버리고 없다.

루마니아 폭력조직에게 강도를 당할 뻔했던 사건이었다.

5. 흑해 연안 불가리아의 출입국관리소에서

2003년 초가을 어느 저물녘 나는 루마니아와 불가리아의 국경에 있는 불가리아 출입국관리소에서 입국 수속을 밟고 있었다. 2003년 내가 카렐대학의 초빙 학자로 체코에 머물고 있을 때의 일이다. 그때 나는 자동차로 한 달 가까이 동유럽을 여행하면서 체코의 프라하를 출발, 슬로바키아, 오스트리아, 헝가리 등의 나라를 순차적으로 거친 후 루마니아의 툴체아(Tulcea)에서 보트로 도나우(다뉴브)강 삼각주를 둘러보고 흑해 연안을 따라 불가리아 국경에 다다랐던 것이다.

입국 심사관의 표정이 좋아 보이지 않았다. 그는 내 한국 여권을 한참 들여다보더니 안 된다며 무뚝뚝하게 입국을 거절해버렸다. 그래서 당황한 내가 왜 아니 되느냐고 묻자 그는 불가리아어로 된 무슨 서류 하나를 창 너머의 내게 언뜻 비춰 보여주며 여기에 한국이라는 나라의 명칭이 기재되어 있지 않다고 한다. 아마도 무비자 입국이 허락된 국가들의 명단 같았다.

그러나 — 확인해본 것은 아니었지만 — 내 생각으로는 그때(2003년) 우리나라는 이미 동유럽의 여러 국가들과 수교를 한 이후였으므로 분명 불가리아라고 해서 예외는 아니었을 성싶었다. 더구나 나는 다른 동구권의 여러 나라들, 즉 헝가리나 루마니아는 물론 세르비아나 크로아티아 등 구 유고권 나라들을 두루 여행하면서 비자가 없다고 입국 거부를 당해본 적은 단 한 번도 없었던 것이다.

그래서 문득 이런 생각이 들었다. 불가리아라는 나라는 이제 사회주의 국가에서 막 자유민주주의 국가로 전환하고 있는 중이어서 아직 행정 조직이 새 체재로 정비되어 있지 않았을 것이다. 더구나 이곳의 출입국 관리사무소는 이 나라의 현관이라 할 소피아 국제공항도 아닌 변방 그것도 외국인의 왕래가 거의 전무하다시피 한 외진 시골에 위치해 있어 출입국 관리에 대한 중앙정부의 새로운 조치가 아직 제대로 시행되고 있지 않을지도 모른다.

그래서 나는 이렇게 말했다. '나는 지금까지 동유럽의 여러 나라들을 여행했지만 한국인이라서 입국을 거부당한 적은 단 한 번도 없었다. 지금도 나는 바로 이웃나라인 루마니아에서 오는 길인데 거기서도 물론 아무 문제가 없었다. 아마도 중앙정부에서 시행하는 조치를 아직 정식 서류로 받아본 적이 없어서 그리할지도 모르니 당신의 나라 외교부에 한번 확인해달라.' 그는 나의 진지함에 다소 마음이 누그러졌는지 한참을 생각하다가 몇 군데 전화를 걸었다. 그리고 마침내 입국을 허락해주었다.

그런데 내가 막 자동차의 액셀러레이터를 밟으려는 순간이다. 그가 창밖으로 고개를 내밀며 급히 손을 저었다. 미화 100불을 내라는 것이다. 무슨 돈이냐고 물으니 '당신은 지금 자동차로 여행을 하고 있지 않느냐. 불가리아에서 자동차로 여행을 하려면 100불을 내야 한다'는 것이다. 불가리아 국내 고속도로 통행료를 출입국관리소에서 미리 받는 것이라고 한다.

참 이상한 제도라는 생각이 들었다. 그러나 그 나라의 법이 그렇다니 어찌하겠는가. 그래서 나는 그것을 이 나라의 독특한 도로행정인가 보다라고 여기며 아까운 돈 100불을 지불하고서야 겨우 출입국관리소를 벗어날 수 있었다. 어두워지기 시작했으므로 숙소를 찾기 위해서는 이 시골 구석에서 무엇보다 입국이 급선무였기 때문이기도 했다. 그러나 이후 내가 며칠 불가리아를 여행하면서 유심히 관찰해 보아도 — 현재는 모르겠으나 2003년 당시의 불가리아엔 — '고속도로'라고 불릴 만한 도로 그 자체가 없었다.

간신히 국경을 넘어 20여 분을 달리자 황무지 같은 풍경이 사라지고 제법 숲이 우거진 산간의 소읍, 듀란클라크(Durankulak)가 나타났다. 이미 해는 져버렸다. 아무래도 이곳에서 하룻밤을 묵어야 할 것 같았다. 그러나 거리엔 호텔은커녕 펜션이나 민박 같은 숙박업소 같은 것조차 눈에 띄질 않았다. 나는 지나가는 행인을 붙들고 물어 물어서 겨우 한 곳을 찾아 들었다. 모텔 비슷한 우리네 여인숙 같았다. 맨 시멘트 바닥의 긴 복도의 양편으로 방들이 각각 대여섯 개쯤 배열되어 있는 2층 건물이었는데 매층 복도 한 켠에 공동으로 사용하는 샤워실과 화장실이 있을 뿐 방에는 침대와 손을 씻을 수 있는 간단한 세면대 이윈 아무것도 없었다. 다만 해진 커튼만이 창틀에 매달려 나풀거릴 뿐이었다.

그러자 관리인인 듯한(아마도 공산주의 체제하의 국가 경영 업소여서 그랬겠지만) 한 대대한 모습의 아주머니가 나타났다. 그녀는 내게 여권을 보여달라고 했다. 나는 그녀가 여권을 본 뒤 필요한 사항을 숙박부에 기재하고 곧 돌려줄 줄 알았다. 그런데 그녀는 마치 압수라도 하듯 여권을 가로채더니 사무실로 가져간 뒤 소식이 묘연하다. 10분이 지나도 20분이 지나도 한 시간이 지나도 아무 연락이 없다. 그러니 갑자기 불안이 엄습해오기 시작했다. 나는 더 이상 인내심을 시험할 수 없었다. 아래층 사무실로 내려가보았다. 아무도 없다. 자세히 보자 밖으로 자물쇠까지 잠가놓았다. 대체 무슨 일이 일어나고 있는 것인지 불길한 생각이 들었다.

그러기를 두 시간 가까이, 사무실 나들이 3, 4회를 시도한 후에야 나는 겨우 그녀를 만날 수 있었다. 여권을 돌려달라고 했다. 그렇지만 그는 천연덕스러웠다. '자신은 지금 여권을 가지고 있지 않다. 절차상 그 마을 공산당의 무슨 직책에게 주었는데 자기도 수소문해보았지만 그가 사무실에 있지 않고 지금도 어디 있는지 알 수 없다'라고 한다. 내 생각에도 한밤중 그가 사무실에 있을 턱이 없었다. 짐작건대 그 무렵까지도 불가리아의 지방에서는 공산당이 통치를 하고 마을의 당세포가 모든 일을 좌지우지하는 것 같았다.

나로서는 내일 아침 일찍 이곳을 출발해서 흑해 연안의 휴양도시 바르나(Barna)를 거쳐 고대 트라키아(Thracia) 유적인 페르페리콘(Perpericon)으로 가야 하는데 낭패스러웠다. '공산당'이라는 말을 들으니 그에 대한 편견 때문인지 그자가 내 여권을 압수해서 혹시 무슨 공작이라도 꾸미고 있는 것이 아닐까 하는 의구심조차 생기기 시작했다. 초조하고 불길한 마음에 방에 들지를 못하고 다시 한두 시간 족히 모텔 주변을 서성거렸다.

그런데 자정이 가까울 무렵이었다. 모텔 관리자인 그 아주머니가 방으로 나를 찾아와 그 공산당 간부한테서 연락이 왔는데 그가 말하기를 자신은 지금 거리의 어떤 술집에 있으니 나더러 그곳으로 오라고 했다는 것이다. 나는 하는 수 없이 그녀를 대동하고 그곳으로 찾아갔다.

심야인데도 술집은 수많은 사람들로 북적거렸다. 둘러보니 한쪽 테이블에 그가 거만하게 앉아서 몇 사람의 중년 사내들과 함께 술을 마시고 있었다. 나는 혹시 그의 심기를 건드리면 무언가 일을 그르치게 될 것 같은 불안감에 사로잡혀 그가 권하는 술도 마셔주고, 그에게 술도 권하고, 되지 않은 영어로 그의 비위를 맞춰주기도 했다. 그러자 30여 분 가까이가 지났다. 분위기가 좀 부드러워져 이때가 기회인 듯싶었다. 나는 조심스럽게 술값을 계산해주면서 내 여권을 돌려달라고 했다. 그제서야 그는 생색을 내듯 내게 여권을 돌려주었다.

술집을 나오자, 마치 수년을 감옥에 갇혀 있다가 막 석방이 된 듯한 느낌이었다. 그리고 그제서야 비로소 배가 고프다는 생각이 들었다. 그때까지도 우리 부부는 저녁을 들지 못했던 것이다. 나는 아내와 — 자정이 넘었는데도 유독 불이 환하게 켜져 있는 — 한 곳 레스토랑을 찾아 들었다. 그런데 놀랍지 않은가. 그 시골 동네, 시간이 새벽 1시 전후이고 거리는 이미 인적이 끊겨 온통 적막하기만 한데 이 집의 홀 안만큼은 별천지였다. 수많은 사람들이 모여서 왁자지껄 떠들며 음식과 술을 들고 있었던 것이다.

6. 히말라야를 넘다가

2006년 대학에서 정년을 맞이하던 해의 가을이었다. 나와 아내는 중국의 산동(山東)사범대학에 재직 중인 중국인 제자의 초청을 받았다. 서울대학교에 유학하던 시절 나의 유별난, 티베트에 대한 관심을 그녀가 그동안 마음에 간직해두었다가 중국에 돌아가자 마침내 이를 실천에 옮긴 것이다. 우리는 먼저 그녀의 고향인 산동성의 제남(齊南)과 공자(孔子)의 탄생지인 곡부(曲阜) 그리고 인근의 태산(泰山), 황하(黃河) 등지를 둘러본 뒤 곧 라싸(拉薩, Lhasa)로 향했다

베이징에서 특급 '천장열차'를 타고 밤낮 꼬박 이틀에 걸쳐 도달한 티베트의 라싸는 평균 고도가 해발 3,600미터라고 했다. 플랫폼에 내리자 온몸이 휘청거리더니 이어 머리가 휑하게 어지럽고 두통이 왔다. 열차 내에서는 그래도 산소 공급 장치가 구비되어 별 이상을 느끼지 못했는데 밖을 나서자마자 고산병이 도지기 시작한 것이다. 나는 처음 대하는 이국의 풍물들을 보는 둥 마는 둥 그날 밤과 이튿날 하루를 온

전히 호텔에서 몸을 추스르는 일로 보냈다. 그리고 다음 날부터는 일정에 따라 포탈라궁, 조캉 사원 등 라싸 시내의 명승지와 해발 4, 5천 미터를 넘나드는 근교의 나무춰 호수, 얄룽창포 협곡, 그리고 티베트 제2의 도시인 시가체(日喀則, Xigazê), 장체(江孜, Gyangzê) 등을 차례로 답사하였다.

이로써 티베트 관광은 대충 끝났다. 이제는 제자와 헤어져 지프로 히말라야를 넘을 차례다. 원래의 계획이 히말라야산맥을 넘어 네팔의 카트만두로 가게 되어 있었던 것이다. 일행은 나와 아내, 영어 통역이 가능한 중국인 소녀, 그리고 기사 등 모두 네 명이었다. 그런데 — 인생사 모든 일이 그렇듯 — 바로 이 결정적 순간에 사달이 났다. 그런대로 버텨냈던 나의 고산병(高山病)이 이때 급작스럽게 악화되어 그만 쓰러져버린 것이다. 히말라야 능선 갸솔라 패스를 갓 넘은 팅그리(老定日, Old Tingri)*라는 소읍에서였다.

티베트의 라싸에서 출발해 시가체, 라체(拉孜, Lhatzê), 안바춘(安巴村, Anbacun) 등지를 거친 후 히말라야 능선을 넘어 네팔의 카트만두로 이어지는 이 도로의 중국 쪽 정식 명칭은 '중화인민공화국 공로 318'**이다. 지금은 2차선으로 포장되어 있다고 들었으나 당시만 해도 차 한 대 정도가 겨우 넘나들 수 있는 부분적 비포장길이었다. 원래 중국과 천축(天竺, 인도)을 잇는 마방(馬幇)들의 무역로였는데 공식적으

* 티베트 쪽 히말라야 갸솔라 패스와 네팔 국경 가까이에 있는 마을. 해발 4,390미터 고도에 위치해 있음.

** 중국은 이 도로를 중국과 네팔의 우정을 돈독히 하는 길이라는 뜻으로 일명 '우정공로(友情公路, Friendship Highway)'라 부른다.

로는 7세기경 네팔의 브리티크 데비 공주(Bhrikuti Devi, 赤尊公主)가 티베트의 황제 송찬간포(松贊幹布, Sōngzàn Gànbù)에게 시집을 갈 때 처음 열렸다고 한다. 이 험준한 길을 최근 중국 정부에서 전장(全長) 925킬로미터의 근대화된 도로로 개축한 것이다.

'중화인민공화국 공로 318'은 히말라야산맥의 능선을 넘는 까닭에 당연히 평균 해발 3, 4천 미터 이상의 고지를 달린다. 그래서 고속도로가 아닌 '고지도로(高地道路, Highway)'라는 이름이 생겼다. 거기에는 또 수많은 고개들이 있으나 그중에서도 높은 것이 갸솔라 패스(Gyatso-la Pass, 해발 5,520미터), 라룽글라 패스(Lalung la Pass, 5,050미터) 등이다. 그 적에는 몰랐는데 아마도 갸솔라 패스를 넘을 때였을 것이다.

나는 차창 밖으로 스치는 이국의 풍물들을 놓치지 않고 보기 위해 악착같이 깨어 있고자 했다. 그러나 의지대로 되지 않았다. 자꾸 졸음이 왔다. 나는 나도 모르는 사이에 그만 슬그머니 의식을 놓아버렸다. 생시인지 꿈인지 구분이 되지 않았다. 한참 뒤 어렴풋하게 정신을 차리니 몽롱한 시야로 설악산 백담사(百潭寺)의 어떤 법회에 참석하고 있는 내 모습이 보였다. 곁들여 주황색 가사를 걸친 스님들이 보이고, 긴 장대에 매달린 오방색 깃발들이 보이고, 아스라이 들리는 법고(法鼓) 소리, 독경 소리, 비포장도로를 달리는 지프차 바퀴의 덜컹거리는 소리…….

그러자 정신이 한결 개운해지는 것 같았다. 갑자기 시야가 환해지더니 머리 위로 푸른 하늘이 열렸다. 하늘에서는 꽃비가 내리고 있었다. 그때다. 그 꽃비 속에서 돌아가신 어머니의 모습이 보이는 것은……. 초등학교에 입학한 그해 봄, 운동장 한켠 목련꽃이 만발한 나무 그늘 아래서 하얀 소복으로 창 너머 교실의 나를 물끄러미 쳐다보시며 내 하교 시간을 기다리시던, 아직 20대였을, 그때의 그 청순한 어머니 — 내 기억으로 22세에 청상과부가 되셨던 어머니는 항상 흰 옷을 입고 계셨다 — 꼭 그 모습이시다.

그런데 내 나이 28세, 50여 년 전 이미 돌아가신 그 어머니가 어찌 지금 이곳에 나타나셨다는 말인가. 단 한 번도 꿈에 그 모습을 보이신 적이 없었는데…… 어머니는 하늘 한켠 멀리 서 계셨다. 다가오지 않으셨다. 다만 어렴풋이 들리는 당신의 육성. "아가! 오지 마라. 어서 돌아가거라." "어머니!" 순간 나는 당신을 끌어안으려 허공에 발을 짚었다. 그리고 그만 다시 정신을 잃어버렸다.

누군가 내 몸을 흔들며 무어라 외치는 소리에 문득 의식이 돌아왔다. 천장에 희미한 백열등 하나가 매달려 있는 어떤 좁은 방이었다. 페인트조차 칠해지지 않은, 허술한 시멘트 벽을 배경으로 낯선 중년의 사내 하나와 아내가 근심스럽게 나를 응시하고 있었다. 그 사내는 가운도 걸치지 않은 일상 작업복 차림이었다. 며칠이나 세수를 안 했는지 부시부시한 머리는 기름으로 끈적거려 보였고 손등에는 까만 때가 굳어 있었다.

그의 손에 들린 청진기가 내 가슴 부위를 더듬었다. 싸늘한 그 금속성 감촉과 더불어 갑자기 추위가 엄습해왔다. 발가벗겨 산소통을 입에 물린 채 군대의 야전용 침대에 누워서 내가 본 그때의 그 실내 풍경이다. 그렇게 나는 그곳 팅그리의 불결한 중국의 한 시골 보건소에서 하룻밤을 지새는 응급치료를 받고 만 이틀에 걸쳐 다시 라싸의 고산병 전문 병원으로 후송되는 처지가 되었다.

귀국 후 대학병원에서 정밀검진을 받으니 폐부종이라는 진단이 나왔다. 나는 일주일의 입원과 만 2개월여의 통원치료를 받은 뒤 겨우 건강을 회복할 수 있었다.

7. 인도양에서

2011년 1월 초순 나는 인도양 순다 열도의 한 섬(자바섬 동쪽에 있는) 플로레스(Flores)에 머물고 있었다. 보름 동안의 인도네시아 여행을 마치고 마지막으로 전설의 공룡 코모도 왕도마뱀을 자연의 상태에서 한 번 보기 위해서였다.

코모도 왕도마뱀(Komodo Dragon)은 성격이 매우 포악해서 먹이 다툼을 하는 동족, 제 새끼, 심지어 교미 중인 자신의 상대까지도 잡아먹는, 평균 몸길이 3미터, 몸무게 165킬로그램의, 이 세계에서 가장 큰 원시 형태의 도마뱀이다. 시속 20킬로미터의 속도로 달릴 수 있고 끝이 두 갈래로 갈라진 긴 혀를 둥근 주둥이 밖으로 내밀어 10킬로미터나 떨어진 동물 사체의 피 냄새를 맡을 수도 있다. 주로 몸집이 큰 사슴, 산돼지, 물소 같은 동물들을 입으로 물어 독을 주입시킨 뒤 잡아먹는데 그 식사량이 한 번에 자신의 몸무게 80퍼센트에 달한다고 한다. 이 같은 괴물이니 누구보다 호기심이 많은 내가 인도네시아까지 와서 어찌 이를 외면하고 귀국할 수 있다는 말인가. 아니 사실을 말하자면 나는 실로 이 왕도마뱀을 보기 위해 인도네시아 여행길에 올랐던 것이다.

코모도 왕도마뱀의 주 서식지는 플로레스섬 연안에 있는 한 작은 섬 코모도(Komodo)이다.* 그래서 나는 그날 오전 일찍 플로레스섬의

* 왕도마뱀의 명칭이 코모도인 이유이다.

밧조(Badjo)항 부둣가를 거닐고 있었다, 항공편이 없는 코모도섬은 이곳 플로레스섬에서 선박편을 이용하지 않고서는 갈 수 없는 곳이었기 때문이다.

항구는 한적했다. 작은 항구여서 그런지 부두에 큰 배는 보이지 않았고 그 대신 수많은 작은 배들이 밧줄에 묶여 잔파도에 출렁거리고 있었다. 그러나 정작 사람들은 보이지 않았다. 관광객이나 어부는 물론 수부(뱃사람)들조차 찾기 힘들었다. 다만 '코모도 관광'이라는 팻말을 단 소형 보트 몇 척이 눈에 띄긴 했으나 막상 가서 보면 선실은 텅 비어 있었다. 모두 출항을 포기한 듯했다.

어찌 된 일일까. 나는 몇 차례의 시행착오 끝에 간신히 한 선원을 만날 수 있었다. 그는 내 이야기를 한참 듣더니 고개를 저었다. 지금은 코모도섬에 갈 수 없다는 것이다. 그때가 1월 초순이었는데 그 시기의 인도양은 한 철 겨울 계절풍이 심하게 불어 소형 배로는 그 누구도 바다에 나갈 생각을 하지 않는다는 것이다. 이 섬의 관광에 특별한 시즌이 있다는 사실을 나는 그때서야 비로소 알았다. 낭패였다.

나는 그를 붙들고 사정을 해보았다. 혹시 뱃삯을 더 받고 싶어서 그런가 싶어 승선비는 원하는 대로 드리겠다고도 했다. 그러자 그는 나의 진지한 모습에 마음이 다소 움직였는지 한참을 생각하다가 이렇게 말했다. '코모도섬으로 가는 뱃길은 열 수가 없다. 그러나 그보다 가까운 곳에 린차(Rinca)라는 작은 섬이 있는데, 거기에도 코모도왕도마뱀이 서식하고 있고 여기서 한 시간 정도 항해하면 갈 수 있는 거리이니 모험하는 셈 치고 그곳으로 한번 출항해보자. 바다가 험해도 운이 따르면 갈 수 있을지 모른다. 대신 나와 아내 두 사람의 뱃삯으로 300불은 받아야겠다'는 것이다. 그래서 나는 그 선원 한 사람을 믿고 그만 아내와 함께 5톤 정도 되는 소형 보트에 승선하는 실수를 저지르고 말았다.

출항해서 한 20여 분은 즐거웠다. 날씨도 맑았고 연안의 풍경도 아름다웠다. 그런데 배가 본 섬(플로레스섬)에서 멀어지고 망망대해에 이르자 갑자기 파도가 사나워지기 시작했다. 너울성 파도였다. 그야말로 산더미같이 밀려오는 그 파도의 높이는 마치 경복궁에서 북악산을 올려다보는 것 같았다. 파도를 타고 그 등에 오른 배에서 아래를 내려다보면 남산 꼭대기에서 서울 시내를 내려다보는 것 같았다.

배는 사나운 물살에 떠도는 일개 가랑잎에 지나지 않았다. 파도가 배의 측면을 때렸다. 순간 배가 뒤집힐 듯 기울면서 뱃전에 놓인 기물들이 와르르 쏟아지고 일부는 파도에 휩쓸려갔다. 이제는 반대편에서 때렸다. 아내와 나도 한 평 남짓한 선실의 벽에 부딪혀 이리저리 나뒹굴었다. 갑판으로 넘친 물이 아랫도리를 적셨다.

아내의 겁먹은 눈이 내 동공에 들어왔다. 그런 그녀를 보니 더욱 공포가 엄습해 왔다. 아내까지 데리고 이 위험천만한 장난은 하지 말았어야 했다. 서울에 있을 아이들의 얼굴이 떠올랐다. 여기서 죽으면 시신도 찾지 못할 터인데 그 가엾은 것들을 어찌할 것인가. '서울대 교수 부부 코모도 관광길의 인도양에서 익사'라는 제목으로 쓰일 국내 일간지 기사가 망막에 어른거렸다.

정신을 차리고 유일한 나의 생명줄, 선장을 흘깃 훔쳐보았다. 온 힘을 기울여 핸들(조타키)을 손으로 꽉 움켜쥔 채 서 있는 그의 몸이 굳어 있었다. 마치 미라 같았다. 입술이 새파랗게 질려 있었다. 나와 눈이 마주치자 그는 쉬잇 하는 표정으로 자신의 입술을 손가락으로 가렸다. 이제 꼼짝없이 죽는구나 하는 생각에 천지가 하얗다. 아무것도 보이지 않았다. 교회에 나가지도 않은 기독교 옛 신자였지만 하느님조차도 생각나지 않았다. 그리고 마치 꿈속같이 시간이 흘렀다. 내가 없는 나였다.

시간이 얼마나 지났는지 모른다. 넋이 빠져 비몽사몽 시야가 흔들리는데 파도가 좀 잠잠해지는가 싶더니 문득 선장의 굵은 목소리가 내 귀청을 때렸다. 그가 무슨 뜻인지 모를 인도네시아어로 린차섬의 부두를 향해 크게 소리를 내질렀던 것이다. 그 소리에 정신을 차리고 살펴보자 머지않은 곳에 뭍으로 연결된, 해안의 어설픈 목조 잔교가 보이고 거기에 네댓 명 남아 보이는 사내들이 난간에 기대 서서 우리 배를 향해 연신 탄성을 지르고 있었다. 환영한다는 손짓 같았다. 이에 부응이라도 하듯 선장은 갑판에서 폴짝폴짝 뛰었다. 엄지 손가락을 높이 추켜세우기도 했다. 계속 소리를 질러댔다. 부두의 그 사내들이 박수를 쳤다. 그리고 우리, 즉 선장과 아내와 나 세 사람은 마침내 그 부두의 데크에 얼이 빠진 부상병들처럼 상륙했다. 선장은 그 순간에도 엄지를 추켜세우는 일을 잊지 않았다.

한 시간 가까이 파도에 휩쓸린 후의 일이었다.

제3부

단상

정치와 명예

성리학 이외의 다른 학문다운 학문이랄 것이 거의 없었던 조선조 선비(지식인)의 본분은 이로써 닦은 바 도리를 출사(出仕)를 통해 이 세상 널리 펼치는 데 있었다. 과거에 급제해서 왕의 충성스러운 신하가 되어 공적으로는 만백성을 다스리고 사적으로는 부귀영화를 누리는 바로 그것이다. 그러니 오죽하면 그들이 효(孝)의 첫 실천을 입신양명(立身揚名)에다 두었을까. 그러한 의미에서 조선의 지식인들이란 한마디로 정치인이거나, 정치 지망생이거나, 정치 낙오자들이라 할 수 있다. 온통 정치판인 셈이다.

그런데 그 조선 5백 년이 배양한 선비의 유전인자 때문인지 오늘의 우리 자화상 역시 이와 크게 다를 바 없다는 것이 필자의 생각이다. 물론 정치란 특정한 사람들의 전유물이 아니므로 그 누구나 할 수는 있다. 그러나 어느 정도의 재력을 갖추었다고, 어느 정도의 시민운동이나 노동운동 혹은 학계 활동에서 인정을 받았다고 다음 차례로 꼭 정치권력을 손에 쥐어야 출세하는 것은 아니다. 성공한(혹은 행복한) 인생이 되는 것도 아니다.

그런데 그 같은 조선조 지식인의 정치 지향 의식이 오늘날 학문을 탐구해야 할 대학 사회에서조차 알게 모르게 만연되어 있다는 것은 참으로 염려스러운 현상이라 하지 않을 수 없다. 물론 모두가 다 그런 것은 아니지만 현실은, 정치와 무관한, 심지어 영문학이나 물리학 같은 것을 전공한 교수들까지도 일부 그런 시류를 쫓고 있으니 어찌하랴. 교수를 했으므로 학장을 해야 하고, 학장을 했으므로 총장을 해야 하고, 총장을 했으므로 이제 총리나 대통령을 해야 비로소 삶의 목적을 이루었다고 생각하는 사람들이다. 그래서 그들은 본업인 학문에 전념하기보다 — 특히 선거철만 되면 — 정가(政街)를 엿보고, 정권에 줄을 대고, 정치권력의 주위를 맴돌면서 어느 정당, 어느 캠프에서 혹 자신을 불러주지나 않을까 노심초사하는 일로 한세상을 보내니 참으로 딱하기 그지없다. 오늘의 우리 대학가에서 흔히 볼 수 있는 풍경들이다.

후에 대통령이 되신 어떤 분의 이야기이다. 그가 아직 후보 시절이었을 때다. 어느 재벌의 총수가 대선(大選)판에 뛰어들어 자신과 라이벌이 되자 그는 그에게 '돈이나 명예, 둘 중 어느 하나만을 가져야지 어찌 이 모두를 다 가지려 하느냐'고 일갈한 적이 있었다. 아마도 정치 행위 그 자체를 커다란 명예로 착각했던 모양이다. 그렇다. 물론 정치인도 — 다른 많은 사람들, 예컨대 학자, 예술가, 기업인, 노동자, 군인, 농민 등과 마찬가지로 — 명예를 가질 수는 있다. 어떤 일을 하든 그가 한 일이 이 세상 인간의 삶을 보다 인간다운 삶, 보다 가치 있는 삶으로 높이 선양시키기만 했다면 그 곧 명예로운 행위이기 때문이다. 그러나 노동자이므로 그 자체가 명예로운 사람이 아닌 것과 마찬가지로 대통령이니까 명예로운 사람은 아니다. 더구나 명예란 본인 스스로 쟁취해서 얻어지는 것도 아니다.

사실을 말하자면 정치가의 속성은 권력에, 기업인의 속성은 재력(富)에 있다. 본질적으로 명예와 거리가 먼 사람들이다. 따라서 그가 명석한 사람이었다면 '돈이나 명예'라는 어휘 대신 '돈이나 권력'이라는 어휘를 사용해야 했을 것이다. 즉 '돈이나 권력 둘 중 어느 하나만을 가져야지 이 모두를 가지려 하는 것은 있을 수 없는 일이다'라고 말했어야 한다.

그런데도 그는 왜 그렇게 말했을까. 변명할 것 없다. '대통령'이라는 직책 자체를 큰 명예로 착각했던 그의 그릇된 가치관 때문이었을 것이다. 그러나 앞에서도 언급했던 것처럼 '대통령'이 되는 것이 어찌 그 자체로 명예일 수 있겠는가. 이 물음은 후에 대통령이 된 그 자신이 불명예스럽게 그 직을 물러선 것 하나만으로도 분명한 해답이 될 수 있을 것이다. 다른 모든 분야가 그렇겠으나 정치인도 정치인 그 자체로서가 아니라 정치인으로서 훌륭한 정치를 펼친 자가 명예를 갖는 것이다.

그렇다면 교수는 어떤 자인가. 정치가나 기업인이 정치나 기업에 전념하는 사람인 것처럼 그는 물론 학문에 전념하는 사람이다. 그런데 정치는 권력에, 기업은 재력에 기초를 두고 있으니 이 양자의 본질과 아무 상관 없는 교수는 대체 무엇 때문에 홀로 쫄쫄 굶거나 권력의 하대를 감수하면서 불철주야 학문에 매진하려 하는 것일까. 이 역시 두말할 것 없다. 명예다. 그가 모진 고생을 통해서 얻을 수 있는 것이 있다면 오직 명예 이외의 다른 그 무엇이 있을 수 없다. 정치가가 권력을 획득하기 위해 정치를 하고 기업가가 재력을 쌓기 위해서 기업을 경영하는 것과 똑같이 그는 명예를 얻기 위해 학문을 한다. 그래서 '명예'라는 단어에는 '권력(權力)'이나 '재력(財力)'처럼 힘을 뜻하는 '력(力)' 자가 붙지 않는 것이다. 이렇듯 명예는 원래 기업인이나 정치인의 것이 아닌 — 그래서 권력, 재력과는 아예 거리가 먼 — 학자나 예술가 같은 사람들의 소유물이다. 아니 그런 사람들의 소유여야 한다.

물론 정치의 본질이 명예가 아닌 권력에 있다고 해서 '정치인에겐 명예가 있을 수 없다' 혹은 '정치인은 명예를 가져서는 아니 된다'고 말하는 것은 아니다. 이 세상에는 훌륭한 명예를 가진 정치인들도 많다. 예컨대 세종대왕이나 링컨 대통령 같은 위인들이다. 그러나 그것은 소방대원이 '소방대원'이라는 직업 그 자체가 아니라 소방대원으로서 한 훌륭한 일로, 미화원이 '미화원'이라는 직업 그 자체가 아니라 미화원으로서 한 훌륭한 일로 명예를 얻는 것과 똑같은 이치로, 그 분들 역시 자신이 왕이나 대통령이어서 명예로웠던 것이 아니라 왕이나 대통령으로서 한 훌륭한 정치로 명예인이 된 것이다.

정치판에선 벌써 대선(大選, 대통령 선거)이 시작되고 있는 모양이다. 몇 달 전 치른 총선(總選)에서도 한바탕 휩쓸고 지나간 바람이지만 이 회오리바람이 어떻게 다시 대학가에 몰아닥칠지 우려되는 바 적지 않다. 학문을 정치에 종속시킴으로써 결과적으로 나라까지 외국의 오랑캐에게 빼앗길 수밖에 없었던 그 조선 지식인들의 전철을 오늘의 우리가 행여 또다시 밟게 되지나 않을까 우울해지기만 하는 요즘이다.

진실에 이르는 길

일상(日常)이란 알게 모르게 삶을 퇴락시키기 마련이어서 세속에 오염된 사람은— 비록 현자(賢者)라 할지라도 — 진실을 꿰뚫어 보기가 매우 어렵다. 그래서 누구나 뻔히 아는 진실을 묻어버리기도, 마땅히 지켜야 할 규율을 외면하기도 한다. 뇌물 주고받는 것을 예사로 여긴다든지, 무슨 특권이나 되듯 이곳저곳 탈법 행위를 저지르고 다닌다든지, 심지어는 돈 몇 푼에 자신의 조국을 팔아먹는 자까지도 활개를 치는 것이 바로 우리 사는 세상이다.

인간은 항상 건강하게 그것도 오래 살기를 바란다. 무병장수를 원치 않은 사람은 아무도 없다. 그런 전제로 보자면 그 누구든 건강을 해치는 일은 하지 않아야 할 것 같다. 가령 끽연이 몸에 해롭다는 것은 누구나 다 알고 있는 사실이다. 그런데도 우리 주위엔 애연가들이 부지기수다. 그러므로 우리가 그 무엇을 안다고 진정으로 아는 것은 아니다. 무엇인지 그 잘못된 바를 진정 아는 자는 그 '잘못된 바'를 다시는 저지르지도, 저지르려 하지도 않을 것이기 때문이다. 그렇다면 그 '안다'는 것과 '진정으로 안다는 것'은 어떻게 다를까. 한마디로 전자는 단순히 무엇인가를 '이해한다(understanding)'는 뜻이요, 후자는 이를 넘어서 '깨달았다(realizing)'는 뜻이다.

이를 좀 더 설명하면 이렇다. '이해'는 정적(靜的)인 앎이다. 그것은 앎이 단지 지식으로 습득되는 차원에서 끝난다. 그러나 '깨달음'은 동적(動的)인 앎이다. 그것은 앎이 — 지식으로서만 머무르지 않고 — 그 지식의 차원을 넘어서 진리의 세계로 높이 상승하는 경지를 일컫는 말이다. 그러니까 '이해'의 결과는 지식(knowledge)이요 '깨달음'의 결과는 진리(truth)라 할 수 있다. 그렇다면 그 '진리'란 또 무엇일까. 그것은 — 이 같은 인간의 지적 활동을 통해서 — 앎이 내 것으로 내 안에 깊숙이 들어와 내 삶을 질적으로 변혁시키는 어떤 정신적인 힘이라 할 수 있다.

다른 하나의 예를 들어보자. 일반적으로 우리들은 그 어떤 경우라도 과도한 음주나 끽연이 건강에 몹시 해롭다는 사실만큼은 잘 알고 있다. 그것은 물론 지식의 차원이다.* 그러나 이 같은 지식을 갖고 있다고 해서 그 즉시 금주나 금연에 드는 사람은 거의 없다. 여전히 즐기며 또한 즐기고자 하는 타성을 버리지 못한다. 그런데 갑자기 어느 날 그로 인해 자신이 간암이나 폐암에 걸렸다는 진단을 받았다고 하자. 그래도 음주나 끽연을 즐길 것인가. 그렇지는 않을 것이다, 스스로 생을 포기한 자가 아니라면 그 누구도 그 같은 무모한 행위를 더 이상 지속하지 않는다. 건강할 때는 한낱 관념적인 지식에 지나지 않았던 것이 죽음 앞에서는 이렇듯 하나의 구체적 진리로 다가오는 것이다. 비극이 진실을 깨우쳐준다.

그렇다. 지식은 아무 때나 배움을 통해서 습득될 수 있다. 그러나

---

* 담배나 술은 1급 발암물질이다.

진실은 배움을 넘어서 어떤 비극적인 것의 체험 없이는 깨닫기가 매우 어렵다. 그래서 칼 야스퍼스는 비극이란 진실을 깨우쳐주는 기호(Chiffre des Seitern)라고 했다. 인간의 실존은 존재의 이 같은 근원적 진실이 비극적 체험 없이 이루어질 수 없다는 바로 그 역설적 아이러니에 있는 것이다.

지금 나는 예전처럼 컴퓨터나 휴대폰의 문자판을 자유자재로 두드리지 못한다. 몇 년 전, 시골에 작은 오두막을 지으면서 불의의 사고를 당해 검지 손가락의 일부 기능을 상실해버렸기 때문이다. 그래서 워드를 칠 때 무심코 검지를 건드리면 자주 오타가 발생한다. 물론 일상생활인이라면 이 정도의 불편이 크게 문제 되지는 않을 터이다. 그러나 나는 직업이 거의 매일 컴퓨터 앞에 쭈그리고 앉아서 워드를 쳐야 하는 문인 아닌가. 그러니 그런 상황에 몰릴 때마다 나는 귀나 눈, 심장이나 위장과 달리 예전엔 그리 귀하게 여기지 않았던, 그래서 평소엔 별 관심을 두지 않았던, 그 일개 작은 손가락 하나가 내게 얼마나 소중한 존재였던가를 요즘 뼈저리게 느끼고 있다.

그러나 생각해보라. 세상사가 어찌 단지 검지 손가락을 사용하는 일뿐이겠는가. 요즘 나는 — 노년에 들어서 더 그렇기도 하겠으나 — 내 신체의 그 어떤 부분도 모두 소중하지 않은 곳은 없다는 '진실'을 절실히 통감하면서 일상(日常)을 조신하게 여기는 삶을 살고 있다.

바스티유 오페라좌

'바스티유 오페라좌'. 이는 몇 주 전 우리 매스컴에 등장했던 프랑스 극장, 'Opéra Bastille'의 '우리말' 번역 명칭이다. 보도에 따르면 파리에 있는 이 극장에서는 최근 정명훈이 지휘한 베를리오즈의 〈트로이의 사람들〉이 전 세계 음악 애호가들의 절찬 속에서 성황리에 공연을 마쳤다고 한다.

그러나 나는 이 뉴스를 접하면서 좀 의아하게 생각되는 것이 하나 있었다. 대체 그 '좌(座)'라는 것은 무엇일까. 문맥상으로는 분명 어떤 공연장을 지칭한 용어가 확실해 보이는데 '극장'이나 '음악당'같이 우리가 일상에서 쓰는 용어가 아닌, 그래서 듣기에 생경한 이 '좌'라는 말을 굳이 동원해서 쓰는 이유는 무엇인지 궁금했기 때문이다. 혹시 무언가 우리에게는 없고 '극장'보다는 좀 고급스러운, 어떤 기품 있는 공간이라는 것을 강조하고 싶어서 — 그러니까 문화 사대주의적 발상으로 — 동원한 용어는 아니었을까.

이 알쏭달쏭한 단어의 뜻이 아무래도 마음에 걸려 나는 우리 『국어사전』(이희승 편)을 한번 찾아보았다. 그러나 그 어디에도 나와 있지 않은 단어였다. 알고 보니 우리말이 아닌 일본어였던 것이다. 일본에서는 그들의 전통 극장이나 전통 극단을 한자어 '座'라고 호칭한다는 것이다. 가령 일본 전통극의 하나인 가부키의 전용극장을 그들은 '가부키좌'라고 부른다.

그렇다면 할 말이 없을 수 없다. 정치만이 아니라 문화적으로도 분명 독립국가인 우리나라가 어찌해서 '극장'이라는 우리의 좋은 말이 있음에도 굳이 '座'라는 일본어 명칭을 빌려 써야 한다는 것인가. 그것도 일본의 극장이 아닌, 프랑스의 극장을 지칭하는 기사에서…… 그러니 일상의 쉬운 말로 그냥 '극장'이라 하든지 — 이 말의 사용에 무언가 좀 불편한 점이 있다면 — 개화기 때 등장하여 그 시기의 우리 예술계에서 두루 호칭했던 신시대의 공연장, 즉 '원각사(圓覺社)', '단성사(團成社)', '연흥사(演興社)' 등 우리의 전통 극단이나 전통 극장을 지칭하는 용어 '사(社)'쯤으로 번역해서 쓰든지 해야 했을 것이다.

그뿐인가. 아직도 종종 구사되고 있는 우리 매스컴의 왜색 어투 역시 그냥 보아 넘길 수 없다. 가령 '國務省(국무성)'이니, '警視廳(경시청)'이니, '大藏省(대장성)'이니 하는 말들이다. 번역해 쓰자면 '국무성'은 '연방외교부 혹은 국무부(Department of State)', '경시청'은 '경찰청', '대장성'은 '기획재정부'일 터이다. 그런데 왜 이와 같은 우리말을 두고 굳이 그 일본어를 마치 우리말처럼 그대로 사용하는지 모르겠다.

물론 표기가 '大藏省', '警視廳' 등처럼 한자로 되어 있고 우리도 같은 한자를 사용하는 나라이니 그들의 언어를 존중해주는 고유명사적 차원에서 직접 인용해 쓰는 것이라고 변명해줄 수는 있다. 그렇다면 이때의 '大藏省', '警視廳'은, 당연히 한자어 표기이어야만 하고 그럴 경우 같은 한자어 표기라 해도 그것은 우리말이 아닌 분명 일본어이다. 이를 읽을 때 일본인들은 — '대장성', '경시청' 등 우리말 한자 발음과는 전혀 다르게 — 자기네 언어(일본어)의 발음 즉 '오쿠라쇼', '게이시초'로 읽기 때문이다.

그러므로 우리가 이 용어를 사용할 경우 우리는 그것을 한자어 그대로 '大藏省', '警視廳'으로 쓰든지, 일본어 발음 그대로 '오쿠라쇼', '게이시초'로 표기하든지, 아예 우리말 번역어인 '기획재정부', '경찰청'이라는 용어 등을 사용해야 올바른 표기가 될 것이다. (어떻든 '대장성', '경시청' 등과 같은 한글 표기는 안 된다.) 하물며 일본의 행정기관 명칭도 아닌 영국의 경찰청, 미국의 연방외교부(국무부)를 굳이 영국의 경시청, 미국의 국무성이라고 호칭함에 있어서랴.

'천황(天皇)'이라는 말 역시 그러하다. 일본어로 부르자면 발음 그대로, — 신라인들이 자신들의 왕을 '이사금(尼斯今)', 무슬림들이 자신들의 왕을 '술탄', 중앙아시아인들이 자신들의 왕을 '칸', 러시아인들이 자신들의 왕을 '차르', 이집트인들이 자신들의 왕을 '파라오'라 부르듯 — '덴노'라 해야 할 것이고 이를 우리말로 번역해 쓰자면 당연히 '왕'이다. 그런데도 '극장'이라는 명칭을 '좌'로 부르는 것과 똑같은 의식(意識)으로 이를 '왕'이 아닌 우리말 발음의 한자어 '천황(天皇)'이라고 부르니 마치 우리는 제후국(諸侯國) 같고 그들은 천자(天子)의 나라 같아 뵈지 않는가.

며칠 후면 우리 노(盧) 대통령이 일본을 국빈 방문한다고 들었다. 노 대통령과 일본 왕은 동등하게 각자 자신들의 나라를 대표하는 사람들이다. 굳이 우리 대통령이 애써 일본 '궁궐' 안까지 들어가 그 덴노를 '알현'하지 않기 바란다. 그의 초청으로 의전상 부득이 그렇게 하지 않으면 아니 될 상황이 생긴다면 상호주의 원칙에 따라 노 대통령도 궁궐 밖 도쿄 시내의 어딘가에서 만찬의 자리를 베풀어 그를 불러내 참석시켜야 할 것이다.

물론 그 자리에서의 일본 왕의 호칭 또한 '천황'이 아닌 '덴노'나 '킹(king)'(양자 회담에서는 국제 공용어인 영어를 쓸 것이므로)이어야 한다.

부끄러워하자

아프리카 초원의 초식동물들은 비록 자신들의 주위에 사자나 치타 같은 맹수들이 우글거리고 있어도 천연덕스럽게 풀을 뜯는다, 왜 그런 것일까. 사자를 보지 못해서, 사자의 공격을 받으면 충분히 방어할 수 있다는 자신감에서, 혹은 사자보다 자신들이 더 빨리 도망을 칠 수 있다는 믿음 때문에 그런 것일까. 아니다. 수십만 년 동안 맹수들에게 일방적으로 잡혀 먹히기만을 되풀이해왔을 먹이사슬의 구조라면 그들의 유전인자에 각인된 인지 기능이 그토록 허술하게 진화하지는 않았을 것이다.

그러므로 답은 하나, 사자가 아무 때나 자신들을 공격하지 않는다는 사실을 알고 있어 그런 것이다. 실제로 사자는 무분별하게 피식(被食) 동물들을 공격하지 않는다. 배가 고플 때, 먹지 않고서는 생존이 어려울 때, 그러니까 꼭 먹어야만 할 그 절체절명의 순간에서만 비로소 사냥에 나선다. 물론 잡은 먹이라도 결코 과식하지 않는다. 필요 이상 과도하게 사냥하지도, 자신만이 홀로 먹으려고 그 잡힌 먹이를 탐욕스럽게 저장하지도 않는다. 배가 부르면 그만 먹기를 포기하고 이를 다른 육식 동물들에게 양보할 줄도 아는 동물이다. 물론 유독 사자만이 그런 것도 아니다. — 인간을 제외한다면 — 자연 상태의 동물 그 모두가 보편적으로 지니고 있는 그들만의 특성이기도 하다.

그런 까닭에 자연의 상태에서는 그 어떤 생명체도 인간처럼 비만해지거나, 소화기 계통의 질병을 앓는 동물이 없다. 이 같은 질병들은 대개 무절제한 식습관이나 무분별한 과식에서 연유하는 경우가 많기 때문이다. 이는 위장병으로 고생하는 청년도 군대에 가서 일정 기간, 정식 정량의 음식을 먹고 규칙적인 식습관에 잘 길들여지기만 하면 대부분 건강을 되찾는다는 사실을 보아서도 알 수 있다. 이 지구상에서 식탐(食貪)을 가진 동물, 필요 이상의 열량을 섭취하는 데 혈안이 된 동물, 식도락이 하나의 취미가 된 동물이란 인간 이외 없는 것이다.

인간은 그 먹이 생활에서 분명 생물학적 요구 이상의 칼로리를 섭취할 수 있는, 이 지상에서 가장 특이하고도 유일한 동물일 것이다. 그 결과 지금 전 인류가 — 만병의 근원이라 할 — 심각한 비만증에 내몰렸다는 것은 누구나 인정하고 있는 바와 같다. 유엔 산하 세계건강기구(WHO)의 보고에 따르면 2006년 전 세계 인구의 14퍼센트(최악의 국가인 미국은 35퍼센트)가 중증 비만에 시달리고 있으며 한국의 경우도 예외가 아니어서 2015년 우리 국민의 과체중의 비율은 2006년 28.7퍼센트에서 4퍼센트 가까이 늘어난 32.4퍼센트라 한다.*

그럼에도 불구하고 우리들은 지금 탐욕과 향락이라는, 인간의 근원적 본능을 자극해서 어떤 경제적 이득을 추구하려는 자들의 불순

* 2016년 10월 1일 대한 비만학회 제 45차 추계학술대회에서 발표된 내용.

한 의도에 휘말려 알게 모르게 식품의 과섭취를 강요당하는 사회에서 살고 있다. 그 대표적인 것이 — 이제는 이미 생활의 일부가 되어버렸지만 — 거의 매일 홍수처럼 밀려드는 농축수산물, 식품, 건강, 외식산업 등의 홍보 광고와 이에 부화뇌동하는 영상매체들의 부추김이다. 오늘의 인류는 이처럼 거대한 자본의 논리에 조종되어 굳이 먹지 않아도 될 식품들을 마치 축사에서 길러지는 가축들처럼 — 자신들도 모르는 사이에 — 먹는 것이 아니라 먹히거나 살찌우는 삶을 살고 있는 것이다.

그럼에도 최근, 우리 사회의 일각에서 이 같은 현상이 진정되기는커녕 오히려 날로 확산되고 있다는 것은 매우 불길한 조짐이라 아니할 수 없다. 거의 매일 방영되다시피 하는 TV 매체의 먹거리 프로그램은 말할 것이 없지만 '축제'라는 미명으로 이곳저곳에서 벌어지고 있는 무참한 살생과 무분별한 식도락의 유희들이 그것이다. 예컨대 몇몇 지방자치단체들이 불학무식하게 개최하고 있는 소위 '한우(韓牛) 축제'니, '산천어 축제'니, '빙어 축제'니, '송어 축제'니 하는 것이다. 그렇지 않은가? 윤리적으로나 생태적으로 살아 있는 생물들을 잡아 죽이는 이 '죽음의 굿판'을 우리가 어찌 즐거운 축제라 이름할 수 있겠는가.

이 지구상의 모든 생명체들은 — 인간이 향유하고 있는 것과 똑같이 — 그 자신 살아남을 권리를 가지고 있다. 당연히 그들의 생존권도 보장되어야 한다. 그래서 어떤 민족이든 그들의 보편적 세계관에는 맹목적인 살생이란 금기의 첫 번째 대상이 되며 그것을 위반하는 행위를 죄의 근원으로 여겨왔다. 우리도 어렸을 적에 '살생하지 말라'는 부모님의 말씀을 수없이 듣고 자라지 않았던가? 문화인류학적 관점에서도 인간이 지니고 있는 잠재적 죄의식이란 타자를 잡아먹지 않고서는 자신의 생존을 도모할 수 없다는 바로 그 존재론적 모순에서 기인한다고 본다. 가령 불교에서는 먹는 행위 그 자체가 곧 죄악이다. 그래서 그들은 육식(肉食)을 삼가고 가능한 한 채식(菜食)을 하라고 권유한다. 무슬림들 역시 먹을 수 있는 동물과 먹을 수 없는 동물들을 엄격히 가리고, 먹기 위해서 부득이 살생을 저질러야 할 경우라면 반드시 신께 미리 용서를 구하는 것이 율법이다. 소위 할랄(Halal) 음식이라 부르는 것이다.

한국은 이미 국민 일인당 소득이 3만 불이 넘은 경제대국이다. 공간적으로는 아시아, 아프리카의 빈곤한 제3세계처럼, 시간적으로도 먹거리에 사활이 걸렸던 6, 70년대처럼 먹지 못해 그 생존이 위태로운 국가는 이미 아니다. 모두들 비만을 걱정하며 그래서 뜻있는 사람들은 가능한 한 많이 먹지 말라고 권유하는 시대에 살고 있다. 그럼에도 축제라는 이름으로, 경제 활성화라는 논리로 이렇듯 무작정 살아 있는 생물들을 잡아 죽여 칼로 난도질하고, 또 그것을 끓이고, 굽고, 찌고, 튀기고 혹은 산 채로 살점을 도려내 낼름 목구멍에 집어 넣으면서 참 즐거운 하루를 보냈다고 말하는 것은 문명국 국민으로서 차마 해서는 아니 될 도리가 아니겠는가?

굳이 그 같은 축제를 고집할라치면, 예컨대 산천어의 보전이나 산천어와 관련된 문화예술 행위 혹은 그가 사는 생태환경의 중요성 같은 것들을 홍보하는 일에 초점을 맞추어야 할 일이지 이처럼 그것을 잡아먹는 일에 목적을 두어서 될 일인가.

이 몸이 죽고 죽어

중등학교 시절, 우리 세대가 자주 외우던 시조 가운데에는 고려 말의 충신, 포은(圃隱) 선생의 「단심가(丹心歌)」라는 것이 있었다. 웬만한 한국의 교양인은 누구나 기억하고 있겠으나 굳이 인용하자면 "이 몸이 죽고 죽어 일백 번 고쳐 죽어/백골이 진토 되어 넋이라도 있고 없고/님 향한 일편단심이야 가실 줄이 있으랴"라는 내용이다. 섬찟한 공포감을 자아내게 할 만큼 왕에 대한 충성심을 강조한 시조라 할 수 있다.

봉건왕조란 한마디로 왕이 백성 위에 군림하여 전권을 행사하는 정치제도이다. 그러니 충(忠)이라는 개념 없이 왕조국가를 영위한다는 것은 불가능했을 것이다. 불교국가였던 고려를 멸하고 새로운 유교국가 조선을 건국할 당시의 신진사대부들 역시 마찬가지였으리라 생각한다. 그래서 그들도 유교 윤리학의 핵심이라 할 삼강오륜(三綱五倫), 그중에서도 '군위신강(君爲臣綱)'에 주목하여 개국 국초(國初)부터 이 '충'이라는 통치 이데올로기를 그 어떤 이념보다도 강조하지 않을 수 없었다. 조선이 전 통치 기간 포은 선생의 이 「단심가」를 그처럼 숭모할 수밖에 없었던 이유이다.

그뿐만이 아니다. 「단심가」는 해방과 한국전쟁의 시기, 그리고 7, 80년대의 소위 유신 정권과 신군부 독재 시대를 거치는 산업화의 기간에도 가장 훌륭한 국민시조의 하나로 여겨졌다. 그것은 아마도 — 긍정적인 의미에서든 부정적인 의미에서든 — 이 시조가 이 시기의 권력이 민족의 단합과 지도자의 우상화를 전 국가적으로 강조하지 않을 수 없었던 정책과 맞물렸기 때문이었을지 모른다. 예컨대 일반 사회에서나 일선 학교에서 이 작품이, 자유당 독재 정권이 이승만 초대 대통령의 영구집권을 획책하고 — 지금의 젊은이들은 잘 모르는 사실이겠으나 — 당시의 초중등학교 학생들이 매일 교실의 중앙 정면 벽에 걸린 이승만 대통령의 초상을 우러르며 그를 마치 왕이나 국부처럼 칭송하는 분위기 속에서 교육을 받아야 했을 시절에 특별히 그처럼 높이 평가되었다는 것과도 무관할 수 없다.

이 시대가 지향했던 이 같은 의식화 결과일까. 혹은 충절에 대한 이 나라의 맹목적인 흠모 교육 탓일까. 언제인지 지난 정권 시절, 나는 TV 화면을 통해 대통령과 국민 대표들이 함께 대화를 나누는 자리에서 느닷없이 한 노인이 바닥에 무릎을 꿇고 엎드려 노(盧) 대통령에게 큰절을 올리는 장면을 목도한 적이 있다. 21세기인 오늘에 이르러서도 우리 국민들의 상당수는 이처럼 대통령을 마치 왕처럼 섬기려는 의식을 버리지 못하고 있었던 것이다. 나로서는 가히 포은 선생이 공민왕께 바친 그 맹목적 충성심을 오늘에도 보는 것 같아 가슴이 서늘해진 해프닝이기도 했다.

물론 누군가가 그 어떤 무엇에 충성심을 가졌다 해서 '충성심' 그 자체를 잘못된 행동이라고 지탄할 수는 없다. 비록 왕조 시대가 아닌 오늘의 민주사회라 하더라도 그 대상이 국가 그 자체라면, 더욱이 그 국가가 국민의 이상 실현을 목적으로 둔 건강하고 바람직한 국가라면 국가에 대한 국민의 충성은 당연하고도 고귀한 덕목이다. 예컨대 군인은 조국의 안위를 위해, 국민은 조국의 번영을 위해 충성을 다 바쳐야 한다. 그러나 그것은 어디까지나 국가나 국민에 대한 것이지 특별히 대통령이나 총리 개인에 대한 것은 아니다. 일국의 대통령도 국가 이익에 반하는 행위를 범하면 그 즉시 탄핵되는 것이 오늘의 민주주의가 아닌가.

그런데 유럽인들과 달리 우리들은—오랜 세월을 유교적 윤리관 속에서 살아왔기 때문인지는 몰라도—관습적으로 단지 '충(忠)'뿐만이 아니라 이 '충'에 유사한 행위들에 대해서까지도 유달리 그 가치를 높이 평가하는 전통을 지니고 있다. 그중의 하나가—영어나 불어 등 구미(歐美) 언어에는 없는—한국어로 소위 '소신'이라 불리는 어떤 인생론적 태도이다. 굳이 구분하자면 이 양자 물론 서로 다른 점이 없지는 않다. '충'이 대타 지향적이라면, '소신'은 대내 지향적인 정신적 가치를 일컫는 말이기 때문이다.

그럼에도 불구하고 이 모두 크게 다를 바 없는 것은 자신이 지닌 바 어떤 특정한 관념을 맹목적으로 추수하거나 이에 절대적으로 헌신하고자 한다는 점에 있다. 오죽하면 '소신에 죽고 소신에 산다'는 말까지도 생겼을 것인가. 가령 국회의원에 당선한 어떤 이는 자신의 소신을 펼치기 위해서 정치에 입문했다 하고, 각료에 발탁된 어떤 이는 소신껏 자신의 정책을 펼치겠다고 한다.

그뿐만이 아니다.—역사적으로 우리들의 학교 교육이 「단심가」와 같은 시조에 높은 가치를 부여한 영향 때문인지—우리 한국인들은 대체로 '소신'을 가진 사람들을 우러러 높이 평가하는 경향이 강하다. 그런 까닭에 한국인으로서 자존감을 가진 자라면 그 누구든 자신이 지닌 바 그 '소신'을 스스로 굽힌다는 것은 참을 수 없는 치욕이며 반대로 물불, 생사를 가리지 않고 이를 끝까지 관철해냈다는 것은 그의 더할 나위 없이 크나큰 자부심이 아닐 수 없다.

물론 소신도, 그로써 실천해야 할 가치가 충만한 신념이라면 당연히, '충(忠)'의 그것처럼 존중되어야 마땅할 것이다. 그러나 이 역시 그것을 한사코 고수하는 것만이 능사는 아니다. 특히 우리가 사는 오늘의 시대가 민주주의 시대이니만큼 더 그러하다. 봉건주의와 달리 민주주의란 한 개인의 통치에 의해서가 아닌 공동체의 성원 그 모두의 참여와 지혜들의 결집, 그리고 구성원 한 사람이 아닌 각자 모두의 각기 다른 생각, 다른 신념들의 조정과 합의에 의해서 그 이상이 실현되는 정치제도이기 때문이다. 그럼에도 단지 공동체의 일개 구성원 중 하나에 불과한 자가—불행하게도 그 지닌 지적 능력이나 판단력이 다른 이들보다 열등하다면 더욱더—타인의 의견을 무시하고 '일백 번 고쳐 죽어 백골이 진토' 될 때까지 자신의 생각만을 관철하려고 고집한다면 그 어찌 될 것인가. 필연적으로 민주주의에 조종(弔鐘)을 치는 결과로 이어질 수밖에 없을 것이다.

그러한 의미에서 최근, 우리 사회의 여러 시위(示威) 문화들이—그 주장하는 바의 신념이야 어떠하든—일단 죽음을 불사하고 자신만의 소신을 막무가내로 관철하려 하는 풍조는 심히 우려스러운 현상이라 하지 않을 수 없다. 며칠 전, 죽기 살기로 자신들의 주장만을 고집하다가 아수라장이 되어버린 민주노총의 총회가 그러하고, 몇 주 전 천관산 고속철도 터널 건설을 중지하라며 죽기 살기로 벌였던 한 스님의 단식투쟁이 그러하고, 몇 달 전 종교적 포퓰리즘에 편승해서 새만금 방조제 건설을 죽기 살기로 반대한 정치인, 시민단체들의 삼배 일보 데모가 그러하고, 수개월째 철야 농성을 벌이면서 죽기 살기로 제주도 군항 건설의 폐기를 요구한 한 낯선 단체의 시위가 그러하다. 나는 그들의 상대가 그들을 어떤 태도로 대했는지, 그들의 주장이 과연 그들의 주장대로 이 나라를 위한 최선의 선택이었는지 아닌지는 모른다. 다만 나는 그 누가 되었건 상대방의 의견을 경청하지 않고 '이 몸이 죽고 죽어 일백 번 고쳐 죽더라도' 오직 자신만의 소신만큼은 무작정 관철하고자 하는 행위란 바람직할 수 없다는 것을 지적하고 싶을 뿐이다.

오늘의 인류는 한 개인이든, 단체든, 국가든, 더 나아가 국제사회든 항상 상대방에게 귀를 활짝 열고 각자 합리적인 대화와 토론으로 그 해결책을 모색하는 것을 최고 덕목으로 삼는다. 그래서 나는 포은 선생의 「단심가」를 — 그 당대 가치관으로서는 어떠했을지 모르나 — 오늘의 시대에서는 이제 그만 버려도 될 유물의 하나가 아닐까 생각하는 것이다. 옛 성현께서도 말씀하시지 않았던가. "귀 있는 자는 들어라."

국민 2.6명당 자동차 한 대

한국전쟁 직후여서 더 그리했겠지만 중고등학교를 다니던 시절의 나는 잘사는 미국이 참으로 부러웠다. 그림엽서에 찍힌 미국 시골 동네의 그 아름다운 양옥집들이, 질 좋은 미국의 원조 물자나 학용품들이 특히 그랬다. 몰래 극장에 잠입해서 본* 할리우드 영화의 여배우들은 또 얼마나 매혹적이었던가. 우리나라의 거의 모든 도로가 아직 비포장이었던 흙길에 제대로 된 자동차 하나 변변히 굴러다니지를 못하던 당시, 지리(地理) 시간에서 배운 미국, 그리고 그 미국의 자동차 수가 국민 4인당 한 대꼴이라는 수치는 내게 또 얼마나 큰 놀라움을 주었던가. 그뿐만이 아니었다. 미국의 펜팔 소녀로부터 받은 크리스마스 카드와 거기에 그려진 미국 가정집의 단란한 풍경은 가히 천국, 그것이기도 했다.

그러나 그 같은 나의 환상은, 국산 포니차가 막 미국에 수출을 꿈꾸던 1980년대 중반, 처음으로 한 6개월 미국에 체류할 기회를 갖게 되면서 그만 허망하게 깨져버렸다. 실제 경험한 미국의 현실이 그게

---

* 당시 중고등학교 학생들은 영화관 출입이 금지되어 있었다.

아니었던 것이다. 그동안 성숙했던 내 지적 연령과 그 무렵 이미 어느 정도 괄목할 만큼의 성장을 이루어냈던 한국의 경제 수준이 내게 나름으로 객관적인 눈을 갖게 만들어주어서 그랬을지도 모른다.

어떻든 그때 내가 본 미국의 현실은, 겉으로 드러내 보이던 물질적 풍요와는 사뭇 다르게 인간적으로는 불행하다 싶을 정도의 그늘들이 너무 많았다. 강의를 듣는 미국인 학생들 세 명에 하나꼴이 이혼 부모의 자녀들이라는 것, 연간 수만 명의 어린이들이 납치 혹은 실종되고 있다는 것, 전 국민의 20퍼센트가 의료보험의 혜택을 입지 못해 아파도 병원에 갈 수 없다는 것, 빈부의 격차가 하늘과 땅 차이만큼 크다는 것, 어디 가나 노숙자들이 몰려 있다는 것(한국의 거리에 노숙자가 등장하기 시작한 것은 1997년 IMF사태를 겪으면서부터이다), 치안 불안으로 인해 그 어떤 사람도 지하철을 마음 놓고 탈 수 없다는 것, 마주치는 사람에게는 항상 몸조심을 해야 한다는 것, 밤엔 대학 캠퍼스나 길거리를 마음대로 활보할 수 없다는 것 등 이제는 가보지 않은 한국 사람 그 누구라도 잘 알고 있는 미국 사회의 어두운 그늘들이다.

반면 내 나이 칠순에 든 요즈음 한국의 물질적 풍요는 이제 미국의 그것을 거의 따라잡고 있는 듯한 느낌이다. 산업 발전의 속도 또한 부분적으로는 이미 미국을 추월한 분야가 없지 않다고 한다. 한국제 가전 제품이나 자동차들은 미국 소비자들의 제1 선호 대상이 된 지 오래며 미국에 진출한 한국의 기업들은 앞다투어 현지의 미국 노동자들에게 경제적 혜택을 베풀고 있다. 목하 K팝은 — 중등학교 시절의 내가 당시의 미국 팝송에 경도되어 있었던 것처럼 — 미국 청소년들의 마음을 사로잡고, 한국의 아이돌 그룹이나 한국 드라마의 인기 역시 전 세계를 휩쓸고 있다. 할리우드 여배우들을 빰치는 우리 여배우들의 미모는 또 어떤가. 이에 힘입은 한국제 화장품이 글로벌 브랜드로 도약하지 못한다면 그것이 오히려 이상한 일일 것이다. 어디 그뿐이랴. 요즘 널리 보급되고 있는 우리 전원주택들의 아름다움은 내가 중등학교를 다니던 시절에 그림엽서를 통해서나 겨우 볼 수 있었던 미국 시골의 그것들을 능가하고도 남는다.

그리고 마침내 나는 엊그제 어떤 신문 기사를 통해서 정부의 통계 하나를 접했다. 우리 국민의 자동차 소유 대수 비율이 2.6명당 한 대 꼴이라는 것이다. 중등학교 지리 수업 시간에 선생님으로부터 당시의 미국인들이 4인 기준 한 가구당 자동차 한 대를 가지고 있다고 배운 지 50여 년 만의 일이다. 그래서 이제 나는 그동안 미국에 대해서 가졌던 콤플렉스를 이 같은 우리나라의 산업화의 수치로 말끔히 털어버려도 되는 시대에 살게 되었다.

그러나 과연 그런 것일까.

내가 80년대 중반, 처음 가서 꿈을 깼던 그 미국의 어두운 현실은 30년이 지난 오늘, 그러니까 2010년대의 우리 상황과 무관한 것일까. 내 보기에 물질적 풍요를 누리고 있는 오늘의 우리 현실 또한 아이러니하게도 바로 그때의 미국에 못지않다고 생각한다. 우리는 지금 마치 하나의 불량 교과서처럼 미국을 따라가고 있는 것이다. OECD 국가들 중 자살률과 이혼율이 가장 많은 나라, 성범죄가 가장 많은 나라, 학교에서의 세칭 '왕따'* 현상이 가장 심한 나라, 노인이 가장 천대 받는 나라, 어디 가나 노숙자가 눈에 밟히는 나라, 빈부

* 교내에서 한 학생을 소외시켜 집단으로 괴롭히는 일.

격차가 점점 심해지는 나라, 소수 재벌들에 의해서 대다수 국민들이 길들여지고 타고난 경제적 조건 때문에 아무리 노력을 해도 계급 이동이 거의 불가능해진 나라, 어린이 납치 성폭행이 빈번해서 낯선 사람들을 항상 경계하고 감시해야 하는 나라, 금전 문제로 아들이 친부모를 살해하는 나라, 양육이 힘들다고 제 낳은 자식을 굶겨 죽이는 나라. 이것이 바로 내가 80년대 미국에서 보았던 오늘의 우리 현실이 아닌가.

몇 달 전의 일이다. 어느 공영방송에서 〈아프리카의 눈물〉이라는 특집 다큐멘터리를 본 적이 있다. 아프리카의 빈곤과 그 내전의 잔혹상을 영상으로 비춰주면서 시청자들에게 굶주린 아프리카인들을 위한 기금 조성에 동참해줄 것을 호소하는 프로그램이었다. 내 눈에 비친 그들의 현실이 눈물 나도록 비참했다. 그래서 나는 나도 모르는 사이에 전화기의 다이얼을 돌렸다. TV 자막에 그 자선 단체의 전화번호가 떴던 것이다. 한 10만 원쯤 기탁하고 싶었다. 그런데 전화를 받는 여성이 지금은 다른 통화들로 복잡하므로 자신이 나중에 전화를 주겠다며 좀 기다려달라고 했다. 내 전화번호는 이미 그의 전화통화 기록에 찍혀 있다는 것이다.

한 시간 후쯤이다. 바로 그 여성이 내게 전화를 걸어 왔다. 내 느낌으로는 좀 전에 전화를 받았던 그분의 목소리와 똑같았다. 나는 기금의 기탁 의사를 밝히며 어떤 절차를 밟아야 하는지를 물었다. 그 여성은 우선 내 주민등록번호부터 가르쳐달라고 했다. 그래서 내가 무심결에 앞자리의 번호를 대고 이어서 막 뒷자리를 알려주려는 순간이었다. 이를 옆에서 지켜보던 아내가 갑자기 내 손에서 송수화기를 낚아채더니 그 여성에게 나중에 연락을 드리겠다며 일방적으로 전화를 툭 끊어버리는 것 아닌가. 그러고는 돌아서 내게 정색을 하며 '보면 모르겠느냐. 보이스 피싱일 것이 분명하다. 주민등록번호를 알려주면 다음 차례로 은행 계좌번호를 물을 터인데 당신 바보가 아니냐. 당신은 더 이상 이 문제에 관여하지 말라'고 딱 부러지게 일침을 가한다. 그리하여 모처럼, — 요즘 매스컴의 화두가 된 — 그 '나눔'이라는 것을 한번 실천하고자 했던 내 선의는 무참히도 짓밟히고 말았다.

그래서 나는 생각해보았다. 내 중등학교 시절에도 사람과 사람 사이에 이 같은 불신이 팽배해 있었을까. 그랬을 것 같지는 않았다. 비록 가난하기는 했지만 내 생애 중 그 시절만큼 낭만적이고, 인정 깊고, 사랑스런 사람들이 많았던 때는 없었던 것 같다. 그렇다면 지금 우리 사는 시대, 이처럼 인간은 이미 죽어버렸는데 물질만이 그렇게 풍요롭다면 대체 무슨 의미가 있을 것인가. 요즘 우리 사회가 — 이미 미국인 자신들이 몇십 년 전부터 노력하고 고민해도 끝내 거두지를 못했던 — 그 같은 문명사적인 어둠을 고스란히 판박이로 뒤집어 쓰고 있는 듯해서 어쩐지 불안하고 불길하기만 하다.

고속열차 유감

고속열차 KTX를 탈 때마다 나는 신경이 예민해진다. 아니 신경전을 벌인다. 어떤 좌석을 배정받느냐 하는 문제 때문이다. 물론 그 주어진 좌석이 열차가 가는 쪽과 반대되는 방향으로 설치되어 있는 것이라면 썩 유쾌한 일이 아니다. 그러나 그보다 내가 더 신경을 쓰는 것은 행여 유리창이 없는 좌석에 배정되지 않을까 하는 우려 때문이다.

나만이 그런 생각을 가지고 있는 것일까. 열차를 탈 때마다 나는 별로 운이 좋지 않은 것 같다. 언제나 — 마치 하나님이 장난을 치셔서 그리된 것처럼 — 이 유리창이 없는 좌석에 앉게 되니 말이다. 물론 차표를 살 때 나는 나름대로 할 수 있는 노력을 기울여보지 않은 것은 아니다. 미리 창구의 직원에게 부탁을 해본다든가 — 집에서 인터넷으로 구입할 경우에는 — 좌석 배열의 안내도를 참고한다든가 하는 것 등이다. 그러나 어찌 된 일인지 막상 열차를 타면 항상 기대와 어긋나 있다. 좌석 안내도가 창 측과 통로 쪽의 구분만큼은 되어 있지만 구체적으로 창문이 있는 창 쪽의 좌석인지 창문이 없는 창 쪽의 좌석인지가 표시되어 있지를 않고 또 열차의 종류에 따라 그 좌석 배치가 달리 되어 있어 머리가 우둔한 나로서는 갈피를 잡을 수 없기 때문이다.

좀스러운 이야기이긴 하지만 2000년대 한국 자본주의의 한 치부만큼은 기록으로 남겨두어야 할 것 같아 나는 이 자리에서 한국 국영철도청의 열차 구조에 대해서 약간의 설명을 해두고자 한다. 우선 전체 좌석 중 절반이 열차 진행의 반대 방향 그러니까 역방향으로 배열되어 있다. 회전식 의자가 아니어서 물론 임의로 의자를 조정해 진행방향으로 정렬할 수도 없다. 좌석을 촘촘히 배열하려고 의자를 회전시킬 수 있는 공간의 여유를 아예 없애버린 탓이다. 수익을 창출하기 위해서는 — 차라리 승객들에게 불편을 강요할지언정 — 좌석 사이에 공간을 좀 넓혀줄 아량이 아예 없었던 것, 물론 이 같은 장치의 설비에 드는 예산을 절약할 수 있는 것도 철도청으로서는 일거양득이다.

이렇게 좌석이 차지하는 공간을 좁히다 보면 객실에 배열되어 있는 좌석 중 네 개의 열(列). — 그러니까 16석 정도는 창이 없는 자리에 놓일 수밖에 없다. 한 차창(車窓)에 2열씩 배정해야 할 좌석을 인위적으로 3열 내외를 배정한 결과 이 같은 현상이 일어나게 되는 것이다. 따라서 이 좌석들은 운 나쁜 승객들의 몫으로 돌아가 여기 앉아야 하는 이들은 종착역까지 꼼짝없이 몇 시간을 어둠 속에서 버텨내야 한다. 감옥에 갇히는 것과 별다름이 없는 탑승이다. 좁은 공간에 가능한 한 많은 좌석들을 배정해서 이익을 챙기려고 이처럼 꼼수를 부린 것이다.

열차 주행의 반대 방향으로 놓여 있는 좌석에 앉아 간다는 것은 물론 자연스럽지 않다. 그러나 나는 이 정도의 불편쯤은 감내하는 편에 속한다. 문제는 창이 없는 좌석에 앉아 있어야 할 경우인데 내 모난 성격 탓인지 나로서는 밖을 내다볼 수 없는 공간에 몇 시간씩 쭈그려 앉아 있어야 한다는 것이 도저히 견딜 수 없는 고통이다. 그럴 경우 물론 나는 이를 그날의 일진 탓으로 돌리며 애써 그 고통을 참으려고 노력한다. 그러나 유리창 쪽의 좌석에 앉아서 시원스럽게 바깥 경치를 즐기고 있는 승객들이 우연히 눈에라도 들어올 경우 — 나만이 차별 대우를 받는 것 같아 — 그 즉시 화가 치밀어 오르는 것만큼은 어쩔 수 없다. 승객들의 주머니를 털어내기 위해서 이 같은 잔꾀를 부리다니 인권보다 돈벌이에 혈안이 된 철도청, 아니 정부의 파렴치가 혐오스럽기 그지 없는 것이다.

그래서 가슴에 이 같은 복합적 감정들이 들끓고 있을 때 공교롭게도 옆 통로에 승무원이라도 지나갈라치면 나는 그만 인내심을 잃고 불쑥 이렇게 쏘아붙인다. "도대체 이 세상의 문명국 열차들 가운데서 우리 한국의 고속열차처럼 창문이 없는 공간에다 좌석을 배열한 나라의 열차가 어디 있단 말이오? 감옥과 다를 바 없지 않소? 돈벌이에 눈이 먼 것 아니오?" 이 성실한 하급 공무원은, 자신이 감당해야 할 무슨 죄가 있을까마는 대체로 — 아마도 매뉴얼에 따른 말이겠지만 — 겸손하게 이렇게 대답한다. "죄송합니다. 머지않아 시설을 개조하려 하니 불편하지만 좀 참아주세요. 다른 좌석이 있는지 알아보겠습니다." 그러면 나는 경망스럽게 화를 낸 자신이 계면쩍고 부끄러워 조신히 화를 삭일 수밖에 없다. 남은 일은 그저 눈을 감고 없는 듯 묵상하면서 다시 몇 시간을 더 버티는 것뿐이다. 그러나 이후 몇 년이 흘렀어도 나는 우리 고속열차의 좌석 배열이 개선되었다는 소식은 아직 들어본 적이 없다.

자본주의 체제 아래서의 경제 원리란 최소한의 투자로 최대한의 이익을 남기는 것이라고 들었다. 그래서일까. 정부든 기업이든 무슨 일을 벌이면 말인즉 국민을 위한다면서도 실제 작업에 임해서는 우선 무작정 소비자의 주머니를 쥐어짜 돈을 울궈내는 일부터 생각해내는 것 같다. 일상 접하는 요식업만을 보더라도 제대로 된 식재료를 충분히 넣어 만들어야 할 음식에서 슬쩍 몇 가지 재료를 배제해버린다든가 소비자의 눈을 속여 음식의 양을 교묘히 줄인다든가 하는 방식으로 이익을 취하는 곳 없지 않으니 이는 물론 철도청만이 아닌 우리 사회에 일반화된 현상이라고나 할까.

그러나 지금 우리는 일인당 국민소득 3만 불이 넘는 시대에 살고 있다. 파렴치하게 소비자의 주머니를 쥐어짜서 이득을 챙기려는 따위의 그 같은 천민자본주의 의식은 버려야 할 시점에 와 있는 것이다, 더욱이 그것이 국민의 복지를 위해 국가가 책임을 져야 할 공공 인프라, 철도 사업임에랴.

곡선은 직선보다 아름답다

완공된 지 이미 수 년이 지난 새 노선의 경춘선 열차를 나는 최근에야 비로소 타볼 기회를 가졌다. 며칠 전 춘천에서 열린 어떤 문학행사에 참여할 일이 생겨서다. 서울에서 부산을 달리는 KTX와 대비시켜 ITX로 불린다고 했다.

나는 우선 서울의 용산역에서 남춘천역까지 불과 한 시간여 만에 주파하는 그 속도감에 놀랐고 말끔하게 지어진 새 역사, 잘 갖추어진 편의시설도 좋았다. 그러나 그 짧은 탑승 시간에도 불구하고 나는 그저 답답하기만 했다. 어서 빨리 목적지에 도착해야지 하는 생각뿐이었다. 주위의 승객들도 마찬가지인 듯, 대부분 말없이 눈을 감고 있거나, 무슨 서류 같은 것들을 뒤적거리고 있거나, 아니면 휴대전화 문자판을 두들기고 있거나…… 모두들 사무적으로 보였다.

그러나 내 학창 시절, 추억 속의 경춘선은 얼마나 우리의 가슴을 설레게 했던가. 서울의 청춘들치고 경춘선을 한 번 타보지 않은 사람이 과연 몇 명이나 있었던가. 학과 단합대회나 동아리의 엠티에 참여하기 위해, 북한강의 그 반짝거리는 은빛 모래밭에서 하루나 이틀 캠핑을 즐기기 위해, 아름다운 호반의 도시 춘천의 물안개에 묻혀 사랑하는 사람과 단둘이 밀어를 속삭이기 위해, 아니 그냥 한번 무작정 타보기 위해…… 그렇다. 아무 일이 없어도 '무작정' 그냥 한번 타보고 싶었던 것이 경춘선 열차였다.

그 시절의 경춘선 열차는 고물이었다. 철로도 요즘처럼 직선이 아니어서 굽이굽이 산등성이를 돌아나갔다. 속도를 내거나 커브 길을 돌 때는 바퀴 덜컹거리는 소리가 요란했다. 좌석이 붐벼 통로에 서서 가는 것이 예사였다. 청량리역에서 춘천역까지 걸리는 시간도 지금과 달리 두 시간 이상 소요되었다. 그러나 승객 그 누구도 불평을 늘어놓지도 투정하지도 않았다. 지루해하지도 않았다. 오히려 어느 먼 미지의 나라에 여행이라도 떠나듯 모두 들뜬 표정들뿐이었다. 비록 열차는 누추했지만 아름다웠고 객실은 혼잡스러웠으나 즐거웠다. 빠른 속도가 아니었지만 시간 가는 줄을 몰라 했다.

왜 그랬을까? 지금처럼 마음들이 각박하지 않아서 그랬을지 모른다. 다른 교통수단에 비해 그나마 철도 여행이 좀 편해서 그랬을지 모른다. 아직 자가용 승용차가 보편화되기 이전이어서 불편을 불편으로 여기지 않았던 당시의 생활 감정 때문에 그랬을지 모른다.

그러나 꼭 그래서만은 아니었을 것이다. 중요한 것은 그때 그 열차가 오늘의 그것보다 훨씬 더 '인간적'이었다는 사실이다. 무엇보다 철도든, 도로든 대부분의 길들이 직선으로 가는 것을 고집하지 않았다. 산이 있으면 굽이굽이 산기슭을 돌았고 강이 있으면 강변을 따라 유유히 달렸다. 빨리 가려고 산을 깎아 허물고 터널을 뚫어 작위적으로 직선을 내지 않았다. 거리를 단축시키기 위해서 산이건 강이건 굽이도는 곳마다 매번 다리를 놓지도 않았다. 가능한 한 자연의 순리(順理)를 따랐다.

그 철길이 평지를 가는 경우라 해도 다르지 않았다. 생김새대로 좀 낮은 곳은 낮게, 좀 높은 곳은 높게 지형에 맞춰 침목들을 깔았다. 험하다 해서 덜렁 높은 육교를 놓아 열차가 그 위를 아슬아슬 홀로 달리도록 내버려두지 않았다. 마을을 지날 때도, 도시를 관통할 때도 오늘의 철도처럼 진행하는 방향의 좌우 양옆으로 높은 차단벽을 설치해서 경관을 아예 막아버리지도 않았다. 모든 길은 개방되고 트여 있었다. 요즘의 유행하는 말로 열차와 마을, 승객과 주민, 철로와 산천이 서로 소통하는 길이었다. 이 같은 철길이 아름다운 북한강 유역과 어울려 굽이굽이 수십 리를 뻗어 있으니 이를 감상하면서 달리는 승객들의 여정 또한 어찌 즐겁고 황홀하지 않을 수 있었겠으랴.

아, 그런데 10여 년 만에 타본 우리의 새로운 경춘선은 예전의 그 철로와 사뭇 달랐다. 산은 사정 없이 깎이거나 허물어져 토막이 나 있었고 강과 계곡은 철근 콘크리트로 온통 도배되어 있다시피 했다. 평지에 들어 무언가 좀 경치를 감상할라치면 거칠게 뛰어드는 방음벽, 차단벽들이 시야를 막아버리고, 또 한숨을 돌려 창을 내다볼까 하면 득달같이 쫓아온 터널들이 그 풍경을 어둠 속에 가둬버린다. 그러니 그 같은 열차 탑승이야말로 교도소의 감방 체험과 무엇이 다르겠는가.

그러나 뭐니 뭐니 해도 이 시대, 우리나라 철도공사 코레일이 보여주는 민낯은 객실의 좌석 배치에 있으리라 생각한다. 한 사람의 승객이라도 더 많이 태우려는 그 얄팍한 상술에서 비롯한 꼼수겠지만 좌석과 좌석 사이의 공간을 극도로 좁힌 것이 그중 하나다. 그 결과 어떤 좌석들은 창과 창 사이의 벽면, 그러니까 창이 없는 공간에 자리하게 되어 이 좌석에 앉은 승객들은 아예 바깥 풍경 자체를 내다볼 수 없게 만들어놓아 버렸다. 도대체 이 세계의 그 어떤 문명국 열차의 객실 풍경이 이렇겠는가. 그래서 나같이 — 열차를 타든, 버스나 비행기를 타든 창가에 앉아서 자연과 사람과 문화를 조용히 만나 속삭이고 혹은 소통하고 싶은 사람은 그런 사치스런 생각을 가졌다는 죄 하나만으로 열차가 목적지에 도착할 때까지의 몇 시간을 객실이라 불리는 감방에서 수인(囚人) 생활을 감내해야 할 수밖에 없는 것이다.

목적 달성을 위해서라면 수단과 방법 같은 것은 무시해도 된다는 통념, 한 푼이라도 이윤을 증대시키기 위해서는 가능한 고객들의 주머니를 쥐어짜야 된다는 발상, 시간은 돈이니 무엇이든 무작정 빨리빨리 속도를 내서 짧은 시간 내에 해치워버려야 한다는 상술, 물질적 이득을 취해서라면 그까짓 자연환경이란 훼손시켜도 별 문제가 되지 않으리라는 물신관(物神觀) 등 우리 사회 깊숙이 뿌리내린 이 같은 천민자본주의 의식이 21세기 초의 한국 코레일에서만큼 집약적으로 반영된 예도 우리 사는 이 세계에서는 아마 흔치 않을 성싶다.

거짓의 진실과 사실의 진실

전라도 남원 땅에 가면 '광한루(廣寒樓)'라는 정자가 있다. 세계적으로도 널리 알려진 우리의 고전, 『춘향전』의 배경이 된 장소다. 그런데 광한루 뒤편 좀 외진 대나무 숲속엔 우아하고도 기품이 있는 한 칸짜리 기와집 한 채가 또 별도로 있다. 이름하여 '춘향각(春香閣)', 춘향의 영정을 모신 사당이다. 문은 항상 열려 있는데 그 안을 들여다보면 정면에 춘향의 전신 초상(肖像)이 걸려 있고 그 앞에 항상 불이 든 향로와 촛불이 준비되어 있어 찾는 이는 누구나 춘향에게 참배를 드린다. 그 춘향의 초상이 아름답다. 참으로 우리 민족을 대표할 만한 미인도(美人圖)의 하나다.

그런데 이 영정은 춘향의 진짜 모습일까? 그럴 수 없다. 거짓이다. 그는 현실의 인물이 아닌 소설 속의 주인공, 설령 실존 인물이었다 하더라도 자화상이나 사진 그 아무것도 후세에 남겨놓은 것이 없는 여인이니 어떻게 사실 그대로 그려낼 수 있을 것인가. 혹자는 화가가 소설 속에 묘사된 춘향의 모습을 있는 그대로 머릿속에 떠올려 그린 것이어서 사실이라고 주장할 수 있을지도 모른다. 그러나 소설 속 춘향의 모습 역시 구체적으로 묘사되어 있지 않다. 다만 비유적으로 이렇게 말하고 있을 뿐이다.

> 대명전(大明殿) 대들보에 명매기 걸음으로, 양지 마당에 씨암탉 걸음으로, 백모래밭에 금자라 걸음으로 월태화용월(月態花容) 고운 태도 완보(緩步)로 건너갈새 …(중략)… 청강(淸江)에 노는 학이 설원(雪原)에 비침 같고 단순호치(丹脣皓齒, 붉은 입술과 흰 이) 반개(半開)하니 별도 같고 옥(玉)도 같다. 연지(臙脂)를 품은 듯 자하상(紫霞裳, 붉은빛의 치마) 고운 태도 어린 안개 석양에 비치운 듯 취군(翠裙, 푸른 치마)이 영롱하여 문채(文彩, 문양과 꾸밈)는 은하수 물결같다.

그럼에도 우리들은 이 영정에 그려진 춘향의 모습을 사실로 여기고 참배하며 이 '거짓된 춘향'을 통해서 나름으로 자신들의 삶을 성찰한다. 그러니 거짓이라 해서 모두 무가치하다거나 사악하다고 말할 수는 없지 않겠는가. 우리는 거짓 속에서도 무언가 가치를 발견하며 또 그 가치를 통해서 진실을 깨우칠 수 있다. 그뿐만 아니다. 아마 여러분들 대부분은 어렸을 적, 부모님으로부터 많은 거짓말을 듣고 자랐을 것이다.

한국전쟁 시기였다. 배고프고 가난했던 우리들의 그 유년 시절, 어머니는 외아들인 필자만큼은 어떻게 해서든지 점심식사를 거르지 않도록 배려해주셨다. 그러나 그때마다 당신은 자리를 피하셨고 나는 혼자서 밥을 먹어야 할 경우가 많았다. 그래서 문득 이에 생각이 미치면 나는 어머니께 점심을 같이 먹자고 조른 적이 있었는데 당신의 말씀이 늘 이랬다. '아가, 나는 할 일이 있어 미리 부엌에서 먹었으니 내 걱정은 말고 너나 많이 먹어라.' 50을 채 넘기지 못하고 돌아가신 당신은 생전에 또 이런 말씀도 자주 하셨다. '너는 앞으로 훌륭한 인물이 될 아이다. 내가 그 때까지 살지를 모르겠구나.'

나는 외가에서 자랐다. 그런데 귀한 손님이 들면 외할머니께서는 나를 항상 당신 곁에 조신히 앉히고 이렇게 말씀하시는 것이었다. '어르신, 이 아이를 좀 보세요, 보통 애가 아니랍니다. 하늘에서 뚝 떨어진 아이지요.' 그러면 손님은 또 이렇게 맞장구를 치시는 것이었다. '아무렴요. 앞으로 큰 인물이 될 비범한 아이지요. 어떻게 다른 아이들과 비교할 수 있나요?'

그러나 다 거짓말이었다. 후에 알고 보니 어머니는 항상 남몰래 숨어 점심을 굶으셨고 나는 태어나면서부터 애비 없는 천애(天涯)의 무녀독남 유복자에 지나지 않았던 것이다. 그럼에도 나는 그때 그 거짓말을 참말로 믿었던 까닭에, 당신들이 비범하다는 내가 비범한 인물이 되지 않으면 그 곧 내가 아니라는 일념으로, 각고분발(刻苦奮發)하여 — 비록 훌륭한 인물이 된 것은 아니지만 — 그나마 한 생애를 대과 없이 이처럼 살아냈다. 거짓 속에 진실이 있었던 것이다.

그렇다면 사실과 진실은 무슨 관계에 있는가. 결론부터 말하자면 사실은 진실이 아니다. '사실'이란 인식 대상이 객관적으로 드러낸 양태 그 자체를 가리키는 말이지만, '진실'은 특정한 가치가 그 대상에 내재하여 그로써 우리네 삶을 질적으로 변화시키는 어떤 힘을 뜻하는 말이기 때문이다, 그러므로 진실에는 두 가지가 있다. 하나는 사실에 토대한 객관적 진실이요, 다른 하나는 거짓에 토대한 주관적 진실이다. 우리는 전자를 본질로 하는 정신활동을 과학, 후자를 본질로 하는 정신활동을 문학(예술과 종교를 포함한 넓은 의미)이라 이른다.

따라서 우리가 통상적으로 '거짓'이라 하는 것은 '사실의 반대말'이 아니라 '진실의 반대말'이다.

빅토르 위고의 소설『레 미제라블』을 읽어보면 그 첫머리에 5년의 옥고를 치르고 석방된 주인공 장 발장이 자신에게 따뜻한 음식과 숙박을 제공해준 미리엘 주교의 은식기를 훔쳐 도망을 치다가 경찰에게 붙잡혀 다시 감옥에 수감될 처지에 빠지게 되는 장면이 등장한다. 그러나 미리엘 주교는 오히려 그 은식기는 자신이 선물로 준 것이지 장 발장이 자신에게서 훔친 것은 결코 아니라고 적극 거짓 증언을 해줌으로써 그가 자유의 몸이 될 수 있도록 도와주었다. 이에 감동을 받은 장 발장이 과거의 삶을 버리고 새사람의 길을 걷게 된다는 것은 독자 누구나 알고 있는 이 소설의 줄거리이다. 미리엘 주교의 이 거짓말 한마디가 비천한 집안의 한 속된 좀도둑을 이처럼 아름다운 성자(聖者)로 변신시키게 만드는 힘이 되었던 것이다. 그러니 한 인간의 삶에서 이보다 값진 진실이 또 어디에 있겠는가. 그 누구가 미리엘 주교가 실천한 그 거짓된 진실이, 경찰이 추구한 그 '법'이라는 사실적 진실보다 못하다고 감히 주장할 수 있겠는가.

지난 정권 시절, 국회의 한 대정부 질의에서였다. 당시 야당 의원들은 현직 법무부 장관에게 그의 아들이 군 복무 중 출장을 가서 기한 내 복귀하지 않은 사건을 두고 이를 탈영이라고 주장하며 집요하게 물고늘어진 적이 있었다. 그러자 장관은 그 추궁이 못마땅했던지 야당 국회의원들을 향해서 이렇게 비아냥거렸다. '소설을 쓰시네', 물론 이 말은 예상 밖의 역풍을 몰아와 엉뚱하게 정치와 아무 상관이 없는 문단에서 빈축을 산 것도 잘 알려진 사실이다. 그도 그럴 것이다, 소설가들을 한낱 거짓말쟁이로 몰아붙였으니 말이다. 그러나 필자가 앞서 누누이 언급한 것처럼 소설이 어찌 항상 거짓말로 끝나는 이야기인가. 오히려 소설이야말로 거짓으로 쓰는 진실이 아니던가. 그러니 자신의 말 그대로 해석하자면 장관은 역설적으로 그 야당의 주장이 사실은 아니지만 진실일 수도 있다는 것을 스스로 고백한 꼴이 되어버렸다.

아는 것이 힘이다?

그 무렵 어느 외신(外信)은, '한국에서 민주주의가 꽃을 피운다는 것은 쓰레기통에서 장미꽃을 찾는 일과 같다'고 했다(영국『더 타임스』 기사). 독재권력에 의해 인권이 유린되기 다반사였고 일인당 국민소득 60불이 채 되지 못했던 한국전쟁 직후의 그 황폐했던 5, 60년대, 너무 가난해서, 너무 고달파서, 너무 천대를 받아서 그랬을까. 점심을 굶고 주린 배를 움켜쥐며 중고등학교를 다니던 우리들은 그래서 항상 '아는 것은 힘이다'라는 경구를 입에 달고 살았다.

금과옥조였다. 교실의 벽이나, 동사무소의 게시판이나, 골목에 서 있는 전봇대나, 달리는 버스의 차창이나 눈에 뜨이는 곳이라면 그 어디든 이 표어가 붙어 있기 마련이었다. 그뿐인가. 학교장님의 훈화나, 부모님의 질책이나, 동네 아저씨의 격려나 여하튼 그 시절의 대한민국 어른들은 아직 청소년들이었던 우리들에게 항상 이렇게 말씀하시는 거였다. '아는 것이 힘이다. 공부 열심히 해야 한다.'

비행기의 피폭으로 폐허가 되어버린 학교. 혹시 남아 있다 하더라도 교사(校舍) 대부분이 군 막사나 병영으로 징발되어버렸던 까닭에 우리들은 교정의 큰 느티나무 기둥에 칠판을 걸어놓고 그늘진 맨땅에 주저앉아 공부를 했다. 멍석이나 가마니가 깔린 바닥은 호사였다. 수업 도중에 가끔 북진(北進)하는 미군 비행기 편대의 귀청을 찢는 폭음, 운동장에서 군사 훈련을 하는 군인들의 기합, 승전을 독려하는 길가 시위대의 격앙된 구호 소리로 주의가 산만해지기라도 할라치면 그때마다 선생님은 이렇게 말씀하시는 것이었다. '아는 것이 힘이다. 공부 열심히 해라.'

보고 듣는 모든 것이 그랬다. 그래서 자의건 타의건, 되는 공부건 아니 되는 공부건 어떻든 '주린 배를 움켜쥐고' 우리들은 그 공부라는 것을 열심히 했다. 지금 와서 돌이켜 생각해보면 전쟁 같은 공부였다. 아니 전쟁 바로 그것이기도 했다. 그러므로 당시의 대한민국은 두 개의 전쟁을 치르고 있었다. 하나는 총을 들고 전선에서, 다른 하나는 펜을 들고 학교에서……. 지금도 매해 반복되고 있는 그 치열한 대학 입시 경쟁을 보면 안다. 그래서 오늘날도 우리들의 대한민국은 그로부터 확립된 이 철통같은 전통을 이어받아 여전히 끝이 보이지 않는, 그 공부라는 전쟁을 하고 있지 않은가.

어떻든 상급학교는 진학을 해야 했고 그 진학을 위해선 실력을 길러야 했다. 실력이 부족하면 편법이라도 써야 했다. 방과 후에도 학원을 다니고, 족집게 과외 선생을 모시고, 영어 사전을 매일 한 장씩 찢어 먹어 삼키고, 그것도 여의치 않다면 부도덕한 방식으로 스펙을 쌓아 그로써 수시 응모를 도모하고…… 그리하여 간신히 턱걸이라도 해서 소위 일류 대학 입시에 붙게만 된다면 한생의 삶을 그런대로 보장받지 않았던가. 출세의 가도를 달릴 수 있지 않았던가. 국가적으로는 그 '공부'라는 범국민적 전쟁의 전리품으로 이제 세계의 10대 강국, 1인당 개인소득 3만 달러를 넘어서는 나라가 되어 있지 않는가. 그러니 참으로 맞는 말이었다. '아는 것은 힘이다.'

그렇다. 자타가 공인하듯 시방 우리들은 단군 이래로 가장 잘사는 나날들을 보내고 있다. 먹거리가 넘쳐나 음식 쓰레기의 처치가 큰 환경 문제로 대두한 나라, 집집마다 자가용 승용차를 평균 두 대 이상씩 가지고 있는 나라, 유행에 뒤졌다 하여 엊그제 구입한 새 옷을 오늘 거리낌 없이 버리는 나라, 국민의 절반 가까이가 과체중으로 몸살을 앓고 있는 나라, 피서철엔 해외로 나가는 항공편 티켓을 구하지 못해 난리를 치는 나라, 수백 수천만 원을 호가하는 명품들을 세계에서 가장 많이 구입하는 나라, 그런 나라가 지금의 대한민국이다.

그러나 그 '잘산다'는 것은 무엇인가. 누구는 남부럽게 살 수 없다 하여 열한 살 된 자식과 동반 자살을 결행하고, 누구는 관능과 쾌락의 결과로 태어난 자신들의 갓난아이가 짐이 된다 하여 강보로 감싸 질식사시키고, 누구는 치매 든 자신의 노모를 굶겨 죽여 냉장고에 숨겨두고, 누구는 일하지 않고 편히 돈을 벌기 위해 순진한 소녀들을 성노예로 삼아 착취하고, 누구는 돈을 강탈하려고 자신의 친구를 흉기로 살해, 그 훼손한 시신을 쓰레기처럼 강물에 버리고, 누구는 퇴폐적인 삶에 이성이 마비되어 자신의 친딸을 성폭행하고…… 이는 너무도 일상으로 일어나는 사건들이라서 이제는 그 어떤 분노조차 느낄 수 없게 된 오늘의 한국, 매일매일 접하는 상스러운 우리 사회의 뉴스들이 아닌가.

그뿐만이 아니다. 우리는 지난 대선 기간에 분명히 보았다. 정치인이건, 기업인이건, 지식인이건, 성직자이건, 노동자이건, 예술인이건, 문화인이건, 관료건, 율사건, 시중의 장삼이사(張三李四) 궁중의 고관대작(高官大爵)이건, 이 모두 각자 한통속이 되어 그 누가 무슨 잘못을 저질러도, 그 누가 무슨 탈법을 행해도, 그 누가 무슨 사회악을 범해도, 그 누가 거짓으로 곡학아세(曲學阿世)를 해도, 그 누가 국가를 거덜내도 내 편이면 잘한 일, 네 편이면 못한 일, 내 편이 하는 일은 정의, 네 편이 하면 불의, 그리하여 도무지 정(正) 부정(不正), 의(義) 불의(不義), 진위(眞僞), 선악(善惡)의 판단, 아니 그 기준 자체가 아예 사라져버린 지가 오래된 사회, 그것이 바로 우리 사는 현실이 아닌가. 사회관계망서비스(SNS)에 떠도는 글들을 한번 읽어보라. 스스로가 자신들을 개, 돼지라고 자조(自嘲)하며 살고 있지 않은가.

그런데도 우리는 일인당 국민소득이 3만 달러를 넘어섰으므로 이제 선진국이라고 주장한다. 치열한 입시 경쟁의 그 왜곡된 학구열을 마냥 우리 민족이 지닌 고유한 덕목이라고 자찬해 마지않는다. 그렇다. 아는 것이 힘이 되어 우리는 이제 이렇게 되어버렸다. 오직 먹고 사는 데 필요한 학문과 지식, 오직 남과 싸워서 이겨야 하는 정략과 기술, 너는 죽든 말든 오직 나만은 잘 살아야 하는 명분과 합리, 오로지 그런 것을 진리로 여기고 불철주야 공부를 해서 드디어 우리는 이 지경이 되었다. 그러니 이제 진지하게 한번 반성을 해볼 일이다. 이보다 더 큰 힘을 갖기 위해서 이 같은 공부를 필히 더 계속해야 하겠는가. 더 이상 지식의 축적만을 위해서 공부를 해서 되겠는가. 더 이상 남과 싸워 이기기 위하여, 남과 경쟁해서 승리를 거두기 위하여 공부를 해선 되겠는가.

아주 당연한 이야기이지만 이제 우리는 인간다운 인간이 되기 위해 공부를 해야 한다. 잘살기 위해서가 아니라 어떻게 살까를 알기 위해, 무엇으로 살까를 알기 위해 공부를 해야 한다. 그래서 단 한 편의 시라도, 단 한 편의 소설이라도 읽어보기를 권하는 것이다. 그래서 비록 작은, 이같이 하찮은, 죽어가는 목소리일지라도 이렇게 인문학의 중요성, 인문 정신의 발양을 한번 외쳐보는 것이다. 귀 있는 자는 들어라. 아는 것은 힘이 아니다. 아는 것은 인간이다. 아니 인간이어야 한다.

인문학은 인문학이다

학문이란 모르는 그 무엇에 대해 알고자 하는 행위를 일컫는 말이다. 어원적으로 영어의 'science', 독일어의 'Wissenschaft'가 다 그러하다. 한국어 '학문'도 배울'학(學)' 물을 '문(問)' 자의 합성어 아닌가.

그렇다면 인간이 알고자 하는 것에는 어떤 것들이 있을까. 우리의 인식기관이 접하는 이 세상 모든 사물들일 터이니 이를 세세히 열거하려는 시도 자체가 부질없는 일, 다만 그 범주를 세 가지 영역 정도로 나누어 살펴볼 수는 있으리라 생각한다. 첫째, 나 자신을 포함한 인간이다. 먼저 자신을, 인간을 알아야 존재의 정체성이 확립될 수 있지 않겠는가. 이의 연구를 인문과학(인문학)이라고 한다. 둘째, 인간은 사회적 동물이므로 그 인간들이 더불어 함께 살아가는 공영체, 즉 부족이나 민족, 국가와 같은 사회이다. 이의 연구를 사회과학이라 부른다. 셋째, 인간의 생존을 영위케 하는 물적 토대 즉 자연환경이다. 이의 연구를 자연과학이라 부른다. 이외에는 없다.

그렇다면 그중 어떤 학문이 가장 중요하다고 말할 수 있을까. 우문이다. 우열을 따져 굳이 순위를 매긴다는 것이 가능한 일도, 필요한 일도 아닌 까닭이다. 그럼에도 거기엔 간과할 수 없는(혹은 간과해선 아니 되는) 한 가지 사실만큼은 분명히 있다. 그 중심에 항상, 혹은 절대적으로, 인문학(인문과학)이 자리하고 있거나 자리해 있어야 한다는 점이다. 이 세상의 주인이 인간이고 그 외 모든 것들은 이 인간을 위해서 존재하는 것들이니 마땅히 그래야 하지 않겠는가.

요즘 우리 사회를 보면 유독 그 같은 생각을 하게 된다. 모두 물신주의(物神主義)와 배금사상(拜金思想)에 물들어 너 나 가릴 것 없이 돈과 권력과 쾌락에 탐닉하고 있다. 내게 이익이 되면 거짓도 진실이 되며, 내가 속한 집단에 이익이 되면 악도 선이 되며, 내가 지지하는 진영에 이익이 되면 불의도 정의이다. 우리들, 그중에서도 특히 정치인들은 온갖 수단과 방법, 기만과 선동, 그 어떤 이념이나 이데올로기라도 동원해 이를 합리화하고 있지 않는가. 그러니 돈이 되지 않는다는 이유로, 권력을 쥐는 데 방해가 된다는 이유로, 쾌락을 추구하는 데 도움이 되지 않는다는 이유로 지금 우리 사회가 인문학을 천시하고, 인문학자들을 하대하고, 더 나아가 대학이나 일반 국민 교육에서 인문교육이나 인문학 그 자체를 날로 퇴출시키고 있는 현상은 오히려 당연한 결과일지도 모른다. 한마디로 인간이 가는 길을 포기하고 짐승이나 물질이 가는 길을 따라가고 있는 것이다.

그러니 우리는 이런 시대일수록, 아니 이런 시대이므로 오히려 더 인문학의 중요성을 보다 강조해야 되지 않겠는가. 인문학이나 그 인문학이 추구하는 바 인문정신이 그나마 이렇듯 병들고 타락한 우리의 현실을 다소라도 치유할 수 있을 것이라 믿기 때문이다. 그런즉 우리 정부나 이 나라의 국가권력은 이제 립서비스 차원으로, 면피성 발언으로 양두구육(羊頭狗肉) 인문학의 중요성을 말로만 외치지 말고, 인문학을 통해서 어떻게 경제적 · 정치적 이득을 쥐어짜낼 수 있을까를 도모하지 말고 진정 인문학 그 자체의 순수성을 존중하여 인문학을 융성시키고 우리 국민의 인문정신 함양에 적극 노력해야 할 것이다.

원래 인문학이란 경제 생산의 도구가 될 수 있는 학문이 아니다. 한 인간을 인간다운 인간으로 기르는 일은 그 자체가 자본을 투자하여 경제적으로 손해를 보는 사업이지 어찌 이로써 그 무슨 경제적 이득을 챙길 수 있다는 말인가. 만에 하나 그 챙길 어떤 경제적 이득이 있을 수 있다면 먼 후일 그 투자의 결과로 실현될 인간다운 우리 사회, 인간다운 우리의 삶, 그 자체일 뿐이다. 그러므로 요즘 우리 경제가 어려우니 인문학을 통해 무언가 탈출구를 찾아보자 혹은 인문학을 돈벌이 수단으로 한번 이용해보자 하는 생각은 애초부터 물신주의에 함몰된 망상이자 천민자본주의적 발상에 지나지 않는 것이다.

인간이란 무엇인가. 인문학의 핵심 분야라 할 문학이나 역사 그리고 철학에서는 이미 많은 연구 업적들을 남겨놓은 바 있으니 — 학문이 아닌 창작으로서의 우리의 현대문학을 한번 살펴보도록 한다. 인간이란 무엇인가. 어떤 시인은 "어머님 심부름으로 이 세상 나왔다가/이제 어머님 심부름 다 마치고/어머님께 돌아가는" 존재라고 한다(조병화, 「꿈의 귀향」). 어떤 시인은 하늘나라에서 이 세상으로 잠깐 소풍을 나온 유람객이라고 한다. "아름다운 이 세상 소풍 끝내는 날,//가서, 아름다웠다고 말하리라……"(천상병, 「귀천(歸天)」). 어떤 시인은 저세상에서 공부를 하러 이 세상에 내려온 유학생이라고도 한다.

유학

나 귀국하면 여기서 받은 학위로
높은 관직을 탐하지 않으리.
나 귀국하면 여기서 얻은 기술로
큰 돈을 벌려 하지 않으리.
한적한 길가, 사이프러스 시원한 그늘 아래
조그마한 빵 가게를 하나 차려
착한 셰프가 되리.
여기서 구한 사랑과 연민과 용서를 조국으로 가져가
빵으로 구워서
슬프고도 가난한 내 이웃과 함께 같이
나눠 먹으며 살리.
나 죽어서 저승으로 돌아가면 결코
여기서 배운 지식으로 권력을, 명예를 탐하지 않고
일개 셰프가 되리.
사랑과 연민과 용서를 눈물로 반죽한
그 소박한 한 덩이의 빵,
가난하지만 아름다운 내 이웃과 함께 더불어
아침마다 나눠 먹으며 살리.
머지 않은 날, 이 유학생활이 끝나
나 조국으로 돌아가면……

그렇다면 이제 우리 어떻게 살아가야 할지 대충 짐작이 가지 않는가. 어머니가 주신 그 어떤 소명을 충실히 받들어 이 세상을 인간답게 만들 것인가. 그 어떤 기도하는 마음으로 우리 사는 세상을 아름답게 꾸밀 것인가, 그 어떤 참되고도 어진 것을 배워 이 병든 세상을 치유할 것인가.

식생활과 민족의 정체성

몇 달 전에 보도된 어떤 신문 기사의 내용이다. 한 민간 경제단체가 초등학교 학생들의 음식 선호도를 조사해 보았더니 가장 싫어하는 음식이 김치이고 가장 좋아하는 음식이 돈가스였다고 한다. '가장 싫어하는 음식'이 김치라는 사실은 물론 의외다. 그런데 가장 좋아하는 음식의 순위가 1위에서부터 4위까지 모두 서양 음식인 돈가스, 피자, 햄버거, 스테이크 등속이었다는 것은 무엇을 시사해주는 것일까.

이 신문 기사의 해설은 대략 다음과 같았다. 크게 두 가지 이유가 있다는 것이다. 하나는 산업화에 따라 부부가 직장에 다니는 핵가족들이 점차 많아지면서 아침식사를 간편한 서구식 인스턴트 식품 혹은 패스트푸드로 대신한 결과요, 다른 하나는 부지기수로 늘어나는 서구식 편의점이나 레스토랑의 영향 때문이라는 것이다. 그러나 내 생각은 좀 다르다. 대체로 맞는 지적이기는 하지만 예컨대 '시중에 부지기수로 늘어나는 서구식 편의점이나 레스토랑 운운'하는 것은 논리상 원인과 결과가 뒤바뀐 것처럼 보인다. 공급이란 수요에 맞춰 이루어지는 것 아닌가. 고객이 레스토랑을 늘리는 것이지 레스토랑이 고객을 늘리는 것은 아니다.

나로서는 이 모든 현상의 궁극적인 원인이, 한마디로 우리나라 젊은 부모들의 어린이 양육 방식에 있지 않을까 생각한다. 다 알고 있다시피 고등교육을 받은 우리나라 대부분의 젊은 어머니들은 자신들의 어린 자녀들을 모유 대신 우유를 먹여 키운다. 잘못 알려진 세 가지 이유 때문이다. 하나는 우유가 모유보다 더 많은 영양소를 지녔을 것이라는 오해, 다른 하나는 수유로 자신의 아름다운 몸매를 잃어버릴 수도 있다는 두려움, 또 다른 하나는 아이에게 젖을 물리는 행위 자체가 야만스럽다는 착각 등이다.

이유식을 먹이는 단계에서는 더 큰 문제가 도사리고 있다. 전통적인 우리 가정의 유아 이유식은 원래 부모가 쌀, 깨, 고기, 채소, 밤, 대추 등속과 같은 친환경 유기농산물을 갈아 만든 영양식들이었다. 그런데 오늘날, 이렇듯 손수 전통 이유식을 만들어 아이들을 양육하는 젊은 어머니들이 과연 몇 명이나 될 것인가. 널린 것이 마트의 식품 판매대에 쌓여 있는 외제 인스턴트 이유식*들이다. 굳이 별도의 품을 들일 필요가 없다. 따라서 지금 한국 어린이들의 대부분은 우유와 대기업 식품회사가 만든 가공 이유식들을 먹으면서 자란다고 말해도 과언은 아니다.

문제는, 이처럼 우유와 인스턴트 이유식을 먹고 자란 아이들은 대부분 성인이 된 후 우리의 전통 음식보다 서구 음식을 더 좋아할 수밖에 없게 된다는 사실이다. 이는 '인간의 입맛이란 생후 2, 3년 동

---

* 설령 국산이라 하더라도 다국적 거대 식품회사의 기술 지도를 받아 만들어진 것이므로 어차피 서구인들의 체질 서구인들의 식성에 맞는 것은 마찬가지일 터이다.

안 길들여진 것이 평생을 간다'는 영양학자들의 보고에 의해서도 뒷받침이 된다. 그러므로 우리 아이들이 서구 음식을 선호하게 된 근본 원인은 그 신문 기사의 해설처럼 시중에 확산되고 있는 서구식 레스토랑이 아니라 어린 시절에 맛을 들인 그들의 서구식 식습관 때문이라고 말하는 것이 보다 정확한 지적일 것이다.

여기서 우리는 비로소 한 가지 의문을 풀 수 있다. 오늘날 왜 서구의 다국적 대기업 식품회사들이 자신들이 만든 이 같은 분유나 이유식을 제3세계에 그처럼 공들여 값싸고 편하게 그리고 또 공격적으로 공급 판매하는가 하는 이유의 일단이다. 답은 간단하다. 그 자체의 판매 수익보다는 이로써 벌어들일 수 있는 미래의 이득이 더 많기 때문이다. 즉 이보다 이를 기반으로 해서 제3세계에 진출한 자신들의 서구식 외식 산업을 통해 분유나 이유식의 판매에서 거둘 수 있는 수익보다 수십 배 더 많은 경제적 가치를 창출해낼 수 있기 때문이다.

대체로 어느 나라나 대기업 식품회사의 홍보 마케팅은 과장하거나 왜곡 선전하는 것이 일반적이다. 무슨 수를 쓰든 일단 대중의 관심을 끌어내야만 소비를 촉진시킬 수 있어서다. 예컨대 모유보다는 분유에 함유된 영양가가 훨씬 더 풍부하다는 기만, 모유를 먹이면 산모의 체형이 변해 신체적 아름다움을 잃게 된다는 선동, 어린이에게 젖을 물리는 것은 야만스러운 행동이라는 모략 등과 같은 홍보 등을 들 수 있다. 그러나 이는 상당 기간의 시간이 흘러 더 이상 소비자들을 속일 수 없을 시기가 도래하면 대개 거짓인 것으로 드러나기 마련이다. 모유는 분유보다 어린이의 건강에 유익하며, 모유의 수유로 신진대사가 활발해진 산모는 우유로 먹이는 산모보다 산후(産後) 체형의 원상회복이 빠르며, 아이에게 젖을 빨리는 것 또한 어린이의 심리나 정서 발달에 꼭 필요한 양육 과정이자 성스러운 행위라는 것이 보편화된 학계의 견해이기 때문이다. 그 무엇보다도 신이 인간을 창조하실 때 어찌 소의 젖을 먹이도록 했을 것인가.

그러나 여기서 끝날 일은 아니다. 좀 더 깊이 성찰해보자. 이 같은 상황의 전개가 어찌 단지 식생활의 영역에만 국한되는 문제일 것인가. 어느 민족이든 의식주의 생활이란 — 그 자체만이 아니라 — 그들 민족문화의 기초를 결정짓는 토대가 된다. 그러니 만일 한 민족의 삶에 있어서 의(衣)와 식(食)과 주(住), 즉 고유한 음식과 고유한 복제와 고유한 주거 양식들 중 그 어느 하나만이라도 결여된다면 그들이 지닌 민족적 정체성 또한 당연히 흔들릴 수밖에 없지 않겠는가.

나는 이미 80년대 중반, 아마존강 상류의 한 밀림지대를 여행하면서 거의 나체 상태로 살다시피 하는 인디오의 마을에서조차 코카콜라의 홍보 광고판들이 수없이 난무하는 현상을 보고 놀란 적이 있었다. 물론 꼭 식생활, 이 한 가지 이유만은 아닐 것이다. 그러나 이로 인해 자신들의 정체성을 잃어버린 인디오들이 결과적으로 오늘날 이 지구의 그 어느 한 곳, 어느 한 구석에서도 제대로 설자리를 찾지 못해 결국 알게 모르게 민족 소멸의 길로 들어서버렸다는 것은 너무도 가혹한 인류사적 비극이 아니던가.

그러한 의미에서 서구 식품회사들의 국내 침투는 단지 경제 영역만이 아니라 문화 영역에까지도 염두에 둔, 보다 거시적인 문화 공략의 일부가 아닐까 생각한다. 앞서의 지적처럼 문화를 종속시키면 민족의 정체성 또한 자연스럽게 해체되어 그 해체된 공간에 자신들의 경제 영토를 크게 확장 혹은 신장시킬 수 있을 것이기 때문이다.

다국적 자본주의의 경제 이데올로기를 반영한다는 구미의 소위 포스트모더니즘이 '세계는 중심이 없는 허무 그 자체'라고 주장하는 것, 주체의 해체를 강조하고 이성을 부정하여 존재란 실체가 없는 단지 우연에 지나지 않는다고 선전하는 것, 현대 삶의 본질을 마약, 알코올, 동성애 따위가 추구하는 환영과 광기에서 찾는 것 등과 같은 해괴한 논리로 제3세계의 지식인들을 현혹시키고 있는 것 역시 이 같은 이유에서일 것이다. 이들로서는 — 민족의 정체성에 대해서는 더 이상 말할 나위가 없겠지만 — 이를 구성하는 각개 주체 역시 소멸되거나 분열되어야만 경제적 세계 지배와 수탈이 보다 손쉽게 달성될 수 있을 것이기 때문이다.

물론 나는 구미의 다국적 식품기업들이 유독 한국만을 표적에 두고 이 같은 공략을 획책하는 것이라고 생각하지는 않는다. 아마도 제3세계를 포함한 전 지구적 현상의 일부일 것이다. 그러니 우리 다시 한번 생각해보자. 한국인으로서 한국의 음식보다 — 된장, 고추장, 김치를 혐오하고 햄버거나 피자, 핫도그를 더 좋아하는 아이들이 커서 장차 성인이 된다면 그들이 과연 건강한 한국인으로서의 주체성을 지킬 수 있을 것인가. 설상가상 여기에 그 외의 다른 제3의 요소들, 예컨대 의생활이나 주생활, 언어, 종교 등 기층 문화와 그 상층부에 있는 문학, 음악, 미술 등과 같은 것들의 괴멸이 함께 상호작용을 일으킨다면 이에서 더 말해 무엇하겠는가.

사소할지 모르지만 우리가 우리 청소년들의 서구지향적 식품 감수성을 그냥 무심히 보고 지나칠 수 없는 이유의 일단이 여기에 있다. 우리가 아무리 세계화를 지향하는 시대에 살고 또 세계화라는 가치를 추구한다 하더라도 기본적으로 민족의 정체성만큼은 확실히 지켜내야 한국인으로서의 자존, 한국인다운 삶을 영위할 수 있지 않겠는가.

이름의 순서

한국인과 구미인(歐美人)의 행동양식 혹은 생활습관에는 서로 다른 점이 적지 않다. 그중에서도 특이한 것이 자신들의 성명 표기에서 한국인은 먼저 성(last name), 다음에 이름(first name)을 대지만 구미인들은 그 역순을 따른다는 것이다. 즉 구미인들은 먼저 이름을 대고 나중에 성을 밝힌다.

다 아는 바와 같이 성이란 씨족을, 이름이란 그 씨족에 속하는 한 개인을 지시하는 호칭이다. 그런데 씨족은 부계(父系), 즉 아버지의 가문과 모계(母系), 즉 어머니의 가문이 결합해서 이루어지는 것이니 거기에는 의당 아버지의 성과 더불어 어머니의 성도 있어야 할 것임은 당연하다. 서구인들이 자신들의 성명에 '중간 성(middle name)'이라는 것을 넣어 어머니의 성을 밝히는 것도 이 때문이다. 한자문화권에서는 일반적으로 지금까지 어머니의 성은 표시하지 않는 것이 관례였는데 이는 동양 특유의 가부장적 문화에서 비롯한 것이 아닐까 생각한다. 우리의 전통을 보더라도 일상생활에서 어머니의 성을 사용하는 예는 흔치 않았던 것 같다.

이름이란 존재의 규정이자 자신의 존재성을 드러내 밝히는 언어

형식이다. 따라서 우리는 성명을 통해서도 나름으로 그 소유자들이 지닌 인생관이나 세계관을 엿볼 수 있다. 가령 한국인이 이름보다 성을 먼저 밝힌다는 것은 이름의 소유자보다 그가 소속된 씨족을, 서구인들이 성보다 이름을 먼저 밝힌다는 것은 그 소속된 씨족보다 소유자인 당자를 우선시하는 가치관의 표현이 아닐까.

대체로 한국인들은 자아나 개성을 가능한 한 절제하고 대신 자신이 소속된 공동체로서의 아이덴티티를 소중하게 여긴다. 그러나 서구인들은 공동체보다도 자아 혹은 개성의 발현을 더 중시하는 것 같다. 하나의 예로 결혼을 들어보아도 가령 한국인들은 자신의 생각보다는 부모 형제나 자식 등 가족의 의사를 존중해 상대자를 결정하거나 부부관계를 유지하지만 구미인들에게서 그 같은 미덕을 찾는다는 것은 그리 쉬운 일이 아니다.

미국에 거주하는 우리 교포 이민자들이 그들의 경제활동에서 비교적 성공을 거둘 수 있는 직종의 하나는 대체로 온 가족이 함께 운영하는 자영업들이라고 한다. 그 대표적인 예의 하나가 청과물상이다. 청과물상은 새벽 3시부터 자정까지 온 하루를 지속적으로 일해야 하므로 이른 새벽에 일어나 도매시장에 가서 밤새 실려온 싱싱한 청과물을 떼어 오는 사람, 이것을 깨끗하게 씻어 판매대에 진열하는 사람, 아침 6시가 되면 가게 문을 열고 낮 동안 이를 판매하는 사람, 밤 자정까지 이 일을 승계해줄 사람, 금전 출납을 맡아 경리를 책임질 사람 등, 여러 구성원들 간의 상호 긴밀한 협력 없이 가능한 영업이 아니다. 그러니 성년이 되면 누구나 부모로부터 각자 독립해서 살아야 하는 것이 하나의 불문율인 미국, 설령 한 집에 모여 산다 하더라도 각개 구성원에게서 이 같은 헌신을 기대하기 어려운 미국의 가정 문화로서는 쉽게 감당할 수 있는 사업이 아니다. 뉴욕 청과물 시장의 대부분을 우리 교민들이 독점할 수밖에 없는 이유이다.

이처럼 한국인들은 가정 중심적이다. 이는 전통적으로 개성과 개성을 조화시키고 보편과 중용의 정신을 중시해온 한국인들의 인생관에서 연유한 것이라고 할 수 있다. 반면 합리성을 강조하고 가정보다 자신의 삶을 먼저 생각하는 구미인들의 가치관은 자아의 정체성과 개성의 발현을 추구하는 데서 온 결과가 아닐까. 오랜 기간을 통해서 한국인들이 더불어 사는 삶을, 서구인들이 개인주의적 삶을 지향해 왔던 것도 아마 이와 무관치 않으리라고 생각한다.

이렇듯 우리들에게 보편화되어 있는 조화의 관용의 원리, 서구인들이 지켜온 변증법적 논리와 비판적 사유와 같은 가치들도 사실은 이처럼 알게 모르게 그들 문화권의 작명 방식 속에 녹아 있다. 언어—이름에 그 존재성이 반영되어 있기 때문이다. 아니 역으로 언어가 사물의 존재성을 규정하기 때문이다. 그러나 오늘날 한국인들 역시 구미인들처럼 점차 자아 실현이라는 개체 삶의 가치에 보다 비중을 두는 추세이니 이제 한국인의 성명도 예전과 달리 성보다는 이름을 먼저 앞세우는 방식으로 나아가야 하지 않을까. '오세영'이 아니라 '세영오'로…….

현실과 이념

'경제적 주관주의(economic subjectivism)'라는 말은 구소련에서 스탈린(Joseph Stalin, 1879~1953)의 사후, 루카치(György Lukács)가 스탈린의 경제정책을 한마디로 요약해서 비판한 용어이다. 그런데 — 다 알고 있다시피 — 후계자 후르쇼프(Nikita Sergeyevich Khrushchev)는 1953년, 스탈린이 타계하자 재빠르게 권력을 장악한 뒤 자신의 전임자였던 그를 매우 격렬하게 격하시키는 운동을 전개하면서 그의 경제 운용의 실패는 루카치가 지적한 바로 그 '경제적 주관주의'에서 기인한 것이라고 공격한 바 있었다.

경제는 자본과 노동, 생산과 분배, 수요와 공급 등 제 구성요소들의 상호 함수관계에 토대를 둔 그 자체만의 원리를 지니고 있다. 그럼에도 불구하고 누군가가 이를 외면하고 경제를 어떤 특정한 이념에 종속시켜 운용하려 든다면 그 결과는 보지 않아도 뻔할 것이다. 가령 노동력, 기술력, 생산성 등 제 조건이 하루에 100벌 이상을 생산해낼 수 없는 피복 공장이 있다고 하자. 그런데 여기에 국가권력이 개입해서 '인민의 추위를 몰아내기 위해 하루 150벌씩 생산하라' 명령하고 이를 준수하지 못할 경우 '인민의 적'으로 몰아 자아비판에 부친다고 한다면 현실적으로 이의 실천이 불가능한 기업으로서 할 수 있는 일이란 두 가지 이외 다른 대안이 있을 리 없다. 달성되지 못한 실적을 정직하게 보고한 뒤 스스로 '인민의 적'이 되든지 — '인민의 적'이 되지 않기 위하여 — 그 어떤 부정한 방법으로 목표량을 채워놓거나 통계수치를 조작하든지 하는 것이다.

그런 까닭에 구소련의 경제는 실제의 생산량과 통계수치 사이에 항상 엄청난 괴리가 생기지 않을 수 없었고 공식적인 통계로는 매번 초과 달성했다고 선전했으나 실물경제는 언제나 그 수준을 밑돌았다. 그 결과 임시변통으로 그때그때 간신히 위기를 모면할 수밖에 없었던 소련의 사회주의 경제체제가 고르바초프에 의해 진실이 밝혀지자 한순간 붕괴되어버리고 말았다는 사실은 누구나 역사적으로 익히 목도했던 바 그대로이다. 루카치가 지칭한 '경제적 주관주의'란 이렇듯 경제는 자체 원리에 따라 운용되어야 함에도 이를 이데올로기에 종속시켜 결국 그 스스로 파탄을 불러일으킬 수밖에 없었던 구소련의 스탈린식 경제정책을 일컫는 용어인 것이다.

그렇다면 경제적 주관주의의 이 같은 폐해는 어떻게 극복할 수 있는가. 두말할 것 없다. 경제를 이데올로기로부터 해방시켜 그 자체의 원리, 즉 수요와 공급이 자연스럽게 조화를 이루는 자유시장 경제 원리로 되돌리는 길뿐이다. 물론 여기에도 어떤 변수가 전혀 없는 것은 아니다. 경제활동에는 미시적으로 생산에 참여하는 사람 — 노동자들의 일에 대한 어떤 성실성과 열정, 달리 말해 심리적 태도 또한 무시할 수 없기 때문이다. 예컨대 공산주의 국가의 경우, 이데올로기에 대한 그들의 충성심이 강하면 강할수록 그에 비례해서 경제 생산에 끼치는 그들의 긍정적 영향도 클 것이다. 즉 평소보다 프롤레타리아

계급의 이상 실현이라는 그들의 열정이 크면 그로부터 연유된 그들의 노동 생산성 역시 평소보다 클 수밖에 없다.

실제로 스탈린이 집권한 1930년대 초의 소련 경제는 — 물론 다른 요인들도 많이 있었지만 — 노동자들의 그 같은 열정에 힘입어 상당한 성과를 거두기도 했다. 그러나 미시적으로 그런 결과를 이끌어낼 수 있었다 하더라도 현실을 무시한 이데올로기가 장기적으로 경제 그 자체를 주도할 수 없다는 것은 주지의 사실이다. 이데올로기는 이데올로기, 경제는 경제인 것이다. 이를 빗대어 후에 중국의 덩샤오핑(鄧小平)은 검은 고양이든 흰 고양이든 쥐를 잘 잡는 고양이가 훌륭한 고양이라는 명언을 남기지 않았던가.

그러나 보다 넓은 시야에서 보자면 이 어찌 경제에만 국한되는 문제일 것인가. 그 어떤 분야든 객관적 · 실질적 · 현실 지향적인 것이 아닌, 관념적 · 이상적 · 이데올로기 지향적인 것에 그 토대를 구축하려 든다면 그 또한 경제적 주관주의의 강제와 다를 바 없을 것이다. 예컨대 조선 500년을 지배한 주자학의 관념적 이상주의나 요즘 화두가 되고 있는 소위 연방제 통일 이데올로기 같은 것들이 그러하다. 그렇다. 조선 후기에 잠깐 등장했다가 사라진 실학(實學)이 그 시대의 주자학에 대한 고르바초프의 페레스트로이카로 비유될 수 있었던 것이라면 요즘 핵과 남북한의 통일을 둘러싼 우리 사회의 관념적 이상주의는 과연 그 어떤 정치적 페레스트로이카로 대신할 수 있을 것인가.

광장을 만들자

최인훈의 소설 「광장」은 지난 냉전의 시기, 민주주의와 공산주의라는 양대 이데올로기에서 그 어느 하나만의 선택을 강요하던 조국을 탈출하려다가 결국 자살로 생을 마감한 한 지식인의 고뇌를 그린 작품이다. 이 소설에서 '광장'은 자유의 상징으로 제시되는데 그것은 '밀실(密室)'이 소외된 개인의 삶을 상징하는 것과 대조를 이루는 것이라 할 수 있다. 광장은 넓고 개방된 공간이다. 공동체의 일원이라면 그 누구나 자유롭게 토론하고 교류하고 더불어 즐길 수 있는 장소다. 이에 반해 밀실은 공동체와의 연대가 끊긴 소외자가 근근이 자신의 신명을 보존하는 피신처, 홀로 칩거하면서 자신만의 세계를 꿈꾸는 폐쇄 공간이다. 그러므로 당대 냉전 이데올로기에 구속된 이 소설의 주인공이 국외로 탈출을 시도하다가 선택한 자살은 밀실에 갇힌 소외자가 광장으로 뛰쳐나오면서 맞게 되는 죽음과 비유될 수 있다.

그렇다. 민주주의란 '광장 의식'을 지닌 자들이 만들어낸 공동체의 산물이다. 세계 민주주의의 어머니라 할 영국, '광장 없는 영국의 의회민주주의란 상상할 수 없다'는 말조차 있지 않던가. 민주주의의 효시라 할 고대 그리스의 아고라(Agora) 역시 마찬가지이다. 그리 보니 — 그 시원이야 어떻든 — 유럽의 도시들은 예외 없이 '광장'을 중심으로 발달해온 공간들임을 알 수 있다. 남미 스페인어권의 모든 도시들은 '아르마스(armas)'라 불리는 광장들을 가지고 있고 런던의 트래펄가, 하이드파크 광장, 파리의 콩코르드 광장, 로마의 스페인 광장, 모스크바의 크렘린 광장, 미국의 워싱턴 광장, 중국의 천안문 광장 등은 모두 세계적으로 그 이름들이 익히 알려진 그들 나라의 상징적인 장소들이다.

그런데 우리는 어떤가. 아무리 살펴보아도 광장다운 광장을 가진 도시들을 찾아보기가 어렵다. 공동체의 성원이 모두 함께 모여 격의 없이 자신들의 주장을 토로하고, 자신들의 견해를 타인과 조율하여 합의를 도출해내고, 함께 축제를 즐길 수 있는 그 같은 물리적 공간이 우리나라 도시들엔 아예 없는 것이다. 권위주의 정부가 모처럼 서울에 '여의도 광장'이라 불리는 것을 작위적으로 하나 만들어놓기는 했으나 바로 그 권위주의의 억압으로 제 기능을 발휘하지 못하다가 오히려 민주화 시대에 들면서 폐기된 것은 차라리 아이러니라고나 할까.

우리는 지난 월드컵 기간에 보지 않았는가. 축제를 즐기기 위해서 거리로 쏟아져 나온 그 수백만 젊은이들의 인파를…… 그러므로 기성세대는 우리 젊은이들이 이처럼 마음껏 뛰놀고, 외치고, 항거할 수 있는 공간을 국토 전역의 모든 도시들에 적어도 각각 하나씩은 만들어주어야 한다. 그 젊은 피의 열정, 그들의 창의력, 그들의 비전, 그들의 비판, 그들의 주장이 자유롭게 토론되고 한가지로 어울려 민족 발전의 동력으로 귀납될 수 있는 광장, 민주주의의 기초, 언론의 자유를 담보해주는 그 같은 공간들을 말이다.

사고 다발 지역

민족을 하나의 유기체로 보는 학자들*에게 모국어란 민족의 영혼, 국토는 그 영혼이 거주하는 육신이다. 그러므로 한 민족이 자신의 모국어를 잃는다는 것은 곧 자신의 영혼을 잃는다는 말과 다르지 않아 민족어(모국어)의 소멸이 바로 민족의 소멸이라 할 수 있다. 물론 그에 대한 역사적 · 실체적 사례도 적지 않다. 가령 만주족은 청(淸)이라는 세계 대제국을 건설하여 무력으로 중국 대륙을 지배했지만 한(漢)족과 동화되는 과정에서 자신의 민족어를 잃게 되자 그 즉시 이 지구상에서 사라지고 말았다.

굳이 먼 나라의 예를 들 필요도 없다. 우리나라(조선)를 강점했던 일본이 우리말을 말살하고자 했던 것, 한자만을 써야 했던 우리 조상들이 그 지긋지긋한 중화 사대주의에 빠져 중국에 영혼을 탈탈 털릴 뻔했던 것도 같은 맥락일 것이다. 우리가 최근에 겪었던 한 체험을 상기해보자. 서울에서 개최된 지난 2002년도 월드컵 대회 기간, 우리나라와 미국이 16강의 진출을 놓고 한판 승부를 겨룰 때였다. 현

---

* 슐레겔이나 헤겔 같은 낭만주의 민족주의자들(romanticism nationalist).

지 특파원의 보도에 따르면 당시 미국에 거주하는 우리 교포들 사이에는 몸은 비록 미국 땅에 있어도 여전히 한국어를 모국어로 사용하는 이민 1세대와, 미국에서 태어나 오직 영어밖에 구사할 줄 모르는 이민 2, 3세대의 두 그룹으로 나누어져 전자는 모두 한국을 응원했지만 후자는 모두 미국을 응원했다고 한다. 피부색이나 혈통은 한국인일지 모르나 모국어를 잃어버린 이민 2세대는 이렇듯 정신적으로 이미 한국인이 아니었던 것이다.

그러므로 그 어느 민족이나 모국어를 지킨다는 것은 곧 민족을 지키는 일이요, 자신의 모국어를 아름답게 갈고닦는다는 것은 곧 자기 민족의 영혼을 아름답게 가꾸는 행위에 다름 아니다. 우리가 모국어를 아름답게 갈고닦는 일을 업으로 삼는 사람들—시인들을 사랑하고 아끼는 이유의 하나도 여기에 있을 것이다. 그렇다. 그러나 그 모국어를 아끼는 일이 어찌 꼭 시인만의 몫이겠는가. 한 민족의 구성원이 된 자라면 그 누구나 신성하게 지녀야 할 의무이자 권리일 것이다.

그럼에도 우리 주위에는 아직도 자신의 모국어를 함부로 대하고 그 격을 떨어뜨려 훼손하는 자 또한 적지 않다. 그런데 그중에서도 하필 정부의 공식 문서나 매스컴의 언어가 그 같은 일에 앞장을 서고 있다면 이 어찌 지탄받아 마땅할 일이 아니겠는가. 누가 보아도 그들은 국가적 차원의 언어 정책을 수립하고 그 바람직한 실천을 선도해야 할 위지에 있으므로 더욱 그러하다.

하나의 실례를 들어보자. 우리는 차를 운전할 때 도로 표지판에서 가끔 '사고 다발 지역'이라는 문구를 접한다. 한자(漢字) 교육을 제대로 받지 않고 자란 세대로서는 그 무슨 뜻인지 잘 이해할 수 없는 말이다. 상식적으로 그저 '사고 많은 곳'이라고 적으면 뜻도 쉽고, — 한 음절이 줄어들게 되므로 — 문장의 길이도 짧아져서 발음하기가 편할 것 같은데 굳이 왜 그 같은 이상한 조어(造語)을 만들어 어색하게 사용하는지 모르겠다. 단어적 차원도 아니고 문장 자체가 중국어이니 더욱 그러하다. 실제로 필자가 중국에 가서 보았는데 중국 내의 모든 도로표지판엔 '事故多發地域'이라는 문장이 널려 있었다.

이 같은 우리말의 구사 역시 앞서 살핀 바 영국의 '경찰청'이라 하면 자연스러울 것을 굳이 일본어를 빌려 영국의 '경시청(警視廳)'이라고 쓰고 미국의 연방외교부(국무부)를 미국의 '국무성(國務省)'이라고 쓰는 것과 별다를 바가 없으니 이를 어찌 신판 언어적 사대주의라 하지 않을 수 있겠는가.

아아, 동십자각

경복궁 정면의 동쪽 삼거리는 서울의 중심, 그 중심에서도 중심이라 일컬어 손색이 없는 대한민국의 심장부일 것이다. 동서로는 궁의 정문인 광화문을 거쳐 독립문에 이르는 사직로, 남북으로는 궁의 동쪽 성벽을 따라 총리 공관과 청와대로 이어지는 삼청로가 상호 교차하는 바로 그 지점이다. 그뿐만 아니다. 과거엔 만백성을 섬기는 나라님이 주석했고 오늘날엔 대통령과 총리가 국민의 안위를 지키고자 불철주야로 노심초사하는 지역이다. 그러니 어찌 그렇지 않다고 말할 수 있으랴.

이곳은 또 수많은 인파가 몰리는 장소로도 유명하다. 내국인만이 아니다. 우리나라를 방문한 모든 외국인들 또한 한 번쯤 와서 보아야 할, 실제로 와보지 않은 외국인은 거의 없다시피 한 곳이다. 교통의 요지라는 것은 둘째고 고궁과 정부의 중요 청사, 그리고 크고 작은 문화공간들이 많이 산재해 있기 때문이다. 오죽하면 하루가 멀다시피 벌어지는 군중집회조차 항상 이곳을 중심으로 해서 열리겠는가. 그러한 의미에서도 이 경복궁 삼거리는 바로 대한민국의 민낯이다.

그렇기 때문일까. 이 거리를 걷는 우리들, 대한민국 국민이 된 자의 감회는 남다르다. 경복궁을 바라보면서 공유하게 되는 5천 년 민족사의 정체성, 정부청사를 대하면서 느끼는 세계 10대 강국된 자로로서의 자부심, 세종로 광장의 그날을 생각하면서 새삼 되새겨보는 민주시민으로서의 긍지, 그리고 이곳저곳 문화시설들을 기웃거리면서 경험하게 되는 민족적 자존감 등…….

그런데 이 같은 상징적인 장소에 웬 건축물 하나가 덜렁 버려져 우리의 자존심을 크게 구기고 있다는 것은 우울한 풍경이다. 그 서 있는 모습이 마치 번잡한 도로를 건너다 자동차들의 홍수 속에 갇혀버린 시골 할머니의 초라한 행색 같기도, 지나가는 행인들에게 자비를 구하는 노변의 남루한 걸인 모습 같기도 해서 은연중 우리 조상들이 일제강점기에 겪었을 그 어떤 모멸감(侮蔑感) 같은 것을 느끼도록 만들어주기 때문이다. 이름하여 '동십자각(東十字閣)'이라 불리는 조선시대의 건축물이다.

물론 그 건축물 자체만큼은 매우 품위 있고 우아하다. 국민적 자부심을 일깨우기에 충분한 그 당당한 아름다움이 문화재 중 문화재임에 틀림없어 보인다. 그럼에도 불구하고 그것이 그토록 초라해져 지금은 차라리 없는 것보다 오히려 더 우리들의 자존감을 훼손시키는 이유는 무엇일까? 두말할 것 없다. 우리가 당신의 존재 가치만큼 당신을 예우해주지 않았기 때문이다. 우리가 당신을 그의 본래 위상대로 존중해주지 않으니 당신 역시 우리의 자존을 인정해주지 않는 것이다.

본래 '궁궐'의 '궁(宮)'은 임금의 거처를, '궐(闕)'은 궁의 출입문 좌우에 설치된 망루를 뜻하는 말이었다. 그러므로 경복궁도 건립 당시 이 같은 동양 궁궐의 축조 원리에 따라 정면 담장의 동서 양끝 남쪽

모서리에 궁 내외를 감시할 수 있는 두 개의 망루를 설치해두었다. 동십자각과 서십자각이 바로 그것이다. 그런데 서십자각은 불행하게도 민족 항일기인 1923년 10월 5일, 일제가 조선부업품공진회(朝鮮副業品共進會)의 개회일에 맞춰 전차(電車)를 개통하면서 광화문의 해태상과 함께 철거되는 만행을 당했다.

그러나 이때 동십자각은 광화문에서 안국동으로 이어지는 직선 선로의 노변에 자리해 있던 까닭에 다행히 살아남을 수 있었지만 이 또한 오래갈 수 없었다. 3, 4년도 채 버티지 못한 1926년, 일제가 경복궁 안에 조선총독부 청사*를 건립하고자 성벽 그 자체를 아예 허물어버리면서 덜렁 거리로 내몰리게 된 것이다. 그러니 동십자각이 받은 이 같은 수모는 사실 일제와 맞서 나라를 지키지 못했던 우리 자신의 무능, 우리 자신의 부끄러운 자화상이라고도 할 수 있다.

그렇다면 그 치욕스러운 일제 강압 통치를 벗어나 당당히 세계 10대 강국으로 부상한 독립국 대한민국, 그 후손 된 자의 도리로 이제 우리가 우리의 물질적 유산 가운데서 마땅히 서둘러 해야 할 일이 있다면 그 어떤 것들이 있을 수 있겠는가. 무엇보다도 경복궁을 원래의 위상대로 되찾아주는 것이 아니겠는가. 나는 이에 대해서 정부 차원의 그 어떤 의지가 있는지 없는지, 있다면 그 실천 계획은 어떠한지 잘 모른다. 그러나 그중 시급한 것의 하나가 우선 경복궁의 외곽에 해당하는 성벽과 그 양 끝자락에 자리한 두 망루, 서십자각과 동십자각만큼은 원래의 자리, 원래의 모습으로 되돌리는 일이 아닐까 생각

* 해방 후 '중앙청(中央廳)'으로 불려 정부의 종합청사로 사용되었는데 1995년 경복궁 복원 사업의 일환으로 철거되었음.

한다. 외부로 보이는 성벽이야말로 바로 대한민국의 얼굴, 그 성벽에 자리한 광화문은 입, 두 망루 서십자각과 동십자각은 각각 두 눈과 귀에 해당하는 국가적 상징성을 지녔다고 보기 때문이다.

세계의 그 어떤 민족이든 그들 스스로 고유한 역사와 전통을 지녔다고 자랑하고자 하는 나라가 있다면 나름으로 최소한 물질적(시각적) 차원에서 보여주는 그들의 대표적인 얼굴만큼은 하나씩 갖는 법이다. 중국에 가면 우선 베이징의 자금성을 찾는다. 일본에 가면 도쿄의 궁성을 본다. 프랑스에 가면 베르사유궁이나 에펠탑을 감상한다. 러시아에 가면 크렘린궁, 이탈리아에 가면 콜로세움, 스페인에 가면 알함브라 궁전이 있다. 심지어 역사가 일천한 미국이라 할지라도 워싱턴에 가면 먼저 워싱턴 기념관이나 국회의사당을 둘러볼 것이다. 모두 그 나라의 위엄과 권위와 아름다움을 한마디로 상징하는 건축물들이기 때문이다.

그렇다면 — 비록 내국인은 논외로 친다 하더라도 — 대한민국을 찾은 외국인들이 와서 먼저 보고자 할 그 대표적인 우리의 얼굴로는 대체 어떤 건축물이 있을 것인가. 예산이 없어서라고, 주위의 땅이 이미 개인의 소유지가 되어 이제는 그 매입이 불가능하다고 말하지 말자. 대한민국은 이미 일인당 국민소득 3만 불을 넘어선 경제대국이다. 이제 우리도 우리 후손들의 자존심을 위해, 그들의 민족적 자존감을 위해 그 같은 경제대국의 위상에 걸맞은 우리만의 얼굴 하나쯤은 가져야 하지 않겠는가.

부화뇌동

'격려(激勵)'라는 말을 사전(이승희 편, 『국어 대사전』)에서 찾아보았더니 '마음이나 기운을 북돋우어 힘쓰도록 함'으로 되어 있다. 그러니 누군가가 어려움에 처해 있을 때 주위로부터 격려를 받을 수 있다는 것은 곧 그만큼 힘이 된다는 뜻일 것이다.

그런데 '격려'란 자기가 자기 자신에게, 즉 내가 나에게 할 수 있는 행위는 아니다. 격려를 필요로 하는 사람은 이미 자신감이나 자존감을 잃어버린 상태에 놓여 있을 것이기 때문이다. 그렇다고 전혀 알지 못하는 사람들 사이에서 이루어지는 행위도 아니다. 누구든 그 처해진 상황을 잘 모르는 사람에게 무엇인가를 격려할 수는 없기 때문이다. 따라서 격려는 사적이든 공적이든 항상 서로 어떤 관계를 맺고 있는 인간과 인간들 사이에서만이 이루어질 수 있는 정신적 덕목이라 할 수 있다. 가령 선생님이 학생을, 상관이 부하를, 아버지가 아들을, 친구가 친구를 격려하는 것 등이다.

이 중에서도 특히 공적인 인간관계에서 행해지는 격려는 — 이익 공동체든, 사랑 공동체든 — 그 소속된 공동체 전체의 평안 혹은 안위와 무관할 수 없다. 격려를 주고받는 '나'와 '너'를 넘어서 제3의 존재, 즉 타인들이 있기 때문이다. 그러니까 이 경우는 격려하는 사람의 사적 조건이나, 격려받아야 할 사람의 개인적 문제만이 아닌 그 집단의 다른 구성원들과의 관계, 그 공동체가 지향하는 이상과 조화를 담보하는 틀 안에서 이루어져야 한다.

진정한 의미의 격려는 개인과 전체를 한 가지로 아우르는, 그러니까 '화이부동(和而不同)'을 전제로 한 격려여야 할 것이다. 공자가 '사람을 사귐에 있어 군자(君子)는 화목하되 뇌동(雷同)하지 아니하고 소인은 뇌동하되 화목하지 못한다'*고 하셨을 때의 뜻 그대로이다. 이에 대한 주석에서 표문태(表文台) 선생은 '유리하다 싶으면 함께하고 불리하다 싶으면 달아나는 행위를 뇌동, 도의적으로 부당하다고 생각하면 결연히 함께하기를 거부하고 정의롭다고 생각하면 함께하기를 서슴지 않는 행위를 화목(和睦)'으로 풀이하여 군자가 군자 되는 그 첫째 도리는 바로 부화뇌동을 삼가하는 일이라 하였다.

그렇다면 소인(小人)은 어떤 자일까. 한마디로 동이불화(同而不和)하는 자이다. 소인은 도의적인 바탕에 서서 사람과 화목하는 것이 아니라 이득과 형세의 움직임을 살펴서 화(和)를 가장한다. 그러므로 소인의 '화(和)'는 결코 사람을 사랑하는 화라 할 수 없다. 위기에 처한 소인이라면 자신이 살아남기 위해 그 무슨 짓이라도 저지를 수 있을 것이기 때문이다.

예컨대 여객선이 막 침몰하는 생사의 갈림길에서도 먼저 노약자나 여자 그리고 아이들부터 구명선에 태우고 자신은 최후를 기다리는 것이 도의(道義)다. 그런데 만일 어느 누가 활력이 넘쳐 보이는 다

---

* 君子和而不同 小人同而不和(『논어(論語)』「자로(子路)」 편).

른 어떤 청년을 붙들고 '너는 완력도 세고 배짱도 두둑하니 나와 힘을 합쳐 저 아이들을 밀쳐내고 우리가 먼저 구명선에 올라타자'고 '격려'를 했다면 그것이 과연 진정한 의미의 격려가 될 수 있을 것인가? 물론 물에 빠진 사람은 지푸라기 하나라도 붙잡는다는 말이 있기는 하다. 그러나 그런 상황에서도 이렇듯 '대의(大義)'라는 것은 있는 법이다. 따라서 진정 인간다운 인간은 그 어느 때라도 항상 자신이 행해야 할 일과 하지 말아야 할 일을 분명히 헤아려 알 수 있어야 한다.

매사에 의연했던 옛 우리의 조상들과는 달리 현대인들은 하루하루를 소소한 즐거움이나 개인적 안락에 취해 사는, 대부분 도시 샐러리맨들이거나 소시민들이다. 삶의 무게를 스스로 감당하기 어려운 '가벼운 존재들'에 지나지 않는다. 그런즉 우리 시대엔 그 어디를 가도 군자를 지향하는 삶의 태도를 찾아보기가 힘들게 되었다. '현대'라는 물질만능주의, 물신화(物神化)된 사회가 그렇게 만들어놓은 것이다. 따라서 이런 시대일수록 우리는 더욱더 상호 간에 화이부동한 격려를 하며 살아가야 하지 않겠는가.

푸른사상 산문선

1 나의 수업시대 | 권서각 외
2 그르이 우에니꺼? | 권서각
3 간판 없는 거리 | 김남석
4 영국 문학의 숲을 거닐다 | 이기철
5 무얼 믿고 사나 | 신천희
6 따뜻한 사람들과의 대화 | 안재성
7 종이학 한 쌍이 태어날 때까지 | 이소리
8 노동과 예술 | 최종천
9 은하수를 찾습니다 | 이규희
10 흑백 필름 | 손태연
11 인문학의 오솔길을 걷다 | 송명희
12 어머니와 자전거 | 현선윤
13 아나키스트의 애인 | 김혜영
14 동쪽에 모국어의 땅이 있었네 | 김용직
15 기억이 풍기는 봄밤 | 유희주
16 계절의 그리움과 몽상 | 강경화
17 오늘도, 나는 꿈을 꾼다 | 최명숙
18 뜨거운 휴식 | 임성용
19 우리는 영원하고 사랑도 그렇다 | 김현경 외
20 꼰대와 스마트폰 | 하 빈
21 다르마의 축복 | 정효구
22 문향聞香 | 김명렬
23 꿈이 보내온 편지 | 박지영
24 마지막 수업 | 박 도
25 파지에 시를 쓰다 | 정세훈
26 2악장에 관한 명상 | 조창환
27 버릴 줄 아는 용기 | 한덕수
28 출가 | 박종희
29 발로 읽는 열하일기 | 문 영
30 봄, 불가능이 기르는 한때 | 남덕현
31 언어적 인간 인간적 언어 | 박인기
32 낡아도 좋은 것은 사랑뿐이냐 | 김현경
33 대장장이 성자 | 권서각
34 내 안의 그 아이 | 송기한
35 코리아 블루 | 서종택
36 천사를 만나는 비밀 | 김혜영
37 당신이 있어 따뜻했던 날들 | 최명숙
38 무화과가 익는 밤 | 박금아
39 중심의 아픔 | 오세영
40 트렌드를 읽으면 세상이 보인다 | 송명희
41 내 모든 아픈 이웃들 | 정세훈
42 바람개비는 즐겁다 | 정정호
43 먼 곳에서부터 | 김현경 외
44 생의 위안 | 김영현
45 바닥 – 교도소 이야기 | 손옥자